"살아 있다는 형언할 수 없는 감격으로
지구 위의 모든 생명체에게 이 책을 사랑으로 바친다."

"To dedicate this book to all of life
you are living on the earth."

LIRE ONCE ANGRY
BONGNAM SUH STORY

단 한번 뿐인 삶
화가로 살아보기

글 · 그림 서봉남

도서
출판 행복에너지

단 한 번뿐인 삶, 화가로 살아보기

신비와 비밀이 깃든 어린 시절, 세상에 태어난 나의 꿈은 화가가 되는 것이었다. 어린 시절부터 나는 장차 화가가 될 것이라고 생각하며 그림을 그려 왔다. 스물여섯 살에 군대 제대를 하고 서른두 살까지는 주말 화가로 살아야 했다. 본격적인 직업화가의 길을 걷기 시작한 것은 내 나이 서른세 살부터라고 할 수 있다.

청소년 시절부터 어른들은 3연(혈연, 지연, 학연)을 만들어 놓고 그 테두리 안에서 "뉘 집(금수저냐 흙수저냐) 아들이냐, 고향(지형을 갈라놓고)이 어디냐, 어느 학교(서열을 세워놓고)를 나왔느냐"하며 끼리끼리 사는 것을 보아 왔다. 나는 어릴 적부터 그런 것들이 싫었다.

청소년 시절, 사내들은 비슷한 부류의 사람들끼리 몰려다녔다. 끼리끼리 경쟁을 해야 했다. 마주 서서 치고받고 겨루는 각종 운동을 통해 서로 경쟁해야 했다. 이런 사내다운 힘을 키우는 활동이 나의 적성에 맞지 않아 여간 싫은 것이 아니었다. 혼자 걸으며 자연을 보면서 미지의 상상세계에서 노는 것이 훨씬 더 좋았다. 누군가에게 지시받는 것보다는 머릿속으로 공상의 나래를 펼치며 꿈틀대는 상상의 세계에 빠지는 것이 나는 더 좋았다. 그런 활동이 내성적이었던 나의 성정에 더 잘 맞았다.

독서활동에 탐닉하는 것은 나의 유일한 피난처였다. 그 시절 내가 읽은 동화책들은 나로 하여금 나의 미래를 상상하게 했다. 내게 책이란 온갖 환상이 담긴 보물과도 같았다. 이처럼 독서활동은 내게 커다란 즐거움을 가져다주었다. 특히 세계의 영웅들 일대기 읽는 것을 좋아했다. 책 속의 주인공들 중에는 정식적인 학교교육(밖의 것을 안으로 집어넣고 그것을 과거이야기로 달달 외우는)을 받고 영웅이 된 사람은 드물었다. 그들이 남긴 흔적들 중에는 거대한 인간의 힘을 이용한 업적들이 많았다. 정치적인 색을 띠는 건축물이나 기념물들이 많았으나, 그 반대로 영웅 절반 이상이 인간이 만들어 가르치는 학교교육을 받아 보지 못하였다. 그것들은 오로지 하나님이 주신 선천적인(안의 것을 샘물 나오듯이 계속 끄집어내는) 재능으로, 그러니까 즉 독학과 노력으로 성취해 낸 결과물이었다. 인류에게 과학, 문학, 예술, 사회봉사 등을 남긴 영웅들이 더 많았다는 것을 알았다.

　어른이 되어 3연을 쓰지 않고 살기 위해서는 모든 면에서 독학하는 것이 좋으리라는 막연한 생각을 했었다.

　청년이 되어 어린 시절의 꿈이었던 직업으로 들어오면서 나만의 무엇을 어떻게 그릴까? 생각하며 옆을 보니 모두들 수평선에 서서 보이지 않는 미래를 향하여 경쟁을 하고 있었다. 역시, 그때 당시 활동하던 화가들 역시 3연으로 파벌로 나누어져 다투고 있었다.

　그들과 같은 방향을 향해 달려가는 것이 싫어서 그들과 줄서지 않고 뒤돌아서서 아련한 과거로 되돌아갔다. 과거로 되돌아가 결국 그 끝에 다다른 것이 순수했던 나의 어린 시절들이었다. 누군가에게 배우는 것보다는 혼자만의 자유로운 연구로 독학하면서 그림을 그리기 시작했다. 나에게는 이때부터 새로운 인생이 시작되는 듯했다.

　이 지구 땅에서 단 한 번 살아보는 인생, 이제 내 나이 여든 살을 눈앞에 둔 지금, 지난 과거 육십 년의 화가 생활을 되돌아보니 이십대에는 어린 시절에 대한 내용으로, 삼십대에는 신앙에 대한 내용들로 점철되어 있었다. 사십대부터는 시와 소설 같은 이야기가 있는 풍경들을 독학으로 그려 왔다. 이 기간들 동안 나는 자유로움을 만끽하면서 행복한 삶을 지금까지 영위해 왔다.

화가 동붕 서봉남

차례

제1부
삶

차례

제1부

삶

어린 시절의
그림 그리는 즐거움

사람은 누구나 아름다운 것을 보면 즐거워한다. 그래서 아름다운 것을 만들고 싶어 한다. 사람들이 살아 있다는 것을 기쁨으로 여기듯이 아름다운 것을 보거나 만든다는 것도 인생의 큰 기쁨이 아닐 수 없다.

나는 어린 시절에 흙바닥에 나무작대기를 직직 그으며 무심코 그림을 그렸고 남의 집 벽에 차돌이나 분필 같은 것으로 그림을 그렸다. 이것 말고도 또 있다. 유리창에 입김을 '후우'하고 불어서 그 유리창에 입혀진 입김자국을 손가락 끝으로 직직 그어서 순간적으로 그림을 그렸다. 중랑천 모래밭에서 조약돌로 그림을 그리며 행복해하곤 했다.

순이의 얼굴을 그리기도 하고 호랑이같이 무서웠던 영식이 할아버지도 그려 보고 엄마, 아빠, 나의 친구들 등 그저 사람의 얼굴들을 그렸다. 어떤 때에는 종이에 크레용으로 그림을 그려서 공부방 책상 앞 벽에 밥풀로 붙이고 색 테이프로 테를 두르고 며칠이고 감격했었다. 그 그림들은 나에게 더없이 아름다운 것이었다.

어린 시절 어른들이 내게 "봉남이는 커서 어떤 사람이 될 거야?" 라

흙 놀이 캔버스에 유채 73.0×30.5 (1976)

고 물으면 나는 "화가가 될 거예요!"라고 대답하곤 했다. 푸른 하늘과 산들바람이 손짓해 부르는 들길을 가다가 풀밭에서 아름다운 꽃을 보고 마음에 드는 꽃을 꺾어서 집으로 돌아와 그 꽃을 그림으로 담아 그림을 보고 있노라면 따뜻하고 밝은 햇살이 창으로 비쳐 들어와 내가 그린 그림이 아름답게 보여서 어린 나이에도 조용하고 잔잔한 행복을 느끼기도 했다. 내 손으로 즐겁게 그렸을 때 아름다운 꽃과 같은 마음이 싹터 오고 황홀경에 빠져 나 스스로 놀랄 정도로 감격한 일도 있었다.

내가 그림을 대하고 감동을 느끼게 되는 것은 아름다움을 향한 본능이 충만한 사람이기 때문이다. 눈을 통하여 사람의 마음을 포근히 가

라앉히기도 하고 조용한 즐거움을 주기 때문에 그림을 벗 삼고 친숙
해 질 수 있었다. 그래서 혼자 있는 것이 좋았고 혼자 지내기에 좋은
내성적으로 변해 갔다.

　어린 시절부터 나는 그림이 좋았다. 그림은 곧 인생의 미적 생활을
보다 의미 있게 만들고, 살맛과 멋을 갖게 하는 존재다. 그림을 통해
나는 삶의 의미와 사는 이유를 알게 되었고 이런 것들이 나로 하여금
삶의 방향과 주제를 쥐어 주었다. 사람은 누구에게나 아름다움을 추
구하는 미적 본능이 있다는 사실도 후에 어른이 되어서야 깨달았다.
'선한 사람이든 악한 사람이든 누구나 아름다움 앞에서는 순수해지는
것이 아닐까?' 하고 생각했었다.

　하얀 공간 위에 선과 형태라는 수단으로 그림을 그린다는 것이 쉽
지만은 않을 것이다. 하지만 내게는 이러한 그림 그리는 과정이 너무
나 쉽고 좋은 작업이었다. 창조적인 영감에 의하여 자기의 사상과 인
생의 모든 것을 표출해 낸다는 설렘은 나만이 느끼는 것은 아닐 것이
다. 그림을 통하여 사람의 마음이 정화되어 아름다운 사회가 이룩된
다면 얼마나 좋을까 생각하면서 어린 시절을 보냈다.

민족적 전통적인 선과 색채로
가족그림 시작

1968년, 3년의 군대생활을 마치고 제대하여 부대 정문을 나와 화사한 길을 걸으니 꿈이 현실로 다가와 나를 기다리고 있는 것 같았다. 미래를 향한 기쁨으로 가득 찬 얼굴로 눈부시게 흘러가는 환상을 보면서 집으로 돌아왔다.

모든 화가들은 미래를 향해 앞만 보고 달려가고 있을 때, 나는 어린 시절로 돌아가 어린이의 눈으로 보는 세상에 초점을 맞추어 그림을 그리기 시작했다. 동양에서 이야기하는 선(線)과 서양에서 말하는 색채에 대해서 깊이 생각하게 되었다.

'한국의 선은 어떤 것일까?' 우리의 전통가옥인 초가집은 아래로 쏟아지는 곡선, 기와집은 위로 오르는 곡선, 두툼한 기와와 질그릇들의 투박한 선, 동그라미 밥상, 저고리 소매, 고무신 코 등에서 보여지는 자연스러운 곡선들…. 또한 그것은 오랜 세월을 지나 영글어진, 가느다란 선이 아닌 한국 고유의 두툼한 곡선임을 알았다.

'한국을 대표하는 색채는 무엇일까?' 한국의 사계절 기후가 만들어

놓은 암갈색(자연들, 한국인의 머리 색, 눈동자 색 등), 지형이 만들어 놓은 황토색, 한국인의 순수하고 소박한 마음의 심상 색인 하얀색. 그렇다. 우리 민족이 바로 백의민족(白衣民族) 할 때의 그 백색과도 같은 존재라는 사실을 깨달았다. 바로 이것이 우리의 선이자 색이라는 사실을 알게 되면서 나의 작품들 또한 민족적, 전통적인 것을 중심에 놓지 않을 수 없었다.

군대생활 중에서

'무엇을 그릴 것인가?' 라는 고민은 작품세계의 근원을 묻는 출발점 이다. 공동체를 이루는 가장 최소한의 집단 단위는 바로 '가족'이다. 가족은 공동체를 이루는 가장 작은 단위이면서 동시에 개인의 정체성 을 이루는 근원이다. 가족이 우리의 최고의 완전한 공동체라는 사실 을 깨닫게 되었다. 그 후로 나는 작품 속 소재와 내용으로 언제나 가 족을 택했다. 어린 시절부터 '가족사랑'을 정하고 그림을 그리기 시작 하였다.

결혼하고,
주말 화가로 만족해

　제대를 하고 6개월 동안 사회에 적응할 준비를 하는 기간, 교회청 년회에 참여하여 봉사하며 미래의 계획을 설계할 때, 하나님께서 나 에게 보내 주신 여자 청년 김주희 선생을 만났다.

　처음 본 그의 얼굴은 평온한 아름다움과 고요함에 묻혀 은빛으로 빛났다. 예쁘장한 외모, 입술에 웃음기가 가득한 얼굴, 눈이 마주쳤을 때 그의 순수함이 나의 가슴에 벅차올랐다. 밝고 맑은 호기심 어린 눈 동자, 어깨까지 비단처럼 부드러운 옅은 암갈색 머리를 하고 있었다.
　김 선생은 마음속에서 저절로 우러나오는 착한 성격이 그대로 드 러나 있어 마치 불빛이 켜진 듯 머리에서 발끝까지 온몸이 환하게 밝 았고, 조그마한 얼굴에는 구석구석마다 진심이 배어 있었다. 사색에 잠긴 듯 진지하고, 의젓한 표정이 보드라워 보였고, 나를 골똘히 바라 보는 짙은 갈색 눈동자에서 나와 같은 영혼 같은 것을 느끼기도 했다. 그의 조용하고 침착했던 이야기와 마음을 녹이는 다정한 목소리가 좋 았다. 그는 나와 취향이 비슷했고 그도 누구 못지않게 큰 꿈을 간직하 고 있었다.

우리는 서로 미래의 방향을 이해해 주며 의견이 너무나 맞아서 결혼하기로 약속했다. 청년회 남자친구와 여자친구 두 명을 증인으로 세워 주희 씨와 나, 네 명이 모여 우리끼리 약식 약혼식을 했다.

서봉남   김순임

경제적인 문제로 내년에 결혼식을 올리기로 하고 교제를 시작했다. 우리는 창덕궁 안의 조용한 공원에서 서로 마음의 문을 활짝 열고 미래의 계획들을 의논했다. 제대한 지 얼마 되지 않았을 때였기에 나에게는 경제력이 없었다. 하지만 그렇다고 서로의 부모에게 경제적인 지원을 마냥 받기만 하고 싶진 않았다. 나도 그렇고 주희 씨도 현재 자기의 짐만 가져왔다. 신랑은 신부에게 한복, 신부는 신랑에게 검정 양복 한 벌씩 해주기로 하며, 우리의 힘으로 살자고 약속했다. 결혼식 날 선물교환 반지를 끼워 줄 순서에 내가 이천 원 하는 가짜반지를 끼워 줄 것이고, 그 대신 결혼 10주년 때는 진짜반지와 신혼여행을 제주도로 가자고 약속했다. (10년 후, 남대문 보석상 H사장과 아는 사이라서 그를 찾아

가 나의 결혼약속을 설명하고 2부 다이아몬드 반지와 내 그림을 물물 교환하고, 제주행 비행기를 예약했다. 처음 타 본 비행기를 아내는 신기해했고 호텔에서 반지를 끼워 주며 2박 3일간 제주도를 한 바퀴 돌았다. 소박하지만 결혼 때의 약속을 지키며 짜릿한 행복감을 맛보았다.)

1년 후, 청년회 친구들이 결혼식 주례는 담임 목사로 정하였다. 청년회 회원들이 순서를 정해 축사 등을 각자 담당하여 준비하고 1970년 1월 20일 교회에서 결혼식을 올렸다.

우리는 결혼하면서 사회의 일원이 되었다. 교회에서 결혼식을 마치고 가족들, 교인들, 친구들의 배웅을 받으며 택시를 타고 신혼여행 가는 척, 교회를 떠났다. (우리 신혼부부는 누구의 도움 없이 둘의 힘으로 돈 벌어서 결혼 10주년 되는 해에 제주도로 가기로 약속했기에) 남산 한 바퀴 돌고 미리 준비해 놓은 우리의 보금자리인 신접살림이 있는 셋집으로 갔다.

결혼사진

간단한 신접살림이 있는 집으로 들어와 우리는 두 손을 마주잡고 앉아서 미래에 대해 계획을 세웠다. '어떻게 살까?'하는 고민으로 하나님께 기도하고 이어서 준비해 놨던 지필묵(紙筆墨)을 준비했다.

붓을 들고 글을 썼다. '경천애인(敬天愛人)'을 풀어서 쓰기로 했다. 첫째, 하나님을 경외하고, 둘째, 정직

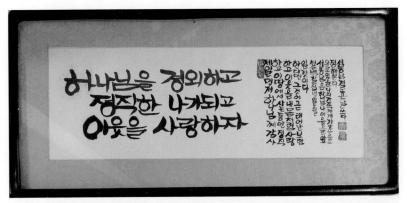

가훈

한 내가 되고, 셋째, 이웃을 사랑하면서 살자고 쓰는데, (두 번째인 내(나)와 네(너)가 나의 일방적인 약속이기에 '나'라는 것을 못 박기 위해 내를 '나'라고 썼다.) 이것은 훗날, 아이들이 몇 명이 생길지 모르지만 우리의 가훈이라고 생각하며 써 놓고, 이어서 혼인신고를 하러 갔다. 혼인신고를 하면서 서류를 보니 주희 씨의 본명이 따로 있었다. '김순임'이 그의 본명이었다. 그날부터 우리는 평생 동안 서로를 서로의 본명으로 부르며 살 것을 약속했다.

어린 시절 나는 언덕 위에 올라 풀밭에 누워 파란 하늘을 바라보는 것을 좋아했었다. 하늘에 떠 있는 흰 구름이 여러 가지 모양을 만들면서 어디론가 미끄러져 갈 때 그 구름 위에 올라타고 광활한 미지의 세계를 다니는 꿈을 수 없이 꾸었었다. 어린 시절 순수한 원초적인 생각들은 우주적이었기 때문에 좋았다.

어느덧 성장하고 나니 어릴 적 나의 꿈은 저 멀리 가 버렸다. 이제는 결혼도 했으니 세상의 직업으로 흘러서 나는 주말화가로 만족해야 했다.

명근이 탄생 캔버스에 유채 116.7×91.0 (1971)

명근이 육아일기

명근이 매월 성장한 발도장 찍음

나의 일생 방향을 제시해 준 두 번의 꿈 이야기

하나님께서 나의 죄를 사하여 주시다

결혼하고 1주일 되던 날, 1970년 1월 27일 새벽. 내가 캄캄한 암흑 속 깊은 곳에 빠져 있을 때, 하늘에서 하얀 띠(끈)가 내려와서 그 띠를 붙잡았고 천천히 하늘을 향해 올라갔다. 하늘 위에 닿았을 때는 에메랄드빛처럼 찬란한 빛이 눈부셔서 눈을 뜰 수가 없었다. 두 손바닥으로 눈을 가렸다. 잠시 후 눈을 떠 보니 황금색으로 물든 금잔디가 넓게 펼쳐져 있는 풍경이 나타났다. 로마네스크 양식의 돌로 만든 건물 앞에는 백발의 노인 아브라함(처음에는 모세로 생각되었지만 지나고 보니 아브라함이었다.)이 서 있었다. 그는 한 손으로는 커다란 지팡이를 짚고 있었고, 또 다른 한 손을 들어 나를 향하여 흔들며 맞이하고 있었다. 너무나도 화려하고 아름다운 광경이었다. 잠에서 깨어나 보니 나는 두 손을 모은 채 무릎을 꿇은 상태로 베개 밑에 엎드려 있었다. 베개는 내가 흘린 눈물과 콧물로 얼룩져 있었다. 그때 교회당의 새벽 종소리가 들려왔다. 곁에서 잠든 아내의 깊은 잠을 깨우고 함께 새벽기도회에 나갔다.

교회에서 기도를 하는데 가슴 저 깊은 곳에서부터 작은 무언가가 머리로 올라오더니 머릿속을 빠르게 스쳐 지나갔다. 그 순간, 나의 머

리 전체가 말랑말랑해지며 머리 위로 '퐁'하고 무엇이 빠져나가는 것
이 느껴졌다. 이내 머릿속이 맑고 환해지면서 기분이 너무나 상쾌하
고 좋아지는 것이었다. 사탄 마귀가 몸에서 빠져나갔다는 것을 느끼
며 나도 모르게 감격의 눈물이 한없이 흘러내려 주체를 할 수 없었다.

　26년이란 지난 세월을 살아오면서 알게 모르게 지은 죄(천로역정에서
처럼)들이 많다. 위에서 말한 현상을 몸소 겪는 순간 나는 지금까지 내
가 지고 있었던 죄짐이 순간 벗겨지는 것 같아 날아갈 것 같은 기분이
되었다.

　출근하는 발걸음은 나의 가슴을 뛰게 하여 경쾌하게 만들었다. 하
나님의 산뜻하고도 황홀한 사랑에 감사했고 세상이 새롭게 빛나 보이
는 순간이었다. 행복한 마음으로 회사에 출근했다.

예수님께서 나에게 달란트를 주시다

　첫 꿈을 꾸고 6년이 지난 1976년 12월 14일이었다. 나는 또 한 번의
꿈을 꾸었다. 많은 사람들이 어느 곳을 향하여 가고 있었다. 뒤에 가
는 사람에게 물었다.

　"모두 어딜 가시는 거죠?"

　"우리나라 여왕이 돌아가셨는데 세계의 유명한 예술가들이 와서
무덤을 공원으로 만들어 오늘 개관한답니다."

　나도 호기심으로 그 사람들과 같이 걸어가고 있는데, 그때 갑자기
하늘에서 번갯불이 '번쩍'하며 천둥이 치고(마치 전투기에서 기관총을 쏘듯
이), 나의 온몸 주위로 불이 내려 쏟아졌다. 내 옆 사람들은 불덩이를
피하고 순식간에 불어온 회오리바람이 나를 공중으로 띄워 깊은 절벽

으로 나 혼자만 떨어뜨리고 있었다.

　빠른 속도감에 두 손을 모아잡고 두려운 마음으로 아래를 내려다 보니 창끝처럼 뾰족 바위들이 나를 노려보고 있었다. 죽음 직전의 상황이었다. 그 상황 속에서 내가 초조해하며 떨어지는데, 갑자기 커다란 양손이 나타나 순간적으로 나를 받아주었다. 그때의 나의 감정은 평안함, 황홀경이었다. 충만한 감정에 이유 모를 눈물이 펑펑 쏟아졌다. 꿈속에서 나는 흐느끼고 있었다.

　눈을 떠 보니 나는 대(大) 자로 넙죽 엎어져 있었고, 나의 눈물과 콧물이 눈앞에 있는 발등의 못자국으로 떨어지고 있었다(못자국 발을 보고 나를 받아 준 그분이 바로 예수님임을 직감으로 알았다). 내가 고개를 들지 못한 채 한참을 울고 있을 때, 예수님의 음성이 웅장하면서도 은은하게 바리톤의 저음으로 산울림처럼 나의 귓전에 들려왔다.

　"봉남아, 너의 달란트가 무엇이냐?"

　나는 얼굴을 들지 못한 채, 아무 대답도 못하고 망설이고 있었다.

　예수님은 나를 일으켜 세우고 허리에 있는 창 자국과 손의 못 자국을 보여 주었다. 그때 어린소년이 노란 그릇이 있는 쟁반을 두 손으로 받쳐 들고 왔다. 예수님은 수저로 무엇인가를 젓고 있었는데, 나는 예수님 손의 못 자국을 곁눈으로 보고 있었다. 예수님은 삼십대쯤 청년의 모습이었고 작업복을 입고 계셨다. 신체는 허약하게 생겼으나 그의 얼굴에서는 달덩이처럼 은은하게 광채가 빛을 발하고 있었다. 편안하고 밝은 미소를 짓고 있던 그는 바로 나의 마음을 사로잡았다. 이어서 예수님은 나에게 한 모금을 먹여 주시면서(땅콩을 갈아서 만든 두향차 맛과 비슷했다) 말했다.

　"이제부터는 너의 달란트를 하여라."

꿈에서 깨어나 내 모습을 보니 6년 전과 같았다. 꿈에서 아브라함을 만났을 때처럼 두 손을 모아 쥐고 무릎을 꿇고 베개 맡에 엎드려 있지 않은가. 시간도 그때와 똑같이 교회의 새벽 종소리가 들려오고 있었다. 나의 곁에는 아내와 남매가 잠들어 있었다. 아내만 살짝 흔들어 깨워 곧바로 교회로 나가 나의 달란트가 무엇인지를 생각하며 기도를 드렸다. 하지만 기도회에서는 해답을 얻지 못하였다.

"너의 달란트가 무엇이냐?" 그 음성은 집에서도, 회사에서도 어디를 가든지 며칠 동안 나의 귓전을 계속 따라왔다.

일주일이 되던 날, 새벽기도회에서 갑자기 나도 모르게 "기독교미

'하나님께서 나의 죄를 사하여 주시다(꿈 이야기)', 캔버스에 유채 72.7×60.6 (1970)

술!" "기독교미술!"이란 말이 입에서 튀어나왔다. 이로 인해 내 달란트가 기독교미술임을 알았고 내가 해야 할 일이라는 사실을 깨달았다.

6년 다니던 직장 일을 정리하고 하나님이 주신 달란트를 위해 계획을 세웠다. 이때가 1977년, 내 나이 서른세 살이었다. 예수님께서 서른 살에 공생애를 시작하셔서 서른세 살 때에 돌아가시고 부활하신 것을 생각하며 다시 한번 각오를 다졌다. 나의 미래 일생의 방향을 제시해 준 두 번의 꿈은 남들이 말하는 무의식의 표출이라는 그런 꿈이 아닌, 내 일생의 지도가 되어 준 너무나도 감격적인, 잊을 수 없는 아름다운 꿈이었다.

'예수님께서 나에게 달란트를 주시다(꿈 이야기)', 캔버스에 유채 72.7×60.6 (1976)

미래의 계획을 위해
기도원으로

　내가 꿈속에서 예수님을 만난 것은 대단한 충격이었다. 그동안 나는 한 가족의 가장으로서 어린 시절에 원했던, 새로운 직업을 선택하는 데 용기가 없었다. 하지만 예수님을 만나고 용기가 생겼고, 이 사실에 놀랐다. 다니던 직장을 정리하고 아내와 두 아이를 둔 한 집안의 가장인데 앞으로의 살아갈 계획과 마음의 준비를 위해서 기도원에 가야되겠다고 아내에게 말했다. 걱정된 표정으로 아내가 내게 물었다.

　"어느 기도원에 가실 거예요?"

　아내의 물음에 한 번도 가 보지 못한 기도원이 갑자기 생각났다. 기도원의 이름은 '한얼산'이었다.

　"한얼산 기도원에 다녀올게요." 라고 말하고 집을 나섰다.

　버스는 바람을 가르며 암갈색과 황토색 들판 가운데로 뚫린 회색길을 마음껏 달려 나갔다. 그런데 정신을 바로잡고 보니, 북쪽에 있는 한얼산 기도원과 반대 방향인 남쪽 '부산행' 고속버스 속에 나의 몸이 들어 있잖은가? 어쩔 수 없이 버스에 몸을 맡기고 일단 부산까지 내려갔다.

　부산에 도착하여 앞에 보이는 용두산 공원으로 올라가 벤치에 앉아

서 기도했다. '부산은 처음 왔으며 아는 곳도 없으니 어떻게 할까요?'

눈을 떠 보니 눈앞에 전개되는 망망한 넓은 바다에 크고 작은 배들이 떠 있는 것을 보면서 갑자기 제주도 생각이 났고, 이어서 제주행 배에 올라탔다. 작은 호수에서 작은 보트는 타 보았지만 큰 배를 타 본 것은 처음이었다. 갑판에 나와 망망대해를 바라보며 미지의

미래 화가로서의 꿈을 계획하러
기도원에 가기 전 가족과 함께(1976).

세계 희망찬 분위기를 맞이하듯 하나님과 대화하면서 밤이 새도록 미끄러져 갔다.

이튿날 아침, 커다란 배가 제주항에 도착하니 마침 십자가가 있는 교회가 가까이에 있었다. 그 교회에서 소개받은 '한라산 기도원'에 도착한 것은 정오 무렵이었다. 예약 없이 간 기도원이었기에 잠을 잘만한 마땅한 숙소가 없었다. 원장님께서는 방이 없으니 식당에서라도 자겠느냐고 물어 왔다. 나는 그분의 말에 알겠다고, 감사하다고 했다. 학교 교실 크기의 넓은 방구석에서 혼자 일주일 동안 기거하기로 했다.

우리나라 남쪽 끝인 섬, 옥빛으로 물든 바다 위에 푸른 하늘은 높고 맑았으며 투명한 햇살이 빛나는 남태평양의 드넓은 바다를 내려다보면서 기도할 수 있게 해 주신 하나님께 감사했다.

모든 신앙인들이 다 그렇듯이 나도 지난 삼십여 년을 모태신앙인 으로 신앙생활을 해 왔지만 나의 마음속에 간직하고 있던 간절한 소 망을 이루도록 예수님께서 직접 확실한 달란트로 확인하여 주신 것이 더없이 감사하고 감사했다.

사람들에게 유익한 그림을 그려서 오래도록 사랑받을 수 있는 그 림을 그리는 화가가 되고 싶었는데 그 꿈을 실현할 기회가 주어졌다 는 사실에 몹시 흥분되었다. 예수님께서 내가 어린 시절부터 원하던 선천적인 달란트를 확인시켜 주시고, 그것도 기독교미술을 하라고 확 신해주서서 풍선처럼 부풀어 오르는 희열감을 느끼며 거듭 감사했다. 내가 태어나서 처음 와본 제주도 기도원에서의 일주일은 나에게 많은 것을 깨닫게 해 주었다. 내가 이 땅에서 무엇 때문에 살고 무엇을 위 해 죽을 것인가를 알게 해 주는 기간이었다.

찾았니? 캔버스에 유채 41.0×31.8 (1976)

기독교미술,
독학으로 공부 시작

한라산에서 돌아온 나는 기독교미술에 관한 공부를 깊이 있게 하려고 알아보았다. 전국의 미술대학과 신학대학 등 미션스쿨에도 '불교미술과'라는 곳이 있는데 '기독교미술과'는 단 한 곳도 없었다. 할 수 없이 독학하기로 마음먹고 서점에 들러서 기독교미술에 관한 서적을 찾았으나 그 분야의 책이 전혀 없는 것을 보고 놀랐다. 도서관이나 청계천의 헌책방들을 샅샅이 뒤져봐도 '기독교미술'이란 글자는 눈에 띄지 않았다. 얼마 전 직장이었던 신문사에 들러서 창간호부터 훑어보았으나 서양의 기독교 명화를 소개하는 정도의 글만 있었지, 기독교미술에 관한 깊이 있는 기사나 서적들은 아예 찾아볼 수 없었다. '하나님께서 나에게 주신 달란트가 이런 것들 때문이었구나!'라고 생각하게 되었다.

성경을 그리기 위해서는 독학을 해야 했기에 교재라는 것은 단지 성경을 읽는 방법밖에 없었다. 야간에는 2년 과정의 성경학교에 입학하여 공부를 시작했다. 몇 년을 성경공부하고 성경을 서너 번 읽고 필사하는 과정에서 성경 줄거리 전체가 머릿속에 엮어지고 있었다.

종교화란 모름지기 누구의 얼굴이 아닌 한 인간의 얼굴이어야만 한다. 또한 현재 또는 과거의 천 년 전이나, 미래 천 년 후에 보아도 같아야 그것이 진정한 종교화로서의 힘을 발휘한다는 것을 알기에 내가 성화를 그리는 동안은 다른 사람들이 그린 그림이나 서구의 종교화를 그렸던 것을 가능한 보지 않아야 해서 일절 보지 않고 나만의 작품을 개척하여 그려야 했다.

우선 신약의 예수님 일대기를 파악하고 예수님의 행적들을 2000년 전 이스라엘 환경을 공부하면서 한 장면 한 장면 그려 가는 데 10여 년이 걸렸다.

구약은 너무나 광대하여 내 평생을 그려도 못 그릴 것을 안다. 구약의 중요인물들을 선정했고, 한 폭 안에 그분의 일대기를 그려야 하겠다는 생각을 하면서 한 인물의 일대기를 읽기도 하며 필사하여 자세한 흔적들을 확인하고 4000년 전의 환경들을 다른 역사책에서 찾아 참고하며, 그리기 시작했는데 내 생애에 다 그릴 수 있을지 걱정이 되었다. 무조건 기도하고 시작하여서 오랜 세월 걸려 끝내고, 마지막으로 신약의 사도들의 행적을 그리고 나니 어느덧 내 나이 예순 여덟 살이었다. 완성하고 보니 35년이 걸려 있었다.

성화 창세기부터 요한 계시록까지 완성하고 난 후 지난날을 되돌아보았다. 유럽 화가들의 그림을 찾아보며 그들과 전혀 다른 나만의 성화를 완성한 사실이 만족스러웠다. 다행으로 생각되었다.

유럽 지역의 성화들, 그 시대의 화가들은 현재에 있는 사람들을 모델로 하여 사실적인 인물화를 그렸다. 그러한 인물화는 한 시대의 미술로 인정받는 작품들이 되었다.

성서미술 작업을 시작하다

성서를 인물 위주로 필사하다

성서필사

기독교미술 자료수집 시작, 『기독교미술사』 발간

 1977년부터 본격적으로 기독교미술에 관한 자료를 수집하기 시작하였다. 기독교미술에 관계되는 자료를 수집하기 위해 카메라를 둘러메고 전국의 교회들을 찾아다니며 자료를 구하고 사진을 찍었다. 일본, 중국, 인도, 터키, 이탈리아, 프랑스, 독일, 영국 등을 다니며 자료를 수집하여 14년 만에 '『기독교미술사』(도서출판 집문당, 1994)'를 한국에서 최초로 발간하게 되었다. 이 책은 단순히 학위를 받기 위한 목적으로 제작한 논문집이 아닌 일반 크리스천들이 쉽게 볼 수 있도록 성경 속의 창조부터 현재까지의 이야기를 나열한 안내서라고 할 수 있다. 장차 한국에서도 불교처럼 전문적인 기독교미술 책이 출판되길 희망한다.

 『기독교미술사』를 쓰기 위해 여행을 했던 과정은, 성서를 그리는 시간과 경제력마저도 없는 나로서는 엄두도 낼 수 없는 일인데 하나님께서 자료를 통해 그림도 그리고 자료를 수집할 수 있도록 나를 몰고 갔다. 아시아권 5개국(예수제자 도마(토마스)가 동양권으로 전파한 곳으로 인도, 중국, 일본, 동남아 등)을 찾아가게 해 주셨고 그때그때마다 자료(6세기부터 13세기까지 그 지역 스타일로 그린 성화들)를 미리 그곳에 마련해 주어 책도 사고 그림들도 사진으로 남길 수 있었다.

자료수집 과정에서 하나님이 나의 목소리에 응답해 주신 사례는 여러 가지다. 내가 겪은 다음의 일화를 소개한다. 어느 날 내가 소속되어 있는 모 봉사단체에서 전화가 왔다. 일본 오사카에서 국제대회에 참석할 한국 대표를 선발했는데 그중에 예술인도 몇 분을 선정했다고 했다. 그 예술인들 중에는 나도 포함되었다. 국제대회 주최 측 관계자는 나를 한국의 화가 대표로 갈 것을 권유했다. 모든 비용은 주최 측에서 부담한다고 했다. 일본에서의 나의 룸메이트는 남자 고 전무용수 H선생이었다.

오전에는 세계 각국에서 온 대표들이 모여 회의하고 세미나 등 스케줄대로 진행하는데 H선생이 어느 날 내게 말했다. "서 선생님, 오늘은 세미나 빠지고 나하고 시내 구경 갑시다. 내가 갈 곳이 있는데." 두 예술가는 의견이 맞아 세미나장에 빠지고 뒷문으로 나가 택시를 탔다. H선생은 일본에 몇 번을 와본 적이 있어 길을 잘 알고 있었다. 우리는 시내의 어느 극장 앞에서 내렸다.

"서 선생님, 내가 갔다 올

기독교 미술 집필 구상하면서(1981)

『기독교미술사』일반 서점용, 1994년도 발행

곳이 있으니 지금부터 각자 시내 구경하고 2시간 후 이 극장 앞에서
만납시다!"

그를 보낸 후 주변을 둘러보니 건너편에 있는 헌책방 골목이 눈에
띄었다. 호기심이 발동한 나는 그곳으로 발길이 향했다. 그곳을 둘러
보다가 나도 모르게 하나님을 향한 감사가 터져 나왔다. 수많은 책들
속에 『그리스도 미술』이란 책들이 눈에 들어왔던 것이다. 반가웠던
나는 그 자리에서 책을 열 권이나 샀다.

두 번째 일화를 소개한다. 중국은 공산지역이고 갈 수 없어서 중국
자료는 책 속에서 빼야 할 것 같다는 생각을 하고 있었는데, 1987년
중국과 한국이 수교를 맺었다. 이후에 양 국가적 문화교류가 있을 때
방송, 문학, 미술, 음악, 무용 등의 분야에 해당하는 예술가들 20여 명
이 초대를 받아 중국에 갔다. 미술 부문에서는 내가 뽑혀서 중국의 전
국 동서남북 지역을 20일 동안 다녀왔다. 시안(장안)에서 경교비를 비
롯하여 13세기 기독교미술 자료들을 수집하였다(여행은 정부에서 추진했으
나 모든 비용은 대우그룹에서 후원했다고 했다).

세 번째 일화다. 국제 장애인예술올림픽(세계28개국 참여)이 인도 델
리에서 열렸다. 나는 한국정부 대표로 감독이 되어 선수(여기에서는 화가
도 선수라고 표현)들을 인솔하여 가서 심사도 하고 일정이 끝난 후 일정인
관광 중에 인도 기독교미술 자료를 수집하려 했으나 기간이 짧아서
수집하지 못하고 돌아왔다. 인도 자료가 아직 미비했는데 하나님께서
는 그 후 다시 두 번을 가게 해 주셨다. 인도미술협회 초청 비용부담
으로 가서 기독교미술 자료를 구할 수 있었다.

이렇게 미술사 자료를 수집할 때 아시아 외에도 23개국에 전시 겸 스케치도 다녀오게 되었는데, 이것은 각 나라마다 초청에 의해 갈 기회가 생겼고 그때그때마다 자료를 구할 수 있도록 하나님이 마련하신 것이라고 깨달았다. 그 지역 기독교미술 자료들이 오로지 나를 위해 기다리고 있었던 사실이 신기할 뿐이었다.

'낑! 낑!', 캔버스에 유채 45.5×38.0 (1976)

'화가의 꿈' 접은 이들을 위해 미술강좌 시작하다

나는 어린 시절 그림을 처음 대할 때부터 그림 그리는 것이 곧 내 마음의 일기라는 생각을 하곤 했다. 그림을 그리며 마음을 수련하고 인생의 의미와 보람을 깨닫게 되길 바랐던 것이다.

이십대 초반에 본격적으로 그림 그리는 일을 시작했었다. 그때부터 나에게 행복이 찾아왔었다. 그러나 환경이 여의치 못해 주말화가로 전전하다가 서른세 살 때부터 본격적인 전업화가의 길을 걸으면서 미술을 전공하지 못한 사람에 대한 애틋한 생각을 하게 되었다.

나는 그림이라는 재능으로 하나님에 대한 영광을 표현하고 싶었다. 사람들은 누구나 행복을 위해 살아간다. 그리고 사람은 누구나 선천적으로 타고난 재능을 가지고 있다.

세상에는 4대 예술 부문(음악, 문학, 미술, 무용)이 있다. 음악은 '귀', 문학은 '입', 미술은 '눈', 무용은 '육체'의 이야기를 말한다. 이것들 외의 다른 분야는 후천적인 노력으로 얻어진 분야다. 하지만 앞서 언급한 4대 예술 부문은 태어날 때 신에게서 그냥 물려받은 분야다. 이를 '선천적'이라고 한다. 이것을 우리는 '타고난 재능'이라고 하며 사람들은

'끼'라고도 한다. 나도 이 세상에 태어날 때 '눈'인 미술의 재능을 타고 나서 내 평생 그 길을 걸어왔다.

그러나 사람들은 보통 자신이 가지고 있는 재능을 발견하지 못한다. 또는 알고 있어도 제대로 발전시키지 못한 채 살아가고 있는 것이 얼마나 안타까운 일인가. 주어진 재능을 발휘할 때 진정한 행복을 느낄 수 있을 것이라는 생각을 하니 '화가의 꿈을 이루지 못한 사람들을 위해 무엇인가 할 일이 없을까?' 하는 생각까지 하게 되었다.

나는 크리스찬으로서 이웃의 행복에 보탬이 되고자 했다. 그것이 바로 인생을 사는 의미이고 기독교 신앙인으로서 보람이라고 생각한다. 나는 사람들에게 보탬이 되고자 했다. 이런 생각이 나로 하여금 주변의 사람들을 다시 보게 하는 계기가 되었다. 하지만 나는 힘이 미약했다. 경제적인 것, 학위 같은 것, 모든 것이 그들에게 도움을 줄 수 있는 형편이 되지 못했다. 현재 주변에는 성인을 위한 학원조차도 없었다. 생각하고 연구한 끝에 '성인미술강좌'를 생각해 냈다.

1980년 초, 기독교방송국 안에 '영어강좌'를 하는 '문화센터'가 있었다. 그곳의 문화센터 원장이 목사였다. 그에게 '성인미술강좌' 계획을 말하니 그가 흔쾌히 동의해 주었다. 곧바로 교실 2개를 마련했고, 한국 최초로 문화센터 안에 '성인미술' 강좌를 개설했다.

성인을 대상으로 하여 각 반마다 20명씩을 모집한다는 광고를 냈는데 이게 웬일인가. 놀랍게도 200명 이상의 수강생이 전국에서 몰려들었다. 여러 가지 사정과 형편으로 화가의 꿈을 접어야 했던 사람들,

미대를 가지 못했지만 어린 시절의 꿈을 잊지 못한 사람들, 전문 화가
는 아니더라도 그림을 그릴 수 있다는 사실에 희망과 흥미를 가진 사
람들이 모여들었다.

나는 2년 과정의 커리큘럼을 만들고 실기 위주의 서양화 반(소묘, 수
채화, 유화)과 동양화 반(사군자, 수묵화, 채색화)을 신설했다. 강사들을 초청
하고 나는 서양화 반의 대표 지도교수로서 유화 반을 가르쳤다.

서양화 반은 소묘 6개월의 과정으로 석고와 정물을 주로 그리고,
수채화 과정에서는 정물과 꽃 등을 6개월 수업한 뒤, 1년 동안 유화를
그리도록 과정을 만들고 교육을 시켰다. 동양화 반에서는 사군자 1년
을 수업한 뒤, 수묵화나 채색화로 나누어져 각각 1년씩 수업했다. 2년
간의 교육이 끝나면 수료할 수 있도록 했다.

수강생의 연령층은 30대에서 60대까지 다양했는데 그중에 누군가
는 성인미술강좌가 평생의 소원을 이루게 해 주었다고 고백하였다.
그들은 어린아이처럼 감격하며 고마워했다. 이들과의 만남을 통해 더
욱 열심히 가르쳐야 할 사명감을 느꼈다. 일주일에 두 번씩 수업하는
날은 전국 곳곳에서 수강생들이 왔다. 특히 지방에서 오는 학생 중에
는 새벽에 집을 떠나온 학생도 있었고, 하루 전에 서울로 올라와서 근
처 여관에서 잠을 자고 다음 날 수업을 마치고 내려가는 학생들도 있
었다.

1년 후, 모 언론사에도 문화센터 미술강좌가 생겨났다. 그 후 백화

한국최초성인미술문화센터 수료식 (1982)

점이나 쇼핑센터에도 이런 강좌가 생겼
고, 현재는 구청이나 동사무소까지 크고
작은 성인 미술 강좌가 많아져서 다행으
로 생각한다. 성인 미술 강좌가 진행되는
동안에 우리나라에 큰 이슈가 되었다.

전시오픈식에서 기도하는
서봉남 교수(1990)

내가 10년 동안 가르친 학생들의 수가
수백 명에 달했다. 그중에 몇십 명의 학
생들은 늦게나마 전업화가로 활동하고
있다. 그들의 행복한 모습을 보면 마음이
정말 뿌듯하면서도 자랑스럽다. 하나님께 감사한 일들이었다.

동반 외출을 통해
새삼스럽게 사랑을 확인하고

한 번쯤은 가족과 함께 서울을 벗어나고 싶었다. 그런데도 마음만 앞설 뿐 실천으로 옮기기란 그리 수월한 일이 아니었다. 바쁜 일들에 묶여 아내와 함께 먼 곳을 나들이 갈 만한 형편이 못 되었다.

그러던 어느 날 기회가 왔다. 경기도 이천에서 도자기 벽화를 굽기 위해서 아내와 함께 실로 오랜만의 나들이를 떠나게 된 것이다. 나는 마치 어린아이처럼 마음이 부풀었다. 마장동에서 우리는 시외버스를 타고 잠시나마 일상을 벗어나 버스에 몸을 실었다. 긴장이 풀리고 머리가 맑아지는 것 같았다. 차창 밖으로 산과 들이 지나갔다. 그리고 파란 하늘도 덩달아 같이 따라오고 있었다. 하늘은 끝없이 맑았고 둥둥 떠 있는 구름조차도 풍성함을 안겨 주면서 생각에 잠겼다. 창가로 스치는 바람 소리는 세상 그 어떤 음악보다도 달콤하게 들려왔다. 몇십 년씩 되었으리라 짐작되는 길가의 가로수들은 꿋꿋이 서 있었고, 나무들마다 그림자를 떨어트리고 있었다.

어린 시절에 뛰어 놀던 개울가에는 그 시절의 나만한 아이들이 옹기종기 모여 놀고 있었다. 구김살 없이 건강한 표정으로 물과 들과 한 몸이 되어 어울려 있는 풍경들이 어린 시절의 나를 떠올리게 하면서 콧날이 시큰할 지경이었다. 순간 차에서 뛰어내려 나는 아이들을 불렀다.

"얘들아!"

소리치며 그곳으로 달려가고 있었다. 어느덧 세월이 흘러 서른일곱 해가 지났다. 아직도 유년시절은 저만큼 눈앞에 보이는 듯 변하지 않고, 잡힐 듯 말 듯 펼쳐져 있었다. 초록으로 잔뜩 물든 시원한 풍경에 도취해 있던 나는 곁에 앉은 아내를 돌아봤다. 아내도 차창 밖을 내다보며 행복해하는 표정이다. 그 모습을 보는 나의 마음은 뭉클해졌다. 토실토실하고 건강했던 모습은 어디로 가고 창백하고 야윈 얼굴에 잔주름이 서려 있다. 아내의 얼굴을 바라보니 측은한 마음이 드는 한편 감사와 사랑이 앞선다.

우리가 결혼한 지 벌써 10년이다. 지난 10년 동안 아내는 두 남매를 낳아 길렀고 4년 동안 위장병으로 고생하면서 불평하지 않고 가족을 위해 헌신해 왔다. 가난한 화가, 특히 기독교 미술을 한다고 생활비를 풍족하게 주지 못한 화가에게 시집왔으나 투정 한 번 없이 어려울 때는 나를 위해 기도로 위로해 주었고 사랑으로 이해를 아끼지 않았던 아내에게 감사하다. 이제 아들 명근이는 열 살, 딸 수진이는 여덟 살이다. 아내는 지난 10년 동안 장하게 살아왔다. 앞으로도 20년, 30년, 60년, 아니 100년간을 용감하게 살아갈 것이다.

아내는 결혼할 때 제주도로 가고 싶어 했다. 그런 아내를 위해 결혼 10주년 때 제주도에 가자고 약속했으나 나는 성서 그리는 달란트

생활에 쫓겨 약속을 아직 지키지 못했다. 금년이 넘어가기 전, 기회를 만들어 제주도에 가야겠다고 마음을 먹었다.

아내는 나의 옆자리에 앉아 행복에 찬 얼굴로 창밖 너머를 바라보고 있다. 가족을 위해 고생을 마다 않던 아내의 거친 손을 내가 살며시 잡았다. 아내는 말없이 고개를 돌려보며 미소로 답한다. 다시 차창 밖을 내다보는 그 표정이 무척이나 평화스럽다. 아내는 분명히 알고 있다. 이 작은 여행(?)으로 인해 그간 억눌러 왔던 마음속의 케케묵은 찌꺼기가 바람결에 흩날려 사라지고 있다는 사실을 말이다. 오랜만의 부부동반 외출을 통해 새삼스럽게 사랑을 확인할 수 있었다. 자동차는 신나게 달리고 아내와 나는 서로 마주잡은 손에 힘을 주었다.

신혼여행을 가지 못한 지 10주년 되던 해, 그해의 연말이었다. 첫 번째 여행의 기회가 생겨서 반지를 마련하고, 추운 겨울이지만 제주행 신혼여행에서 아내에게 결혼반지를 끼워 주었다. 아내의 야위고 갸름한 얼굴에 행복의 미소가 떠워졌다. 그런 아내는 마치 세상의 근심걱정을 다 잊은 양 꿈을 꾸고 있는 모습이었다.

제주도에서 10주년 기념 여행

마술 같은
우리 집

　우리 집은 용도가 다양하고 설계가 잘된 편리한 집이라고 나는 항상 생각하고 있다. 화실에서 퇴근을 하면 먼저 아이들 방으로 들어간다. 아이들은 방이 좁다며 장난감을 늘어놓고 열심히 소꿉장난을 하고 있다. 장난감을 정리한 후 내가 옷을 벗어 장롱 속에 걸고 앉으면 그 방이 우리 안방으로 변한다. 아내가 밥상을 들고 들어오면 안방이 이내 식당으로 변하고, 조금 후 그 방이 나의 서재이자 작업실이 된다. 그러니까 네모진 우리 방의 구조는 서쪽 벽은 나의 서재이자 미니 화실이고, 동쪽 벽은 아이들의 오락장이자 공부방인 셈이다. 북쪽 벽은 아내의 살림이 놓인 안방이다.

　손님이 왔을 땐 응접실로 변하고 저녁이 되면 침실이 되는 것이다. 우리 집은 이렇게 편리하고 용도가 다양한 저택(?)이다. 어떤 때는 화장실로 변모하기도 한다. 네 식구가 오순도순하며 자기의 위치에서 자기 맡은 일을 할 때는 웃음으로 꽃을 피운다. 이렇게 편리하고 좋지만 어떤 때는 짜증나고 불편한 때도 있다. 주로 저녁에 그림을 그리는 나로서는 괴로울 때도 있다. 그림을 그릴 때는 내 방인 서쪽 벽에서 그린다. 그림을 말리기 위해 내 방 벽 쪽에 세워 놓는다. 요란스런 아이들이 움직일 때마다 옷에는 울긋불긋한 물감을 칠한 추상화가 그려진다. 그럴 때 나는 조심하지 않는다고 소리를 높인다. 물론 아이들도 장난감을 늘어놓고 그 장난감이 침범당하지 않도록 경계한다. 내가 내 방에서 잘못 움직이면 아이들의 장난감이 망가지는 것이다. 그럴 땐 아이들도 이때다 싶은지 나에게 큰 소리로 공격해 온다.

공원에서 가족과 함께

어느 날이었다. 나는 아이들의 방인 동쪽 벽과 북쪽 벽까지 신세를 지지 않으면 안 되었다. 이번에 개인전을 끝내고부터였다. 그동안 내가 그린 그림들은 액자 없이 캔버스였을 때는 서쪽 벽에 잘 쌓아 두고 지냈다. 그 정도의 양은

명근과 수진이 어린 시절

개구쟁이 전시

내 방 안에 두기에 충분했는데 개인전이 끝나자 그 그림들이 액자를 둘러 대문짝만큼 커지는 바람에 집으로 들일 수밖에 없었다.

 100호 그림은 내 방의 벽 한쪽 면을 모두 차지할 정도로 컸다. 그래서 나는 아이들과 아내를 볼 때마다 눈치만 살피게 되었다. 이로써 우리의 방 용도가 한 가지 더 늘어 벽을 꽉 채운 미술관으로 변했다. 아이들의 공간은 다행히 방의 한복판으로 옮겨와 그곳에서 상을 펴고 공부를 할 수 있게 되었다. 등을 보인 채로 일하는 게 아닌 서로의 얼굴을 맞대고 일할 수 있게 되어 오히려 잘된 일이라고 생각한다. 나는 추상화가 그려진, 물감 묻은 양복이나 작업복을 걸치고 즐겁게 출근한다. 희망찬 내일을 위해서.

용용 약오르지 캔버스 유채 53.0×845.5 (1976)

'기독교미술'에 대한 한국교회의 오해

1977년 한라산에서 돌아온 나는 기독교미술에 관한 공부를 하기 위해서 전국 기독교학교나 각 신학교의 기독교미술과를 찾았으나 단 한 곳도 없다는 사실을 알고는 놀랐었다.

나는 내가 다니는 교회에 소속한 교단 출판부에 자주 들르는 편이어서 교단 목사님들이나 교단 신학교 관련 교수님들을 만날 기회가 있었다. 유럽의 교회들은 신학 공부하는 학생들에게 말씀(문학), 찬양(음악), 예배(미술)를 필수과목으로 채택해 공부하게 하였다. 학생들은 그러한 삼대 예술을 공부하였고, 중세에는 교회에서 말씀 전하는 교육전도사실, 찬양을 책임지는 성가대실, 교회 환경과 미술을 담당하는 공방을 만들어 주었다. 목사님은 교육책임자(준 성직자), 음악책임자(준 성직자), 미술책임자(준 성직자)로서의 자격을 받아 교회에서 활용하였다고 말하고 현재에도 가톨릭이나 불교에서는 담당 화가를 준 성직자로 지정하고 있다고 설명하였다. 나는 목사님에게 한국에도 기독교미술과가 신설되어야 한다고 말했다. 그렇게 말하면 목사님은 이렇게 대답했다. '학교마다 생각은 하고 있지만 전공 교수가 없어서 안 된다'고 말이다. 타 종교나 무속신앙 등의 리더들은 학교라는 곳을 가 보지 못한 자들을 교수로 임명하여 전통문화를 발전시키고 있는데 한국 기독교에서만 유일하게 전공자만 탓했다.

모든 종교의 예배 의식에는 기본적으로 삼대 예술이 활용되어 있다. 성서의 구약시대에도 '단을 쌓고'라고 간단하게 쓰여 있지만, 그것은 그냥 돌 몇 개 쌓아놓고 제사 드린 것이 아니라 예배를 드리기 위한 준비에 많은 시간을 들여 공사를 했을 뿐 아니라 치장을 하고 그림을 그리고 다듬고 해서 준비한 다음 예배를 드린 것이다.

음악과 문학은 무형예술이지만 미술은 유형예술이다. 200년 전 한국에 기독교가 몰래 전례될 때, 눈에 보이는 유형예술(미술)은 들키니까 빼놓고, 눈에 보이지 않는 무형예술인 성경(문학)과 찬송가(음악)만 들여와서 신학생들에게 미술은 빼고 성경이나 찬송만 필수과목으로 지정하여 가르쳐 왔다. 한국교회는 미술(유형예술)이 빠진 상태에서 발전해 왔다. 그로부터 200여 년이 흐른 지금, 한국의 교회는 시각이 없는 장님 교회가 되었다.

세계 각 국가에서 모든 사대(문학, 음악, 미술, 무용) 예술 중, 음악과 무용, 문학은 100년(1세기)이 지나면 '문화재'로 지정하고 미술은 '보물'이란 이름을 붙인다. 전문가들의 말에 의하면 음악과 무용은 앞으로 약 600년이 지나면 민요로 변하고, 문학은 1000년이 지나면 전설로 변해 결국은 없어지기 때문에 문화재라고 지정한다고 말한다. 그러나 미술은 100년이 지나면 그것이 영원히 남기 때문에 국가보물로 지정된다.

한국의 기독교는 지난 200여 년 동안 귀(음악)와 입(말씀)을 통해 전례되어 왔다. 그렇기 때문에 아직 기독교미술이란 개념이 없어서 보물에 들어갈 수 없었다. 중요한 눈(미술)이 빠진 장님 상태였기에 국가보물 목록에는 기독교보물이 단 한 점도 없는 실정이다(기독교는 보물도 문화재도 아닌 기념물만 조금 있을 뿐이다).

그 결과로 한국기독교의 리더들은 기독교미술을 접하지도 못했고 십계명의 교리적 영향으로 미술품(건축, 조각, 그림, 공예 등등) 전체를 우상시하는 특성을 지니고 있었다.

구약성서 창세기에서 하나님께서는 미술을 활용하도록 자세하게 지시하셨다. 단, 형상(조각)은 만들어 그것에 절하지 말라는 것이었는데 한국에서는 눈에 보이는 모든 것을 우상이라고 잘못 가르쳐 왔었다. 유럽에서도 조각에 해당하는 예술품을(그림, 공예 등은 제외하고 조각상만의 성상파괴운동) 지적했었다.

한국의 땅 위에 기독교미술(보물)이 없으면 어떻게 될까? 그렇게 된다면 그로부터 몇 백 년이나 혹은 몇 천 년 후 "한국 땅에는 '기독교'라는 종교는 없었고 '불교'라는 종교만 있었다."라고 발표될 것이라고 한다. 사학자들의 말에 의하면 그렇다. 때문에 본 저자는 내 생애 동안만이라도 한국 땅에 기독교미술의 씨앗을 뿌려야 100년(1세기) 후 "한국 땅에도 '기독교'라는 종교가 이 땅에 있었다."라는 증거를 남길 수 있다고 본다. 증거를 남기기 위해 예수님이 주신 달란트로 한평생 성서를 그려 왔다.

한국에서 기독교미술을 제작하는 데 어려움이 너무 많았지만 나는 나름대로 한국적인 기독교 그림을 그리면서 지금부터라도 한국에 신학교나 미션스쿨에 기독교미술과가 신설되어서 이 땅에 씨앗을 뿌려야 백년 후 기독교보물이 나올 것이라는 생각을 하며 기도하고 있다.

상심하고 있던 나에게 1991년 어느 목사님께서 만나자는 제안을

해 왔다. 목사님은 내게 제의를 해 왔다. '기독교예술신학교'를 설립하려 하는데 '기독교미술과'를 신설하자고 말이다. 나는 너무나 반가워하며 그동안 개

기독교미술과 M.T에서(1993)

한국예술신학교 기독교미술과 졸업식(1997)

인적으로 준비해 놓았던 자료를 토대로 4년 과정의 커리큘럼을 만들고 강사들을 배치하여 우리나라 최초의 '기독교미술과(성서 내용, 한국교회 역사, 교회 공예장식, 미술과가 발전하면 추후 교회 건축과 신설 등)'를 신설하게 되었다.

학과의 학생을 모집하는 광고를 배포했다. 음악과와 문창과 등은 정원이 찼으나 미술과는 1회 2명, 2회 3명, 5명만이 응시했었다. 실망하고 있는 나에게 학장은 미달되어도 시작하자며 용기를 주었다. 학생의 수보다 교수의 수가 더 많았으나 교수들은 혼신의 열정을 다해 가르쳤다.

시내의 모 건물에서 시작했던 학교는 점차 학생 수도 불어나면서 확장하게 되었고, 서울 근교에 폐교된 특수학교 건물을 구입하여 이전했다. 이전하고 나니 제법 예술학교의 면모를 갖추어 갔다. 그러나 기독교예술신학교가 창립된 지 5년, 기독교언론에서 무인가 예술신학교 기사가 나감으로 인해 음악, 문창과 등 기독교미술과 학생 5명을 졸업시키는 것을 마지막으로 학생들과 교수들의 눈물 속에 결국 폐교하게 되었다.

아내의 투병생활,
부부의 쉼 없는 기도로 극복

1995년은 우리가 결혼한 지 25주년 되는 은혼식이 있는 해이다. 오래전부터 아내의 투병이 시작되었다. 그즈음 나는 스위스 제네바 화랑에서 초대받은 몸이었다. 유럽 전시를 준비하면서 전시회에 아내를 꼭 동반하고 싶었다. 투병생활 초기였던 아내가 여행을 다녀올 수 있을지 담당의사와 의논했다. 담당의사는 은혼의 해이니 15일간 조심히 다녀오라고 허락을 해 주고 약을 잘 챙겨 주어서 여행을 갈 수 있었다.

아내와의 두 번째 부부동반 유럽여행 기간 동안 아내는 최상의 행복을 느끼며 기쁨에 가득한 눈으로 살아 있다는 즐거움으로 하나님께 감사기도를 드리고 있었다. 아내는 눈부시게 멋진 유럽풍경을 보며 넋을 잃고 행복해했고 꿈이 현실이 되었다며 기뻐했다. 우리는 건강인처럼 유럽 5개국 여행을 잘 다녀왔다. 이 여행이 아내에게는 평생의 마지막 여행이 될 줄이야.

1977년, 내가 직장을 그만둘 때 각오는 했었지만 현실은 생각보다도 훨씬 더 어려웠다. 생활고로 힘들었던 것과는 비교도 할 수 없는 고통은 아내의 병이었다. 아내는 사십대부터 고혈압과 위장병으로

영국에서

프랑스에서

이탈리아

병원을 왔다 갔다 했었고, 유럽 여행을 다녀온 때부터 만성신부전증
으로 인해 혈액투석을 시작하면서 본격적인 투병생활이 시작되었다.
그러나 연단 속에서도 하나님께서 채워 주시는 은혜를 동시에 체험
하였다.

아내의 몸에서 이상증세가 나타난 것은 어느 날 자정 무렵이었다. 잠을 자다가 정신을 차려 보니 이불이 땀으로 흠뻑 젖어 있었고 아내가 심하게 위급함을 느낄 정도로 고통스러워했다. 나는 어떻게 해야 할지 종잡을 수가 없었다. 몇 년 전에도 혼수상태로 아내를 업고 병원으로 달려갔던 일이 생각났다. 어떤 때는 구급차 안에서 몸부림치는 아내 곁에서 '이 풍랑을 거두어 주시라'라고 기도하기도 했다. 의사선생님의 치료로 고른 숨을 쉬며 편안한 표정이 된 아내와 함께 병원 문을 나서는 일은 내게 일상이 되어 버린 지 오래다. 병원을 들락날락하는 것은 생활의 일부분이 되었다. 또 어느 날엔가는 아내의 몸이 마치 얼음덩어리처럼 차가워져서 위급함을 느껴 죽을 수도 있다는 공포가 밀려와 아내의 손을 붙잡고 기도하기도 했다.

그러한 과정이 모두 신앙적으로 평탄하게 살아온 나에게 하나님이 변화를 주고자 한 과정이었다는 사실을 깨달았다. 연단을 통해서 변화시키고자 한 것이다. 하나님께서 나의 달란트(기독교미술)를 위해 나의 사명에서 이탈하지 말라고 고난을 주신 것으로 생각했다.

아내의 병원 출입이 자주 일어나면서 아내가 아플 때는 나의 등줄기가 서늘해져 옴을 느꼈다. 온몸의 신경이 파닥거리며 곤두서기도 했다. 아내의 투병생활에도 나는 마음을 바로 잡으려 애썼다. 마치 폭풍 전야와도 같아 아내의 침대 밑에서 앉아 수없이 성경을 읽고 기도했었다. 때로는 혼수상태로 의식을 되찾을 때까지 간절한 마음으로 기도하면서 식은땀으로 흥건히 젖은 아내의 몸을 닦아 주기도 했다. 초기 가족들과 교회 식구들은 차례로 심방을 왔으나 투병생활이 오래 지속되니 찾아오는 이가 없었다. 힘든 간호생활을 위해 제자가 운영하는 요양보호사 자격을 가르치는 학원을 찾아가 공부를 했다. 특히 실기 실습하는 요양보호지에 가서 환자를 다루는 실습을 중심으로 했다.

아내는 점점 청각을 잃어 갔고 나중에는 전혀 듣지 못했다. 뇌출혈도 몇 번 겪었으며 혈액투석을 하고 있는 약하디 약한 몸으로 유방암 가슴절제 수술까지 하게 되었다. 하나님을 의지하는 강인한 아내의 신앙심과 끊임없는 기도 덕택으로 현재도 혈액투석 중이지만 비교적 마음을 비우고 평안하게 신앙생활하며 지내고 있다. 할렐루야!

아내의 투병생활이 이십여 년 동안 계속되고 중환으로 고생은 했지만 그만큼 하나님의 마음을 확인할 수 있었다. 고난의 수위가 높아질수록 믿음은 그만큼 깊어져 갔다. 내게 찾아온 이 시련이 결국 하나님이 주신 고귀한 선물이란 것을 깨달았다. 아이들에게 미안한 마음은 이루 말할 수 없다. 교육과정에서 흔한 학원 한 번 보내 주질 못했으나 각자의 힘으로 공부를 잘 마친 것도 하나님의 은혜였다. 장성한 아이들이 어린 시절의 경제적인 궁핍함, 엄마의 투병생활 등 어려웠던 과정을 거치며 정신적으로 단단하게 자라나길 바라는 마음이 크다. 하나님께서 주신 재능을 미래에 잘 사용하여 풍성한 행복을 누리며 살아가길 바라는 마음이다.

고난 중에 함께하시는 은혜를 체험하면서 영적인 세계에 몰입되어 작품의 영감을 얻는 원동력이 있었던 것이 사실이다. 인간의 고통 속에서 하나님을 찾는 것은 본능이란 것도 알게 되었다.

　사회생활에서 빚으로 인해 법원에 파산신고를 하고 연속적인 고난의 어려움이 올 때는 광야에 혼자 있는 느낌이 들곤 했다. 고난의 무게가 곧 꿈의 무게가 되었고 가난으로 인한 생활고를 체험하면서 모든 것을 포기하고픈 충동이 잦았지만 나의 하던 일(성서미술)을 끝내지 못해서 참을 수밖에 없었다.

부모님 산소에서 (아내의 암수술 끝나고 가족사진, 2007)

투병생활 중에도 밝게 신앙생활하며 교회예배 끝나고 외출

아름다운 세상을 만드는 원천도 가족 속에 있어

-곁에서 애교 떨던 아이들이 어느덧 어른이 되어 있어 놀라

인체 중에서 우리 몸을 감싸고 있는 살갗을 만들어 주신 것에 대해 하나님에게 감사한다. 얇은 살갗은 병균이 몸에 들어오지 못하도록 막아 주고 땀을 내보내며 체온을 일정하게 유지하는 일과 차고 따뜻한 느낌, 딱딱하고 부드러운 느낌, 까칠하고 매끄러운 느낌, 물체의 크기 모양과 움직임 등을 느끼게 해 준다. 그것이 바로 살갗의 역할이다.

가족이란 항상 곁에서 살갗을 마구 뒤섞고 호흡하며 지내는 존재다. 그러다 보니 느끼지 못했는데, 새삼 가족을 조리개로 확대해 들여다보니 그 존재의 의미가 새롭게 보인다. 항상 곁에서 어린아이처럼 애교 떨며 자라던 명근이와 수진이가 어느덧 어른이 되어 곁에 있잖은가. 이 사실이 놀랍다. 어느새 이렇게 커 버렸단 말인가?

연둣빛 새싹이 돋아나는 아름다운 매력으로 가득한 1995년 봄, 명근이가 군에서 제대를 하고 복학했다. 수진이도 대학을 졸업했다. 그러고 보니 아름다움을 뽐내던 순임 씨를 만나 결혼한 지도 스물다섯 해가 되었다. 어느덧 은혼식이 있는 해가 되었다.

PHOTO
ALLERY

30대

1979. 5. 3
세계아동의 해 기념,
구정이전 테이프커팅 장면,
(엘칸토미술관)

1992. 12. 20
제○회 동심 개인
(현대화랑 초대)

40대

50대

아이들의 학창시절(명근은 중앙고, 수진은 풍문중 재학)

군대 훈련 끝

명근이 군입대

수진이 졸업(이화여자대학교 미술대학 서양화과)

명근 졸업(연세대학교 인문대학 철학과)

투병중인 엄마에게 모자 씌우고

　사람은 혼자 뚝 떨어져 외톨이로 살 수 없어서 결혼을 한다. 지나온 세월 동안 꿈 많고 들떠 있던 기억보다 어려웠던 생활들이 주마등처럼 떠오른다. 나이가 차고 인생의 마디마디와 고개를 넘어서다 보니 어느덧 세월이 이만큼이나 흘렀다. 어느 사이에 해와 달이 수없이 넘어갔다.

나는 지난 이십여 년간 기독교미술만 생각하며 지냈기에 가정에 소홀했었다. 그동안 아내의 눈물어린 헌신과 기도로 그 자리가 메워졌고 아이들이 스스로 자기의 전공을 찾아 공부해 온 것은 하나님의 축복이 아닐 수 없다.

가족은 벽돌과도 같다고, 그 벽돌 한 장 한 장이 쌓여 사회와 나라를 이룬 것이라고 누군가 말했다. 가족이 없으면 삶의 보금자리이자 사람들의 둥지와도 같은 가정이 없을 거고, 그러면 사회와 국가도 없다. 가족이야말로 최소의 사회이고 바로 그렇기 때문에 가정은 지상의 낙원인 셈이다.

우리 가족이 빚어낸 삶의 이러저러한 모습과 이야기들이 역사를 이루고 온갖 미담을 엮어 갈 것이다. 기쁨과 슬픔도 바로 그 속에 있었고 아름다운 세상을 만드는 원천도 우리 가족 속에 있으리라. 호랑이는 죽어서 가죽을 남기지만 사람은 죽어서 이름을 남긴다는 말이 있듯이 우리 가족도 살다간 흔적을 남기는 것은 어쩌면 하나님께서 주신 명령과 소망이고 기대인지도 모른다.

문학창조 신인상으로
등단

 1997년 말, 문인들의 잡지인 『문학창조』가 창간기념으로 신인 공모전을 개최했다. 나는 그동안 짬짬이 써 놓았던 몇 편을 모아 그냥 투고해 보았다. 그리고 나서 투고 사실조차 잊고 있었는데 이듬해인 1998년 1월 수필부분에 당선되었다는 소식이 들려왔다. 주최 측은 내게 수상 소감을 써 보내라고 연락했다. 기쁨도 잠시, '원고를 괜히 보냈나?' 하는 생각이 들었다. 주최 측에게 내가 화가임을 간단히 밝히고 감사한다는 소감을 보냈다. 이어서 세종문화 회관에서 개최하는 시상식에 참석하라는 통보가 왔다.

 나는 어린 시절부터 화가 외에는 다른 생각을 해 본 적이 없었다. 화가와 문인이라는 두 가지 삶을 내가 과연 살아갈 수 있을까 하는 고민이 생겼다. 문인으로 당선된 것을 과연 기뻐해야할까, 기분이 이상했고 또 남들이 문인으로 등단한 것을 알면 어떻게 생각할까? 하는 두려움이 앞섰다.

 가족이나 누구에게도 비밀로 하고 혼자 가볍게 시상식장에 참석했다. 시상식장은 장난이 아니었다. 큰 홀에서 진행되었고 홀 안은 수상자와 축하하는 사람들, 기자들로 가득 찼다. 수상자들은 정장가슴에 꽃 달고 화려한 모습이었다. 하지만 나는 평소에 입었던 작업복을 입었다. 작업복 입은 수상자는 나 혼자뿐이었다.

수상자인 주인공들을 축하해 주러 온 꽃다발이 많았다. 서로를 사진 찍어 주느라 식장이 달구어졌다. 나는 혹시나 아는 사람과 마주칠까 봐 마음 졸이며 축하객도 없이 주최 측에서 주는 상패와 메달, 꽃다발과 두툼한 책과 부록을 받고 식장을 빠져나왔다.

아무 일 없던 것처럼 집으로 돌아와 책을 훑어보면서 심사평을 읽고 놀랐다. 조금만 노력하면 '거물이 될 인물'이라든지 '대성하기를 기대한다'는 평을 읽었다. 더군다나 책의 맨 뒤편에 있는 수필가 명단에 내 주소까지 나와서 "큰일 났다!"는 생각이 들었다. 나는 투고한 것을 후회하였다.

그 후 잡지사에서 글을 써 달라고 연락이 왔다. 연락이 와도 받지 않고 글도 쓰지 않았다. '화가로 내 이름이 독자들에게 알려져야 한다'는 생각이 컸기 때문이었다. 다음은 내가 투고한 수필 부문 신인상의 심사를 맡았던 김정오 선생이 쓴 심사평이다.

수필이란 일상적인 삶의 세계에다가 새로운 질서를 부여하는 힘을 가지고 있다. 그리고 소외되고 분자화 된 시민들과 길 잃은 사람들과 작은 일에도 충격을 크게 받는 순수한 삶을 살아가는 사람들에게 정신을 추스르게 하거나 올바른 삶을 기쁘게 살아갈 수 있도록 자극을 주고 위안을 주는 문학이다.

서봉남씨는 서민적이고 소탈한 삶을 진솔한 마음으로 담담하게 노출하고 그려 나가는 솜씨 또한 예사롭지 않다. 조금 덜 다듬은 듯하여 풋풋한 냄새가 깔려 있지만 노력 여하에 따라 거목으로 성장할 가능성이 엿보인다.

여섯 편 중 '동반외출'과 '최선을 다할 때'를 뽑기로 했다. '작은 여행으로 인해 억눌렸던 가슴이 청량한 몇 줄기의 바람이 불어와 생활의 찌꺼기를 날려 보내고 있다.'는 구절이 신선하다. 그리고 최선을 다할 때에서 '형태의 세계는 밖에서 안으로 들어오는 행복이고, 추상의 세계는 안에서 밖으로 나가는 행복이다.'라고 하면서 '밖에서 오는 행복이란 물질을 말하고 안에서 밖으로 나가는 행복은 창조라고 정의'라고 하는 것도 공감대를 형성하는 대목이다. 아무쪼록 더욱 정진하여 대성하기를 기대하겠다.

(수필부문 심사위원: 김정오)

문학창조 신인상패

생활 어려운 후배들을 위해
초대개인전을 열어 주다

작품 생활을 해 오면서 나는 주변의 화가들에게 '소원이 무엇인가?' 하고 자주 물어보았었다. 그러면 대부분의 여류화가들은 이런저런 소원들을 말했다. 여류화가들의 소원은 다양했다. 하지만 놀랍게도 남자 화가들은 90퍼센트 이상이 '개인전' 한번 하는 게 소원이라고 말하는 것이었다.

시간이 흐를수록 나와 가까운 이웃인 어려운 화가들의 존재가 눈에 확 들어오기 시작했다. 자신의 작품을 세상에 발표할 기회가 많아야 하는데 경제적인 문제로 작품을 발표하지 못하는 화가들에게 눈길이 갔다. 경제적으로 어려워 전시가 어렵다고 한다. 20대부터 40대까지 독창성을 인정받을 수 있는 작품을 발표하지 못하면 평생 무명화가로 끝나는 것이 화가의 일생이기도 하다. 나는 그때부터 혹시 나에게 물질적인 여유가 생긴다면 미술관을 만들어 놓고 후배들을 위해 무료초대전을 열어 주어야겠다는 생각을 하고 있었다.

나는 종로구 명륜동에서 40대까지 살다가 한강 건너 양천구 신정동이라는 낯선 곳으로 이사를 하게 되었다.

야릇한 빛깔들이 눈부신 어느 날, 이가 시려워서 우리 집 길 건너편
에 있는 치과를 찾아가게 되었다. 치료하던 중 의사 선생님이 호기심
에 찬 얼굴로 나를 빤히 쳐다보았다. 그러더니 나에 대한 호기심이 일
었는지 내게 뭐하는 사람이냐고 물었다. 그림 그리는 화가라고 대답
했더니 무척 반가워하며 본인도 중학교 시절에 화가의 꿈이 있었으나
부모의 권유로 의사가 되었다고 말했다. 그는 의대를 졸업하고 바로
이곳에 개업을 하였다고, 병원을 운영한 지 어느덧 20년이 되었다는
것이다.

우리는 서로 친구처럼 가까워졌고 곧 점심친구가 되었다. 어느 날
식사가 끝나고 그분이 내게 "서 화백님, 시간 있으세요?"하고 물어 왔
다. 나는 작업만 하고 있는 터라 시간이 많다고 대답했다. 그분은 마
침 지금 병원을 짓고 있는데 구경 가자고 내게 권유했고, 그곳에 함께
가게 되었다.

현재 의원에서 300미터쯤 떨어진 대로 길가에 6층짜리 건물로 내
부를 꾸미고 있었다. 1층은 은행, 2층엔 카페가 들어올 것이고, 3층부
터 6층까지는 종합병원이 들어설 것이라며 그는 내게 건물의 한 층 한
층을 소개해 주었다.

우리는 다시 의원으로 돌아왔고 차를 마시면서 담소를 나누었다.
노 원장은 자신의 꿈이 학교 졸업 후 개업하면서 치과 종합병원을 만
드는 것이었다고 한다. 그러면서 자신의 꿈이 20년 만에 이루어진다
고 감격하며 자랑했다.

나도 진심으로 축하해 주었다. 이야기 도중, 그가 내게 서 화백님의

꿈은 무어냐고 물어 왔다. 나의 꿈은 작은 미술관을 만들어 어려운 화가들의 전시회를 열어 주는 것이라고 했다.

이튿날 12시, 점심을 먹자는 노 원장의 전화가 왔다. 점심을 주문해 놓고 노 원장은 내게 말했다.

"서 화백님, 나 어제 한숨도 못 잤어요."

"아니! 어디 편찮으셨어요?"

"아뇨. 미술관 때문에….."

노 원장은 어제 내가 말했던 나의 꿈을 생각하며 도와주겠다는 것이었다. 그는 1층 은행과 2층 카페의 계약을 해약했고, 나에게 1, 2층을 미술관으로 꾸미고 관장이 되어 꿈을 펼치라고 했다. 나는 놀라며 집세를 낼 형편도 아니라고 사양하였다. 그러자 그는 내게 무료로 할 터이니 자유롭게 목동 지역에서 문화의 꿈을 펼치라는 것이었다. 나는 마음을 정돈하고 일단 구두 약속이라도 받아야 했다.

첫째, 지금까지 재벌들이 새 건물을 지을 때는 사회에 환원하는 의미로 문화공간을 만들었으나, 수입이 없는 관계로 오래가지 않아 문을 닫았다. 문화 사업은 오랫동안 장기적으로 해야 하는데, 노 원장은 오래 하겠다고 하였다.

둘째, 문화 사업은 비영리로 해야 하는데, 그것도 좋다고 하며 영리 사업은 위층에 있는 병원에서 하니까 괜찮다고 했다. 우리는 미술관 이름을 '예가족'이라고 짓고 미술관으로 내부를 꾸몄다.

하나님께서 나의 마음을 아시고 귀인을 만나게 해 주셔서 미술관

노수영 박사와 점심 먹고 공원에서(2002)

을 운영할 수 있게 되어 감사기도를 했다.

개관하기 전, 알고 있던 기자 몇 사람을 불러 전시장을 구경시키고 식사대접하면서 혹시 취재하시다가 주변에 어려운 화가가 보이면 나에게 연락을 해 주시면 무료로 전시회를 열어 줄 계획이라고 말했다. 내가 초대하려는 화가들은 모두 남자 화가들이었다.

어느 날 여류화가가 내게 찾아와서 서 관장님은 성차별 하느냐고 따졌다. 남자는 초대해 주고 여자는 안 된다고 하니 야속했던 모양이다. 나는 상대방을 달래듯 잘 설명해 주며 이해를 구했다. 남자는 가족의 생계를 겸해서 살아야 하기에 대부분 생활이 어려우나, 여자 화가 분들은 곁에 보호자겸 후원자 같은 남편이 있어서 조금 낫지 않느냐고 말이다. 그래서 여류화가 분의 경우 약간의 전기료라고 생각하고 운영비로 20만 원씩을 받는다고 했다. 그것으로 초대작가 현수막, 간단한 팜플렛, 오픈다과비로 활용한다고 투명하게 말했을 때 그분이 이렇게 말했다.

"나도 혼자 생계를 유지하고 있는 가장이고 어렵다."

그 말을 듣고는 나는 이렇게 답했다.

"그러신 분은 당연히 성별 가리지 않고 무료로 초대해 드립니다."

무보수로 관장직에 재직하면서 전국의 생활이 어려운 화가들에게 연락하고 화가들을 찾아가서 상담하고, 서울지역 화가들은 갤러리로 불러서 상담하여 전시를 열어 주기 시작하며 바쁜 시간이 흘러갔다.

수진이
결혼 이야기

"아…빠~아!!!"

동네 입구, 골목 오르막길 80미터 되는 미니 재래시장 끝에서 다섯
살 수진이의 작고 긴 목소리에 시장 사람들의 동그란 얼굴들이 일제
히 소리 나는 방향으로 고개를 돌린다. 퇴근하고 시장 입구로 들어서
니 천사 수진이가 나를 발견하고 팔다리를 벌리고 달려오고(아니 날아오
고) 있었다.

마치 공을 몰고 골대를 향해 달려가는 축구선수처럼 수진이는 많
은 사람들을 제치고 나에게로 달려왔다. 골인 직전의 장면을 지켜보
듯 수십 명의 시장 사람들이 부녀의 상봉 장면을 보고 있었다. 모두의
시선이 우리에게로 쏠렸다. 어느새 수진이는 공중을 날아 넓적한 나
의 가슴에 철썩 안겨졌다. 마치 골인망 안에 힘껏 날아든 공을 보는
듯했다. 시장 사람들은 우리 부녀의 상봉 장면을 보며 입이 귀에 걸려
있었다.

어린 시절에도 이처럼 밝고 명랑했던 수진이가 벌써 다 큰 어른이
되어 내 곁에 있다. 1995년 어느 날이었다. "아빠! 나 결혼한다~" 하고

수진이가 말했다. 수진이의 말에 나는 가슴이 철렁 내려앉았다.

그동안 나는 아내의 투병 생활과 그림 그리는 일들로 인해 수진이의 공부생활에 신경을 쏟을 여유가 없었다. 아내의 투병생활로 인해 경제적으로 어려워졌었고 그로 인해 종로구 명륜동에서 한강 건너 양천구 신정동의 어느 셋방으로 옮겨왔을 때다.

복덕방 소개자 젊은이가 보증금만으로 철거하는 집을 사면 곧 아파트를 준다는 바람에 그 돈으로 집을 샀다. 수진이가 이렇게 커서 아가씨가 되었는데, 언젠가는 결혼도 해야 하고 집도 있어야 한다는 욕심에 사 놓은 집, 그것이 사기꾼에게 걸렸다. 그로 인해 남몰래 혼자 고민하고 있는데 수진이가 결혼한다니.

어찌할 바를 모르고 있는 나에게 수진이가 말했다.
"엄마 아빠, 제 결혼문제로 돈 걱정하지 마세요. 신랑이 될 구준회와 같이 융자도 받고 셋집을 마련하고, 둘이서 결혼 계획 모두 해 놨으니 아빠는 결혼할 수 있는 공간과 아빠 후배들 중 행위예술가만 소개해 주세요. 우리의 결혼은 우리가 알아서 할 테니…."
아빠는 주변에 알리지 마시고 결혼 축하금은 안 받을 거며, 양가 가족과 친구들만 초청하여 주례자도 없이 축하 공연으로 결혼을 대신할 거라고 했다.

나는 종로에 있는 100주년기념관 강당을 준비했고, 신랑 구준회와 신부 서수진은 청첩장 100장을 찍어서 50장씩 나누어 가족과 친구들

신랑신부 친구들

신랑신부 사진(서양)

신랑신부 사진(동양)

가족사진

양가부모

만 초청했다. 친구들 중에 재능 있는 친구들과 내가 소개한 행위예술가로 구성하여 한 시간 공연하고 기념사진 찍고 식당에서 저녁파티를 하였다. 자랑스러운 우리 딸 수진이….

수진이의 가족

노수영 박사가 회갑기념으로
화집 만들고 기념전 열어 주다

   밤새 소복이 내린 하얀 눈은 세상을 뒤바꿔 놓았고, 즐거운 크리스
마스 캐롤이 들려오는 12월 23일이다. 노 원장께서 고맙게도 나의 회
갑 날짜를 기억하고 그동안 제작했던 작품들을 모아 작품집을 출판해
주고, 회갑기념전시회와 함께 잔치를 열어 주었다.

회갑기념초대전

작품집 증정

노수영 박사와 서봉남 관장

회갑전 오픈

회갑기념 가족사진

축하

남민혁 작가가 회갑기념으로
빚어 준 서봉남 상

안말금 화가가 회갑기념으로
그려준 서봉남 상

미술관장 생활 11년 동안 가장 보람 있었던 일

화가들의 이웃은 화가이다. 화가들만이 주변에 생활고로 은둔 생활하는 화가들을 알고 있다. 화가인 나 자신도 평생을 어렵게 간신히 살아가기 때문에 어려운 동료들에게 도움을 줄 수도 없다. 똑같은 환경에 있는 나 역시도 무보수로 갤러리 관장을 11년째 봉사하며 지내고 있다. 그동안 주변에서 형편이 어려운 화가들을 많이 보았고, 그때마다 마음이 아팠다. 내가 그들에게 해 줄 수 있는 것은 전시를 열어 주는 것뿐이었다.

화가는 개인 작품 발표를 20대부터 40대까지 꾸준히 발표해서 세상에 이름이 알려져야 한다. 40대 이후부터 작품이 팔려 나가야 한다. 그래야 생활할 수 있기 때문이다. 다른 화가에게서 생활이 어려운 화가를 소개받았다. 나는 소개받은 화가의 집 주소로 찾아갔다. 어렵게 살고 있는 화가는 작은 집에서 아이들 키우며 그림을 그리고 있었다. 부인은 생활을 위해 직장을 다니고 있었고, 화가는 엄마의 역할을 대신하고 있었다.

나는 그에게 두 가지만 물었다. "그림이 몇 점 있느냐?" (내용이 좋으냐 나쁘냐는 중요하지 않았다.) "평생을 그림을 그릴 것이냐?" 평생 그림 그릴 각오만 있으면 되었기에 20점 이상이 있으면 초대 전시 일정을 정하고 전시 진행을 하곤 했다.

갤러리는 1층 40평, 2층 60평으로 작품 숫자를 보고 1,2층을 선택해서 열어 주었다. 나는 무보수 봉사정신으로 관장을 하였기에 전혀 수입이 없는 관계로 공간만 제공한다. 팜플렛 등의 비용은 작가가 직접 담당하도록 하고 시작하였다. 하지만 종종 어려운 처지의 화가를 접하면 관장인 내가 나서서 자비로 도와주어야 할 때도 있었다.

어려운 화가들을 도울 수 있도록, 나의 그림이 팔리게 해 달라고 하나님께 기도했다. 가끔이지만 나의 소품인 그림이 팔리면, 그렇게 해서 번 돈의 절반을 따로 모아 놓고 내가 도와야 할 어려운 화가의 전시회를 준비할 몫돈으로 썼다. 주로 현수막, 엽서, 오픈 다과비로 지출되었다.

어느 날, 지방에서 어렵게 사는 화가를 내가 비용 들여 초대한 적 있었다. 오픈 날 아이들과 부인도 같이 와서 가족이 행복해하는 모습을 보고 나도 기뻤다. 그런데 전시 막바지 끝나기 전 날, 전시장엘 들어갔는데 내가 들어가는 것도 모르고 작가 홀로 고민이 가득한 얼굴로 고개를 숙이고 앉아 있었다. 그 모습을 보고 전시장을 빙글 돌아보고 관장실로 돌아와서 생각을 했다.

"여보! 내가 시골구석에 처박혀 있어도 서울의 갤러리에서 찾아와 초대를 했어요. 이제 그림도 팔릴 것이고, 당신은 직장 안 나가도 돼요." 하며 부인에게 자랑했을 모습이 내 눈에 떠올랐다. 그런데 내일 전시 끝나면 그림을 그대로 싣고 내려 갈 생각을 하고 있는 것이 안타까운 현실로 나의 눈에 보였다.

정신을 차리고 서랍 속에 모아 놓은 돈을 세어 보니 50만 원이었다. 그 돈을 봉투에 넣고 전시장으로 가서 걱정하고 있는 화가를 관장실로 오라고 했다. 그가 관장실로 들어오자 나는 그에게 말했다. "이번 전시 축하하고, 내일 내려갈 텐데… 작품이 안 팔렸으니 부인에게 민망할 터인데… 내가 그냥 주면 안 받을 거고, 작은 돈이지만 전시장에 걸려 있는 제일 작은 4호짜리 그림 있던데 그것을 나에게 1점 주고 아내에게는 팔렸다고 해요." 나는 그에게 이렇게 말하며 봉투를 건네주었다. 봉투를 받은 후배는 잠시 말을 잇지 못하는가 싶더니 눈물을 흘리며 감사하다고 했다. 나도 뿌듯한 감동이 일었다. 우리는 어깨동무하면서 용기를 북돋아 주며 축하해 주었다.

그 후부터 나에게 수입이 있을 때는 절반은 아내에게 주고, 절반은 봉투에 모아 놓고 어려운 화가의 그림을 사 주었다. 그런 내게 고맙다며 자신의 그림을 주는 화가도 있었다. 나의 작품을 기념으로 소장하고 싶다며 자기그림과 맞바꾸자고 한 화가도 있었다. 여러 화가들이 많았다. 그렇게 해서 11년 즈음 되니, 후배 화가들의 생명 같은 작품들 100여 점을 넘게 소장할 수 있었다. 그 작품들을 바라보고 있노라면 뿌듯한 감동이 일었다. 그 그림들은 나를 행복하게 해 주었다.

하나님께서 나의 마음을 아시고 노수영 원장을 만나게 해 주시고 미술관을 운영할 수 있게 해 주셔서 감사했다.

어느 날, 원장이 점심 먹자고 해서 같이 식당 작은 방에 앉았는데 노 원장이 입을 열었다. 원장이 병원 올라갈 때마다 갤러리를 들여다보면 항상 관장님이 팔을 걷어붙이고 땀을 흘리며 작품 디스플레이를 열심히 하고 있는 것을 보았단다. 그래서 직원 한 사람을 채용해 줄 것이니 관장은 그런 일 안 해도 된다고 했다. 나는 그 말을 듣고 정색

문화부장관(유인촌) 축사

공로상시상식

을 하며 아니라고 손사래를 그었다. 혼자 해도 충분히 운영할 수 있으니 괜찮다고 말했다.(만약에 직원을 채용해 주면 월급도 줘야 하는데 미술관 자체에서는 수입이 없었고, 미술관에 비용이 들어가면, 재벌들이 그랬던 것처럼 문화공간으로서의 목적을 상실하여 문 닫게 될까 봐 가능한 미술관에는 돈을 쓰지 않도록 하려는 생각이 나의 뇌리를 스쳐 갔기 때문이다.)

그러자 원장이 내게 말했다. "그러면 관장님에게 연봉을 정해 드리지요." 나는 그의 호의를 거듭 사양했다. 과연 내가 받아도 될 돈인가 싶었다. 원장님이 미술공간을 봉사정신으로 사회에 기부하였는데 나도 봉사정신으로 하겠다고 했다. 이튿날, 병원 사무장이 내 방으로 찾아왔다. 원장님이 관장님을 병원 직원으로 서류 만들고 각 보험비용을 내겠다고 해서 그것은 사무장이 알아서 하라고 했다(이날부터 16년간 직원이 되어 65세 넘어서 나에게 30만 원씩 연금이 나오니 감사하며 살고 있다).

갤러리가 개관한 지 10년 되던 해의 봄, 국가의 IMF로 온통 사회가 어려운데 병원의 사정도 어렵다는 것을 사무장에게서 들었다. 나는 사회가 어려워도 식당은 밥을 먹어야 하고, 병원은 아프면 병원을 찾아 갈 것이라고 생각했는데 '병원도 불황이 있구나' 하고 깨달았다. 그래서 원장을 만나서 병원이 어렵다는 말을 들었다며 10년 동안 어려운 화가들 많이 열어 주어서 감사했고, 갤러리는 연말까지 전시계획이 되어 있으니 연말까지 전시하고 12월 31일부로 갤러리 문을 닫자고 했다. 그리고 1, 2층은 세놓으라고 말하자 원장은 미안해하며 그렇게 하겠다고 했다. 그렇게 해서 무보수 관장으로 11년 동안 300여 명의 화가들에게 초대전의 기회를 열어 주었던 미술관은 행복한 기억을 남기고 폐관하였다.

내가 보람 있는 관장 노릇을 하며 어려운 화가들을 도운 것이 입소문이 났는지 '미술인의 날' 행사 때, 나에게 '특별 공로상'을 주었다. 내 주변의 모든 화가들이나 일반 친구들은 내가 부자로 잘살고 있는 줄 알고 있었다.

특별공로상 트로피

아버님에서 위대한 기독교미술가로

-회갑기념으로 명근이가 쓴 글

서명근(작가)

동붕 서봉남 東鵬 徐奉南,

아버님께서는 1944년 12월 23일 세상에 태어나셨다. 아버님은 소년 시절부터 그림에 대한 동경과 꿈을 키워 오셨고, 1969년 가을에 어머 님 김순임 양과 약혼하시고 이듬해인 1970년 1월 20일 결혼하셔서 아 들(서명근. 연세대학교 문과대학 철학과 졸업)과 딸(서수진. 이화여자대학교 미술대학 서양화과 졸업)을 낳고 우리를 잘 성장시켜 주시며 행복하게 살아오셨다.

어려운 환경 속에서도 성실하고 열심히 삶을 채워 오신 아버님은 기독교 신문사와 미술잡지에서 기자와 편집장을 지내며 저널리스트 로서의 길을 걷다가 당신의 나이 33세에 기독교 화가로서의 길로 전 향을 하시게 된다. 이것은 아버님의 삶의 방향을 바꾼 두 번의 꿈 이 후였다(수필집 『아름다운 삶의 빛깔들』 도서출판 청어,187페이지 참고). 아버님은 "나는 무엇을 위해 사는가? 주님께서 주신 달란트는 무엇인가?"라는 주제로 고뇌하며 찾은 한라산 기도원에서의 7일간의 기도 끝에 '기독 교미술'을 위해 평생을 바치시고자 하는 결단을 하시게 된다.

당시 화가의 길은 일정한 수입 없이 열정을 불태워야 했던 일이었 기에 이후 우리 가정은 가난의 연속일 수밖에 없었지만 이때부터 본 격적인 화가로서의 길을 걷게 되시면서 열정적인 작품 활동과 집필

활동을 하시게 되었던 것이다. 아버님께서는 당신 생애 최초로 장만한 집(안산 예술인아파트)을 팔아가면서 가톨릭 200주년, 기독교 100주년을 기념한 대작 '영광(캔버스에 유채 400×800cm)'을 1984년에 완성하신다. 이는 기념성 만큼이나 스케일도 웅대하여 동양에서 유화로는 제일 큰 크기의 기념화로 전시할 장소가 없어서 완성한 지 12년이 지난 1996년도에야 '예수의 일생'을 통해 발표되었다.

아버님께서는 꾸준히 한국기독교 미술에 대한 연구와 함께 주요 저술 활동을 하시게 되었는데 1984년에 다음과 같은 책을 출간한다. 『성화해설』, 1991년도에 출간한 『예수의 일생 성화집』, 『기독교미술사』가 그것이다. 이 중에 기독교미술사는 성서 창세기부터 현재까지 다룬 세계최초의 기독교미술의 과거와 현재를 정리한 전문 서적으로 인정받은 바 있다.

아버님은 현재까지 국내 개인작품전 15회, 국외 개인작품전 5회(프랑스, 독일2, 스위스, 미국)의 발표와 국내외 각종 초대전 300여 회에서 작품을 출품하셨고 33세부터 현재까지 30여 년간 변함없이 성경 창세기부터 계시록까지를 당신 생전에 완성하겠다는 계획으로 성화제작을 하면서 정열적이고 왕성한 작품 활동을 하고 계신 중이다. 아버님의 예순 평생을 뒤돌아보면서 문득 모진 가난과 힘겨운 미술계의 현실 속에서도 희망과 사명으로 온 일생을 불태워 오셨던 인생역정에 눈시울이 붉어지고 코끝이 찡해 옴을 느낀다.

어렸을 때부터 이런저런 투쟁과 반항에 아버님의 속만 썩여 왔던 나 자신에 대해 작은 부끄러움을 느끼게 된다. 아버님의 일생 곳곳에 배어 있는 고독한 구도자의 길에 아들로서 어떤 도움이 되었는지를 돌이키며 한없는 아쉬움을 가지게 된다.

"우리 집은 용도가 다양하고 설계가 잘된 편리한 집이라고 나는 항상 생각하고 있다. 직장에서 퇴근을 하면 먼저 아이들 방으로 들어간다. 아이들은 방이 좁다하고 장난감을 늘어놓고 두 남매는 열심히 소꿉놀이를 하고 있다. 장난감을 정리하고 나면 그 방이 바로 우리 안방인 것이다. 내가 옷을 벗어 걸고 앉으면 아내가 밥상을 들고 들어온다. 이때는 안방이 식당으로 변한다. 조금 후에는 그 방이 나의 서재이자 화실이 된다. 그러니까 네모진 우리 방의 구조는 남쪽 벽은 나의 서재이자 화실이고 동쪽 벽은 아이들 오락장이자 공부방인 샘이다. 북쪽 벽은 아내의 살림이 놓인 안방이다. 손님이 왔을 땐 우리 방은 응접실로 변하고 저녁이 되면 침실이 되는 것이다. 우리 집은 이렇게 편리하고 용도가 다양한 저택(?)인 것이다."

–월간 『새가정』 1977년 12월호 기고하신 '마술사 같은 우리 방' 중에서

오랜 기간 사글세 단칸방을 전전하면서도 이처럼 감사하는 마음으로 순수하게 살아오신 아버님!

우리에게 문명은 좋은 사람에게는 좋으나 또 나쁜 면도 있다. 몇 년 전 가난한 예술가들의 건강을 위한다고 의료보험이 우리나라에서 처음 실시되었다. 반가운 마음으로 모든 예술가들은 너도나도 가입했고 몇 년 동안 열심히 보험료를 불입했었다.

그림만 그려오는 나에게 별다른 수입이 없어서 보험금을 계속 낼 형편이 되지 못하게 되어서 실무자를 찾아가 상담을 했다. 잠시 동안 탈퇴를 하고 형편이 좋아지면 다시 가입하겠노라고 했으나 담당자는 냉정하게 법을 내세워 안 된다는 것이었다. 탈퇴할 수 있는 최선의 방법은 이런 것이었다. 첫째로 죽는 것, 둘째로 외국으로 이민가면서 국적을 없애는 것, 셋째로 불명예로 미술협회에서

제명당하는 것, 이 세 가지 방법밖에는 없다는 것이었다. (중략)

나는 놀라지 않을 수 없었고 이제 나는 죽는 날까지 올무에 묶여서 빠져나올 수 없다고 생각했다. 몇 년 후 드디어 나에겐 하나밖에 없는 생명줄이랄 수 있는 전화를 빼앗아 갔다. 또 무엇을 차입할지 모르지만 예술가의 그림은 재산으로 인정이 되지 않았다. 가난한 예술가들을 위한다는 의료보험이 생명줄을 끊는 무서운 존재로 보여지기 시작했다. 전화를 잃게 되자 제일 미안한 사람은 동생이었다. 빼앗긴 전화는 10년 전 동생이 선물로 놓아주었기 때문이고 그 전화를 처음 놓았을 땐 너무나 신기해서 한동안 행복했었기 때문이다. (중략) 전화 없는 나의 화실은 도심 속의 자연, 그런 공간이 되었다. 볼수록 푸르른 하늘, 시련에 부딪힐 때 오히려 노래하며 흐르는 맑고 시원한 물소리, 변함없는 믿음직스런 산들, 화려하지는 못해도 평화롭게 살고 싶은 것이 나의 꿈이 아니었던가, 세상길에서 만난 무수한 사람들 사이에 정을 나누면서 산다면 얼마나 좋을까?

-월간『신앙세계』1989년 5월호에 기고하신 '전화 때문에' 중에서

고난과 역경 속에서도 희망을 잃지 않으셨던 아버님!

모든 사람들이 흥분하면서 고함을 질러댄다. 모두 무서운 세상이라고 하고 교통지옥이라고 한다. 어떤 아저씨는 차에다 고함치고 어떤 사람은 전화기에 대고 고함친다. 어떤 이는 주먹을 휘두르며 하늘을 향해 고함치는 사람도 있다. 세상이 종말이 온다고 떠들어댄다. 이 세상은 더럽고 험악하여 사람들은 모두 그러먹었다고 하고 요즘 사람들은 믿을 사람이 아무도 없다고 속단하는 사람도 있다. 정치가건 의사건 선생님이건 상인이건 하나같이 남을 속여 벗겨먹으려 든다는 것이다. 나는 그럴 때마다 곰곰이 생각해 본다. 정말 막 되어 먹은 세상인가? 반드시 그렇지만은 않다.

누가 세상을 험하다고 하는가? 천만의 말씀이다. 나는 가까운 가족으로부터 친구들, 이웃사람 한 사람 한사람 나와의 관계를 생각해 본다. 나와 연관된 사람은 백 명, 천 명 아니 헤아릴 수 없이 많다. 그 사람들은 모두 착하고 편안하고 개성이 분명한 아름다운 사람들뿐이다. (중략)

텔레비전과 신문에 나쁜 일이 보도된다는 것은 아직도 우리나라에는 좋은 사람이 너무나 많다는 것을 보여주는 것이다. 정말로 나쁜 사람이 많은 세상이라면 좋은 사람이 텔레비전이나 신문에 나올 것이 아닌가?

-월간 『신앙세계』 1990년 11월호에 기고하신 '이 가을에 생각나는 것들' 중에서.

남들이 무어라 해도 세상을 맑고 아름다운 눈으로 바라보고 살아오신 아버님!

내가 어렸을 때 대문 밖에 나가면 아이들은 "복남이네 어린 아이 감기 걸렸네 에이취! 에이취!"하고 노래를 불렀다. 나는 그것이 싫어서 봉남이라는 이름을 밝히기를 여간 싫어하지 않았다. (중략) 아이들은 너무도 순수하고 소박하다. 그래서 어린이를 소재로 그림을 그렸는지 모른다. 가끔 어린이 모임에 가면 나는 "복남이네 어린아이 감기 걸렸네, 에이취!" 이 노래를 불러준다. 그리고 같이 즐거워한다. 이제 내 나이 40을 바라보는 오늘에도 어린아이 마음은 그대로 남아 있다. 내 나이 5, 60이 넘어도 마음만은 그대로 어린이 그림을 그리면서 어린 아이처럼 남아 있을 것이다.

-계간 『어린이문화』 1992년 봄호에 기고하신 '동심' 중에서

주변에서 바라보는 아이들보다 더욱 밝고 어린 미소와 심성을 지니신 아버님!

한번쯤은 서울을 벗어나고 싶었다. 그런데도 마음만 앞설 뿐 실천으로 옮기기란 그리 수월한 일이 아니었다. 그동안 나는 바쁜 일들에 묶여 먼 곳으로 나들이 할 형편이 못 되었던 것이다. 그런데 의외로 그럴 기회가 온 것이다. 경기도 이천에 도자기를 굽기 위해서였다. (중략) 내가 아내와 결혼한 지도 벌써 10년째, 지난 10년 동안 아내는 두 아이를 낳아 길렀고 4년 동안 위장병으로 고생을 하면서도 불평하지 않고 나와 두 남매를 위해 열심히 헌신해 왔었다. 가난한 화가에게 시집왔으나 투정 한번 없이 어려울 때에는 기도해 주며 위로해 주었고, 사랑으로 이해를 아끼지 않았다. 이제 아들 명근이는 10살이 되었고, 딸 수진이는 여덟 살이 되었다. 아내는 10년 동안 장하게 살았다.

앞으로 20년 30년, 아니 100년을 용감하게 살아갈 것이다. 10년 전 결혼 때는 제주도를 가고 싶어 했었다. 결혼 10주년에는 제주도에 가자고 약속을 했으나 아직도 생활에 쫓기다 보니 약속을 지키지 못했다. 내년에는 꼭 이행하리라 다짐한다. (중략) 차는 신나게 달리고 아내와 나는 마주잡은 손에 힘을 주었다.”

-월간『소설문학』 1980년 12월호에 기고하신 ‘동반외출’ 중에서

항상 아버님을 지켜 오셨던 어머님을 끔찍이도 사랑하셨던 아버님!

아버님은 지금 나에게 이 시대의 진정한 거인으로 다가온다. 작게는 철모르는 자녀들에게 사랑으로 키워 주신 자상한 아버님으로, 가난과 질병 속에서 일평생 내조해 오신 어머님의 자랑스러운 남편으로, 물질이 풍족하지는 않았지만 사랑으로 풍요로운 가정을 이끄신 훌륭한 가장으로, 크게는 모진 역경과 시련 속에서도 항상 감사하며 사랑을 실천한 독실한 기독교인으로, 척박한 한국 미술계에서 불꽃처럼 예술의 꽃을 피워낸 진정한 철인으로, 이 시대 기독교미술계에 큰 족적을 남기신 예술계의 거장으로, 이 모든 역할을 충실히 소화하신 작

은 거인으로 말이다.

봉남, 봉남 동심의 사나이
하늘바라 그의 눈 무엇을 찾나

산도들도 하나같이
빨강, 파랑, 노랑
잘도 어우러진 색동무늬

흙 내음을 풍겨요 조국이 그리워
꿈을 심는 그 손길 화폭에 아롱지는 숨결
거기 함빡 개구쟁이들 뛴다 난다 동심 청하다
봉남, 봉남 순도 드높이는 아기 사나이

동요 '반달의 작사가 윤극영 선생님의 '동심화가'

　아버님은 이 시대의 진정한 "기독교 화가"이자, 순수의 세계를 간직한 "동심화가"이자 한국의 민족혼을 담아내는 "민족화가"임을 믿어 마지않는다. 기독교미술이라는 달란트를 위해 매진해 온 불꽃같았던 이전의 인생처럼 남아 있는 절반의 인생도 보다 아름답고 보다 순수하게 지속되기를 희망한다. 아버님의 아들로서 뿐만 아니라 이 땅의 예술계를 사랑하는 한 사람으로서도 말이다. 하여 그 이름과 예술혼이 동(東)방으로부터 전 세계를 뒤덮는 진정한 봉황(鵬)이 되기를 바란다.
　아버님, 그리고 같은 한 분인 어머님, 언제까지나 건강하시길 바라며 그 꿈의 끝에 이르시기를 기원합니다. 진심으로 사랑합니다!

〈2004년 12월 23일 회갑기념 헌사를 위해 사랑하는 아버님의 과거의 족적을 거슬러 보다 벅찬 감동을 안고 아들 서명근이 이 글을 바칩니다.〉

세계 장애인기능올림픽(인도 델리) 정부에서 감독으로 위촉

- 기능부문, 과학부문, 예술부문, 대한민국이 종합 우승하다

2003년 정부 노동부에서 미술로 장애인을 도울 수 있는 화가를 찾다가 나에게 초청 공문이 왔다. 기독교인으로서 봉사정신이 강한 화가로 적격자라고 한국미술협회의 추천을 받아 노동부로 갔다.

오래전부터 세계기능올림픽이 4년마다 열렸는데, 처음에는 기능부문(미용, 양장, 목공 등)이었던 것이 발전하여 첨단과학부문(컴퓨터 등등)이 생겼고 내년 인도대회에서 처음으로 예술부문(유화, 수채화, 목공조각, 도자기, 사진, 광고디자인, 공예, 꽃꽂이 등)이 신설되었다. 나는 기술위원으로 위촉장을 받으면서 예술부문 감독이 되었다.

내년에 이뤄질 대회에 참여하기 위한 선수를 뽑기 위해 각 분야의 코치를 선정해야 했는데 다른 분야는 노동부 담당관이 추천하였고 나는 유화와 수채화부문 지도교수(이곳에서는 코치라고 부름)를 추천했다.

전국장애인미술대회는 우리나라 중심인 대전에서 노동부가 주관하여 열렸다. 나는 심사위원장으로 유화, 수채화 중에 금, 은, 동 6명을 뽑고 2차로 6명 중에서 유화(청각장애)1명 수채화(척추장애)1명 2명을 최종 선수로 뽑아 노동부 훈련원에서 6개월간 코치와 함께 미술지도를 했다.

2004년 4월 인도 델리에서 세계 28개국 중에서 대한민국대표 감독, 코치, 선수들 100여 명이 참석했고, 나는 예술 부문 감독으로 입장을 했다. 15일간 순서에 의해 재능을 발휘했는데 나는 유화부문 심사위원장으로(심사위원 황인, 백인, 흑인) 6명과 같이 심사했다.

한국대표선수와 함께

나는 그동안 많은 심사를 해 보았지만 이 대회는 다른 대회와는 조금 더 달랐고, 특별했다. 대회에 참가한 모든 장애인 선수들의 순수한 모습, 몸이 불편함에도 질서 정연하게 해맑은 미소로 평화로운 대회를 치른 모습이 정말 아름다웠고 서로 기쁨에 가득 찬 눈으로 다정히 살아 꿈틀거리는 대화를 하였다.

시상식준비

대회에 참가한 선수들 중에는 시각장애인도

행사준비위원들(서봉남대회장)

학교방문

훈장 받고

공항 환영식

있었는데 손가락으로 물감을 찾아내어 그림 그리는 모습이 마치 사물을 보고 있는 것만 같았다. 그 모습을 보며 신기하고도 아름다웠었다.

모든 선수들에게 상을 주고 싶었지만 금, 은, 동, 3명에게만 주어야 한다는 것이 힘들었다. 행사를 도와준 인도 미대학생들도 어쩜 그리 겸손하고 순수하고 착한지…. 그들의 친절한 자원봉사로 대회를 잘 마친 것을 보며, 대회 기간이 서로 잘 배려하는 천국의 시간 같았다. 행복하였고 보람을 느꼈다. 이 대회를 통해 장애인들이 새롭게만 보였다.

이번 대회에서 대한민국이 종합우승을 했다. 우리 일행은 인천공항에 도착하여 환영식에 참여하였고 인솔자인 나도 같이 정부의 초청받아 청와대에서 대통령에게 예술부문 훈장을 받았다. 이 훈장은 나의 공이 아니라 해맑은 천사 선수들의 상이라고 생각하면서 감사했다.

김동길 박사가 열어 준
서봉남 고희잔치

- 2014년 12월 22일(월요일) 오후 6시, 장소: (사)태평양시대위원회 회관

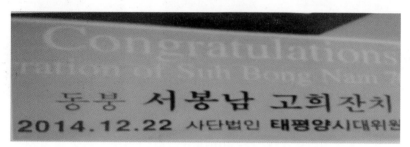

서봉남 고희잔치 현수막

나는 지난 아흔 살 되도록 이 땅에 살면서 선물도 많이 받고 주기도 했지만 이번만큼은 다르다. 화가 서봉남에게 감동을 받고 큰 선물을 주고 싶었는데 그것은 잔치를 열어 주는 것이었다. 2014년 12월 23일이 그의 생일이지만 22일은 낮과 밤이 똑같은 동지이고 내일부터는 낮이 차츰 길어져서 그의 앞날에 희망이 되게 하기 위해 하루 앞당긴 22일에 고희잔치를 열어 준다.

고희 잔치의 순서는 다음과 같았다. 다음은 잔치의 목차다.

고희古稀잔치 순서
〈제1부〉
사회–김남중(창작미술협회 회장)

김동길 교수 축사

초대 축하말씀-김동길 박사
감사의 말씀-화가 서봉남

〈제2부〉
생일 케이크커팅
김동길 박사 축하건배
식사 시작

〈제3부〉
축시낭송: 김춘선 시인
축가: 이종례 교수(바리톤)
무용공연: 민지영 교수

서봉남 감사 인사

김동길 교수, 서봉남의 고희 기념
초대 잔치 열어 주시다

축가(동요): 구서린 어린이
축가: 최현준, 정에스더 부부 (선교사)

김동길 박사의 고희잔치 축사

이 시대에 이런 인물이 있다는 것이 참 한국인으로서 자랑스럽습니다. 나는 서봉남의 작품을 본 후 그의 인물을 대하고 "아! 이 시대의 훌륭한 사람이다."라고 생각을 했습니다. 그림을 그리든 뭘하든 이 시대에 이런 인물이 있다는 것, 참 한국인으로 자랑스럽다고 느꼈습

니다. 다시 말해서 서봉남은 우리에게 희망을 주는 이입니다.

사람들은 서봉남 화백을 두고 동심 화가라고 말합니다. 순수했던 어린 시절의 내용들을 향토적인 지형 색과 한국의 사계절인 기후 색, 우리 백의민족을 상징하는 백색으로 그리는 화가라고. 또는 기독교인으로서 경전인 성경 내용인 창세기부터 요한계시록까지 그림으로 그린 화가라고 말입니다. 하지만 서봉남 화백을 그렇게만 규정시킬 수 없습니다. 그는 그의 그림에 아이들을 그리기 위해 어린 시절로 돌아가 그린 것이나, 종교화의 성경을 묘사했다는 것은 그의 신앙과 예술표현이지만

가족사진

그게 전부가 아니고 그에게서 더 중요한 것을 보았기 때문입니다.

서봉남은 신앙인으로 이십 년 넘는 세월 동안 아내의 투병생활을 돌보며 변함없는 마음으로 오랜 세월 극진히 한 아내를 사랑한 사람으로서 서 화백은 이 시대를 살면서 우리 국민에게 어떻게 사는 것이 진실하게 사는 것인가를 보여 준 사람입니다. 그것은 서봉남은 생활자체를 통해서 자기의 작품을 통해서 우리에게 보여주는 이가 서봉남입니다. 서봉남의 삶과 작품세계와 그의 인물됨이 이 시대의 표상으로 한국인임이 자랑입니다.

공연

고희 잔치에 기록해 주신 방명록

* 서봉남 선생님의 기도 시를 읽고 가슴에 뜨거운 무엇이 뭉클했어요. 선생님의 일생이 담긴 귀한 시에 다시 한번 느끼며 괜시리 눈물이 났고 참으로 기쁨 벅찬 글이었습니다. 선생님의 시를 낭송하면서 가슴 벅차 잔치 분위기 흐트러질까 염려하면서도 기뻤습니다. -**김춘선**(시인)

* 서봉남 화백님의 고희 잔치라서 그냥 축하해 주러 왔다가 감동하여 계획에 없던 축가를 불렀지만 가슴이 벅찬 감동을 받고 갑니다. -**이종례**(화가, 음악가)

* 축복받는 축하공연자리 저도 영광이고 선생님의 고희 진심으로 축하드립니다. -**민지영** (교수, 무용가)

* 제 생애 가장 특별한 감동을 주신 선생님을 만나게 해 주신 하나님께 감사하며, 하나님의 청지기이신 화가 서봉남 선생님에게 황금빛 빛나는 축복 있기를 기도합니다. -**정에스더**(영어강사, 선교사)

* 서봉남 교수님의 삶과 작품세계를 극찬하신 김동길 교수님의 말씀을 듣고 서 교수님의 삶과 사고, 그림 모두모두를 좋아하고 존경합니다. 남들이 잃어버린 순수 영혼을 간직하고 계시는 참으로 값진 보물 가지고 계시고 제 생각엔 한국 금세기 최고의 화가이시구요. -**조경숙**(화가, 제자)

* 김동길 박사님으로부터 귀한 초대를 받고 축하해 주시는 그리스도의 사랑을 느끼신 서 화백님을 다시 한번 감동받고 축하드립니다. -**이덕근**(관세사, 역사탐방고문)

* 김동길 교수님과 서봉남 화백과의 스토리사랑, 아멘으로 참 은혜로운 관계입니다. -**김병종**(화가. 교수)

* 형은 그리스도인으로 생애 압도된 흔적을 매일 기록하며 살아오셨지요. 세월이 긴, 하지만 자유로운 영혼이 걸어온 화가의 길이 한편의 시어처

럼 아름답기만 합니다. -**이수**(화가)

* 늘 존경합니다. 사모님의 오랜 투병생활에도 불구하고 밝은 빛으로 넘치는 자세, 큰 귀감이 됩니다. -**정기창**(화가)

* 선생님을 처음 뵈올 때부터 알았지만 정말 훌륭하십니다. 선생님은 살아계신 성인이랄까요. 늘 존경합니다. -**이소정**(화가)

* 서 화백님 멋집니다!! -**박현숙**(구하갤러리 관장)

* 정말 서 화백님이 행복해 보이시네요~ 축하합니다. -**박사장**(가현공방)

* 개구쟁이들 노는 모습 천진난만 활기 넘치고 웃기도 하며 감동 많이 받았습니다. 선생님께선 주님을 얼마나 사랑하시는 것도 알았고, 선생님께 더 큰 기적이 일어날 거라 믿습니다. 선생님은 예수님 안에서 영원히 빛나는 위대한 예술가입니다. -**안말금**(화가)

* 사람들이 선생님을 향한 존경심을 저 역시 동감입니다. 선생님처럼 행복한 작가의 삶을 많은 사람들도 본받았으면 합니다. -**정성순**(조각가)

* 얼마 전에 교수님의 방송출연보고 감명받았습니다. 존경합니다. 선생님의 아름다운 삶이 그리고 한국의 저명한 김동길 교수님께서 고희잔치를 열어 주시고 축하말씀 속에서 선생님을 높이 평가하신 것을 보며 정말 훌륭하십니다. -**윤여만**(영어강사, 제자)

* 서 화백과는 또래여서 친구처럼 생각했었는데, 이제 보니 너무나 존경스럽고 훌륭하셔서 사부님으로 모셔야 되겠네요. 잘 부탁합니다. -**김영자**(화가)

* 선생님의 향기 알아주는 분들이 많아서 삶의 기쁨과 감사가 넘치는 것을 보며 존경합니다. -**김애경**(화가)

* 선생님께서 걸어오신 업적, 이렇게 많은 사람들에게 찬사를 받아 마땅한 일 두고두고 사랑받으시길 기도합니다. -**백은숙**(시인, 화가)

* 선생님은 참으로 축복받은 화가이십니다. 두아리랑. **-두시영**(화가)
* 평소 존경하던 김동길박사와 서 화백과의 좋은 인연을 갖게 되신 것 축하드립니다. 여호와닛시 하나님께서 동행하시고 영성 깊은 좋은 작품 제작하시길 믿습니다. **-박경호**(아트바이아트 사장)
* 남들이 선생님을 칭찬하는 것 동의합니다. 선생님의 승리, 행복한 화가라는 것을…. **-이혜민**(기자)
* 선생님의 삶의 흔적, 너무 감동이며 도전입니다. **-황인화**(화가)
* 현대사회에서 예수님처럼 소박한 삶을 살며 믿음을 붓으로 표현한다는 것은 쉽지 않은데 정말 존경스럽습니다. **-임종호**(작가, 충무포럼 이사)
* 선생님 고희잔치에서 감명받았습니다. 고맙습니다. 초대해주셔서…. **-구희모**(화가)
* 삶으로 그린 그림 안에 그리스도의 향기를 낸다는 것 화가로서 최고의 축복입니다. 저도 교수님 같은 그런 그림을 그리며 살고 싶어요. 존경하고 부럽습니다. **-강미경**(화가, 제자)
* 현재와 미래 그보다 더 영원토록 교수님의 작품들이 세상 사람들에게 사랑받으시길 기도합니다. **-정연갑**(화가, 제자)
* 교수님께서 어느덧 세월이 흘러 칠순을 축하드립니다. 김동길 교수님께서 우리교수님의 잔치를 열어주신 것 감사하구요 그러고 보니. 저도 나이가 되었네요. 흐흐 전 선생님의 제자인 것을 정말 자랑스럽게 생각하며 살고 있습니다. **-송미진**(화가, 제자)
* 한국의 석학이신 김동길 교수님께서 훌륭하신 우리교수님을 잘 표현해주셔서 저가 감사하네요, 내내 건강하시고 행복하세요. **-백영임**(화가, 제자)
* 형님이 자랑스럽습니다. 생활의 어려움 속에서도 늘 그림에 평생을 헌신하셨으니… 경제적인 도움이 못 되어 항상 죄송했었습니다. **-서봉은**(동생)

아내 하늘나라로
가던 날(투병생활 27년)

아름다운 세상에서 오랫동안 투병생활(27년)을 하는 중에도 작은 집에서 행복을 느끼며 소박함으로 살아온 아내는 감사를 잃지 않고 힘들게 살아왔었다. 요사이 부쩍 눈물 많고 숨어서 좋은 일하며 여리고 자상하면서도 명랑했던 아내….

지금까지 40여 년간 아내를 경제적으로 고생만 시켰기에 부끄럽고 미안한 마음이 들었다. 아내가 떠나던 날에는 그 상실감으로 인해 가슴이 아팠다. 아내의 인생을 들여다보면 그래도 '아름다웠었다'고나 할까. 그에게는 슬프면 슬픈 대로 아플 때는 아픈 대로 생활이 어려울 때도 신앙의 힘으로 견뎌 낸 아름다움이 있었다.

2016년 1월 2일 화창하고 신선한 아침, 몸이 갸우뚱하게 기울어진 병원 침대에 천사처럼 누워 있는 아내의 앙상하게 작은 손을 잡으며 젊었을 때의 포동포동했던 그 손을 상상하며 숨가쁘게 바라보았다.

아내의 평화로운 얼굴에 기쁨으로 가득 찬 표정이 정겨운 음악소리처럼 나의 귀에 들려왔다. 아내는 조용히 눈물을 흘리며 나를 바라보았다. 마치 '끝까지 곁에 남아 있겠다는 약속을 지켜줘서 고맙다'는 눈빛으로 나에게 작별하는 것 같았다.

지난해에 핀 꽃들의 영혼마냥 창백하고 아련한 아내의 모습이 눈에 들어왔다. 고요한 그의 얼굴을 들여다보며 위대한 생명의 마지막 모습을 보고 있었다. 마지막 폭풍 같은 격렬한 슬픔이 파도처럼 밀려와 눈물이 솟구칠 것 같았다. 가슴이 터질 것 같은 아픔만이 느껴질 뿐이었다. 아내는 촉촉이 젖어 흐르는 눈물을 훔치며 한결 나아진 모습으로 잠들었다.

아내는 세상에서 사는 동안 미움을 기도로, 기쁨을 감사로 살았다. 그러한 지난 삶을 들여다보는 아내는 마지막으로 무엇인가를 품어 내고 인생을 긍정하며 마무리를 짓는 것 같았다.

나는 아내의 하얀 얼굴을 보며 온몸에 힘이 쑥 빠져나가는 것을 느꼈다. 밖으로 나와 하늘을 바라보았다. 평화롭고 고요한 하늘에는 부드럽게 어우러진 아름다운 빛깔들이 전율처럼 느껴졌다.

세상은 모든 것을 다 잊은 채 마지막 황혼의 달콤한 향기로 나를 몽롱하게 해 주면서 큰 집에 살면서 불행하게 사는 것보다 작은 집에서 행복하게 사는 것, 비가 오거나 눈이 올 때도, 아플 때도 곁에 있게 해 달라'는 가사를 생각하며 하늘을 바라보았다. 하늘의 축복처럼 향긋한 냄새처럼 아내의 모습이 눈에 들어왔다.

2016년 1월 2일 오후 3시 아내는 운명하여 연세대학교 의과대학으로 옮겨졌다. 의사들은 서둘러 장기들을 필요한 사람들에게 나누어 주고 남은 시신은 학생들에게 전달했다. 의대생들이 해부학 공부를 할 수 있도록 시신을 기증한 것이다. 이후 1월 26일에 우리에게 화장한 아내를 넘겨주어서 여주 선산에 안장할 수 있었다.

2016년 10월 14일(금요일) 오후 4시 연세대학교 의과대학 강당에서 의학의 발전과 교육을 위해 자신의 몸을 기증하신 분을 위해 감사의 추모예식을 열어 주었다. 다음은 장례 때 낭독했던 비문이다. 아들 서명근과 딸 서수진이 다음과 같은 글을 써서 낭독해 주었다.

비문–

아버님에서 위대한 미술가로

서명근 (아들, 작가)

소년시절부터 화가의 꿈을 키우시고
고난과 역경 속에서도 희망을 잃지 않으시고
감사함으로 순수하게 살아오신 아버님
세상을 맑고 아름다운 눈으로 바라보신 아버님
항상 아버님을 지켜 오셨던 어머님을 끔찍이도 사랑하셨던 아버님
아버님의 과거 족적을 거슬러보며 벅찬 감동을 안고 바칩니다.

* 나도 언젠가는 하늘나라에서 아내를 만날 것이기에 비에 미리 쓰라고 해서
  아들이 썼다.

세상에서 가장 아름다우신 분

서수진 (딸, 화가)

천사보다 천만 배 더 화안한 미소

동그랗고 사랑스런 조그마한 이마

가름하게 잘생긴 손과 발

늘씬 날씬한 맵시

생명을 품던 고귀한 가슴

온몸 저리도록 충만했던 따스함

고난을 행복으로 치환하셨던 의지

세상 최고의 사랑품고 마지막까지 고결했던 신념

더 이상 손끝으로 느낄 수 없고

눈에 담을 수 없으나 영원히 가슴으로 느낄게요

엄마는 세상에서 가장 위대한 분이셨습니다.

김순임 장례식

시신기증 관계로 가족에게만 사망소식을 알리고 지인들에게는 알리지 않았었다.

장례를 치르고 한참 지난 후 지인들이 아내의 사망소식을 알게 되었다. 모두가 서운함으로 나를 대했다. 이후 아내를 추모하기 위해 많은 분들이 메시지를 보내 주었다. 아내 김순임(金順任)의 부고에 보내 주신 감사의 글이라고 할 수 있다. 그분들의 글을 이곳에 싣는다.

* 묘비를 보며…. 선생님은 사모님을 위해 눈비가 몰아쳐도 영원히 소멸하지 않은 사랑과 존경을 이루었습니다. 그것은 곧 하나님께서 주신 기적입니다. 사모님 묘소에 아로새긴 자녀분의 마음에 한없는 감동도 받았습니다. -**김현동**(미술등록협회 회장)

가족사진

묘비

* 자녀분이 고인의 안식처를 아름답고 영원히 기념될 만한 묘비를 만들어서 아주 좋게 보입니다. -**이덕근**(장로, 전 공무원)

* 마음이 숙연해집니다. 사모님은 마지막 한 점의 살까지 병든 사람을 위해 모두 내어주시고 살신성인하셨으니 가시는 분의 마음 또한 기쁘게 하나님 곁으로 가셨습니다. 부인께서 먼저 가셨을 뿐 항상 선생님 곁에 계시지 않습니까. 하나님이 계시는 천국으로 길 잃지 않고 무사히 도착하셨을 겁니다. 슲으신 마음 추스르시고 건강히 살으셔야 합니다. -**서보경**(화가)

* 아름답게 꾸민 산소, 그리고 자녀들의 글들 감동으로 다가옵니다. 많이 그립지요? 그 마음 잘 압니다. 믿음 안에서 승리하십시오. -**이재명**(의학박사)

* 서 교수님은 사모님을 가슴에 장사지내셨군요. 사모님은 언제나 서교수님 가슴속에서 아픔이 없는 참 평화를 누리고 계시군요. 사모님은 참 행복한 분입니다. 그리고 부전자전이라더니 자식은 부모의 모습이라더니 서교수님은 훌륭한 자손을 두셨습니다. -**손주영**(사학자)

* 세상 질병의 고통 없는 하늘나라에 계신 사모님, 주님의 은총으로 평화의 안식 누리시길 기도합니다. 서고문님의 아내사랑 감동입니다. 웰다잉 준비에 좋은 교훈을 주신 것 같습니다. -**두시영**(화가)

* 사모님의 산소를 아름답게 꾸며서 흐뭇하고, 감동이고 또한 부럽습니다.

　　-**조경숙**(화가)

* 선생님의 훌륭하고도 아름다운 삶의 흔적, 그리고 열심히 살아오셨어요.
　　-**백은숙**(시인,화가)

* 사모님이 천국으로 가셨군요. 뭐라 드릴 말씀이 없습니다. 하지만 사모
　님은 행복한 아내로 엄마로 사랑을 듬뿍 받으셨으니 복이 많으셨습니다.
　아내 없는 새 봄이 쓸쓸하시겠군요. 하나님의 위로를 받으시길 기도합니
　다. -**정부용**(성우)

* 너무 너무 좋으신 김순임 집사님 천국에서 평안하시길 기도합니다. -**노
　창길**(집사)

* 깜짝 놀랐어요. 선생님의 미래 미리 준비해 놓으셨군요. 아들과 딸의 묘
　비 글을 읽노라니 가슴에 따뜻한 감동과 부러운 마음이 드네요. 사랑 플
　러스~ 존경의 글 완전 좋아요. 더 이상 좋을 수 없어요. 선생님 계속 건강
　하시고 명작 작품 만드세요. -**이봉화**(화가)

* "이 시대에 이런 인물이 있다는 것, 한국인으로 자랑스럽다."고 하신 김동
　길 박사님의 말씀을 공감하면서 이 시대에 선생님이 계시다는 것 자체가
　행복입니다. -**이소정**(화가)

* 아름다운 묘지에 아름다운 글들이 너무 좋고 은혜가 됩니다. -**김봉희**(화
　가. 목사사모)

* 깜짝 놀랐습니다. "아~ 교수님!" 고운 분이셨던 사모님 투병생활하시느라 고생 많이 하셨는데… 교수님께서 사모님을 하늘나라 배웅하시느라 애쓰셨어요. 그동안 교수님 얼마나 힘드셨어요? 빠른 시일 아이들과 찾아뵙겠습니다. **-강미경**(화가)

* 사모님의 삼가 명복을 빕니다. 역시 선생님다우세요~ 산소를 아름답고 잘 해놓으셨네요. **-한유정**(화가)

* 따뜻한 봄날이 왔습니다. 사모님 생각이 더 많으시겠어요- 사모님께서는 늘 곁에 계시니 많은 대화도 하시고 더 기쁘고 행복한 날들이 많아지시길 빌어요^^ **-김애경**(화가)

* 집사님, 너무나도 감동적이고 가슴이 찡하네요… 주님께서 기억하시는 아름다운 일들을 이루셨습니다^^ **-이신자**(전도사)

서봉남 화업
50주년 기념특별전

제1부 동심, 풍경전
일시: 2019년 4월 3일(수)~
　　4월 13일(토) /
장소: 장은선 갤러리

제2부 대작전(100호~500호)
일시: 2019년 7월 31일(수)~
　　8월 13일
장소: 인사아트프라자갤러리

제3부 성화, 풍경, 동심전
일시: 2019년 8월 14일(수)~
　　27(화)
장소: 베를린 미술관

후원 : (사) 한국미술협회 / (사) 한국예술문화단체 총연합회

■ **축하합니다.**

선생님은 항상 밝고 향기로움을 간직한 청년의 모습
-서봉남 선생님의 화업 50주년 작품전을 기념하면서

이범헌 이사장(한국미술협회)

서봉남 선생님을 뵈올 때는 항상 밝고 따뜻합니다. 그에게서는 향기로움을 간직한 청년의 모습으로 우리를 편안하게 해 주시는 어른의 모습이 보입니다.

선생님은 현 시대에서 드물게 새로운 내용의 시리즈 작품들을 창작시도하면서 나름의 새로운 철학으로 작품을 구상하여 세 가지 화풍의 작품들을 표현, 새 시대의 작품들을 자신의 화풍으로 창조해 가시는 분이십니다.

선생님은 독실한 기독교인으로 봉사정신이 항상 앞서 있었고 어린 시절의 동심세계에 젖어들어 인간의 순수한 어린이 같은 향토적인 작품세계를 일군 동심작가로 알려지셨습니다. 또 기존의 종교적 화풍을 재해석한 성경 내용 기반의 종교화를 35년 동안에 걸쳐 모두 그렸을 뿐만 아니라 새로운 스토리 풍경 속의 작품들이 자연과 과학을 포함한 창조의 영역으로 넓혀지는 다양하고 변화무쌍한 시대에 맞추어 가는 화가이십니다.

선생님은 한국 미술계의 격변기나 새로운 산업혁명 등등 기술적 변화나 다양한 정보와 문화가 공존하는 오늘 슈퍼컴퓨터의 발전과 다양한 문화에 대한 이해와 통합과 세계와의 교류, 미술계의 미래를 새롭게 이끌어가고자 하는 저에게 많은 힘이 되어 주시는 분이시기도 합니다.

선생님께서 순진무구한 순수한 아름다움과 향토적인 따뜻한 마음들, 그리고 자연을 긍정적으로 보며 새로운 이야기가 있는 풍경 작품들을 시작하셔서 멋진 발전을 이룩하시길 기원하며, 이미 동심작품집과 성화 작품집이 출간되었고, 이번에는 히스토리풍경 작품집이 출간되어 전국 미술협회 회원들에게 무료로 배포되었음에, 아울러 화업 50주년 축하전시를 열게 된 것에 진심으로 축하드립니다.

■ 축하합니다.

서봉남 화백의 화업 50년과
이야기가 있는 풍경을 그리기 시작한 30년

하철경 회장 (한국예술문화단체 총연합회)

먼저 전시회와 풍경작품 도록 출간을 매우 기쁘게 생각하며 축하드립니다. 서봉남 화백의 화업 생활 50년과 이야기가 있는 풍경을 그리기 시작한 30년 기념을 축하합니다.

20여 년 전 세계에서 제일 크다는 여의도 순복음교회에서 서봉남 화백의 성대한 '성화 미술특별전'에 초대받아 갔었습니다. 500평쯤 되는 임시미술관에 작품들이 두 줄로 빼곡히 걸려 있었고 서 화백의 성서미술은 압도적인 작품들이 장난이 아니었습니다. 성경의 첫 시작인 창세기부터 요한 계시록 끝까지 35년의 오랜 세월에 걸쳐 야심차게 제작된 작품들을 보고 내심 놀랐었습니다.

나는 그동안 길거리에 있는 진열장 속 외국성화 복사본 같은 그림들은 보아왔습니다. 서봉남 화백의 성화를 본 것은 처음이었습니다. 루오의 작품처럼 힘 있고 두툼한 미띠에르와 굵은 선들이 돋보이는 작품들은 한눈에 봐도 한국적 예술적 격조가 높은 작품이라는 것을 알 수 있었습니다. 그런 작품들을 보며 경의를 표했습니다.

본인이 한국미술협회 부이사장 하던 시절, 서봉남 화백은 감사이셨는데 그는 외모로 보이는 연세에 비해 10여 년 젊게 보여서 나보다 아래인 후배쯤으로 생각한 때가 있었습니다.

서 화백은 한국에서 향토적인 동심작가로 이미 알려져 있었고, 미술협회에서도 임원직들을 역임하시면서 대한민국미술대전과 전남미술대전에서 심사위원을 하셨고, 한국에서 400여 회 전시한 경력은 물론이고 유럽에서도 세계 23개국에서 전시한 알려진 화가입니다.

서봉남 화백의 종교적 작품을 보며 심신이 깊다는 것을 알았고, 이번에는 새로운 이야기가 있는 풍경작품집(사실은 동심작품들은 오래 동안 보아서 익히 알고 있었지만, 종교작품도 최근이고 풍경작품은 아직 보지 못해 궁금) 속에도 철학과 신념을 바탕으로 발돋움하는 작품집이 되리라 생각합니다.

서봉남 화백의 무궁한 발전을 축원합니다.

50주년 기념전 방명록

* 형님을 존경하는 것만으로는 부족한 심경입니다. 형님은 이 시대의 스승이십니다. -**이병근** (작가)

* 휴머니즘 화가로 대한민국 미술계에 큰 족적을 남긴 아티스트, 사람들의 깊은 영혼을 울림. -**강철수**(배우)

* 정말 멋지시고 훌륭하세요. -**유기은** (화가)

* 견고하고 웅장한 멋진 작품들이네요~ -**임정금**(성악가)

* 예술가로서의 삶과 작품에 경의와 칭송을 바칩니다. 왕성하신 작품 활동과 예술의 가치로 더욱더 높이 사는 서 화백님께 큰 박수를 보냅니다. -**방희영**(군인, 영관)

* 형님은 멋있고 한국의 샤갈로 존경합니다. -**강창열**(화가)

* 훌륭하십니다. 국내외로 인정받으신 세계적인 예술가가 되셨군요. 축하드립니다. -**김경자**(화가)

* 의로운 분에게 드리는 안중근 의사상을, 존경하는 서 화백님이 누구에게
　나 존경받는 분이신 것을 아셨나 봅니다. 진심으로 축하합니다. **-김현동**
　(미술등록협회 회장)

* 동붕 서봉남선생님께서는 혼자 외롭게 50년을 걸어오신 길이 예정된 하
　나님께서 인도해 오신 길이란 것을 봅니다. 긴 여정 속에 좌우로 치우침
　없이 꿋꿋하게 행하신 업적입니다. 작품들이 지구촌에 길이 남아 후대까
　지 귀감이 될 것이 분명합니다. **-손유순**(시인, 도예가)

* 격조 높은 작품에 머리가 숙여집니다. 50년의 작품생활 축하드립니다. -
　강상률(시인)

* 작품이 독특하고 다양하며 강한 인상적인 선, 면이 나의 기억 속에 자리
　합니다. **-이재호**(화가)

* 우아~ 이 세상의 빛과 소금이 되는 삶 감동입니다. 아라차차차! **-권선복**
　(작가)

* 한 작품 안에 여러 모양의 판타스틱하게 표현하신 작품들 참으로 감동적
　입니다. **-상큼한 멋**(화가)

* 세계 각 나라의 문화, 풍습, 인물 등 다양한 모습들을 작품으로 볼 수 있
　어서 감동입니다. **-김선자**(화가)

* 힘을 주는 색감, 그게 한국의 색이 아닐까요? 선생님의 작품 속에서 그런 것을 느끼며 힘을 얻습니다. **-김지미**(소설가)

* 세상에는 흔하디흔한 부류가 아닌 진정 고개 숙일만한 훌륭한 분 중의 한 분이라는 것 알고 있습니다. 멋지시고 부럽네요. **-손주영**(사학자)

* 축하드립니다. 화업 50년~ 축복의 여정^^ **-이은주**(화가)

* 멋진 50년, 흔들리지 않은 정신, 젊고 사랑스런 봉남 친구의 건강을 위해 건배 **-슈슈스미즈**(화가)

* 정말로 장하고 장하다. 세계적인 대한민국 국보인 서봉남 화백을 '아우' 라고 부를 수 있어서 영광스럽다. 나도 같이 어깨가 으쓱되는 심정이다. **-장부남**(화가)

* 끊임없이 이어지는 구수한 스토리텔링 작품들에서 50년의 귀심이 느껴 진다. **-황경숙**(화가)

* 50년 화력의 힘이 모든 사람들에게 희망을 주시니 너무도 감사할 일입니 다. 참 훌륭하십니다. **-염창이**(화가)

* 예술가로서의 삶과 작품에 경의와 칭송을 바칩니다. **-윤여만**(제자)

* 작품을 감상할 때 소홀히 보곤 했다. 이제 와서 작품을 다시 와서 감상할

때마다 신중하게 본다. 그렇게 보다 보면 새로운 것이 보이고 느껴진다.
그때의 신비함이라니. -**김선자**(화가)

금수강산(500호)

제1부 동심, 풍경전

제2부 대작전(100호~500호)

제3부 성화, 풍경, 동심전

변함없는
화가의 길

―나, 스스로 자랑스러운 삶

나의 지난 삶을 되돌아본다. 화가라는 직업을 선택해서 60여 년 동안 지나오면서 나의 내면, 곧 영적인 측면에서의 작품세계와 한 인간으로서의 삶에 대한 것들을 떠올린다.

먼저, 나의 작품세계에 대한 것들.

나는 그림을 그려 오면서 '한국의 선은 어떤 것일까?' '한국을 대표하는 색채는 무엇일까?' '무엇을 그릴 것인가?'라는 고민을 작품세계의 근원을 묻는 출발점으로 생각한다. 또 모든 생명체에게 가족은 가장 작은 단위이면서 동시에 그 정체성의 근원이며 최고의 완전한 공동체임을 알고 나의 작품 속 소재와 내용으로 '가족사랑'을 정하고 그림을 그려 왔다. 모든 사람들이 미래를 향해 앞만 보고 달려가고 있을 때, 지난동안 세 번의 새로운 화풍이 발견될 때마다 새로운 힘이 솟아올랐다.

나는 뒤돌아 편히 앉아서 아련한 추억 속 나의 과거로 가고 있었다. 나의 어린 시절로 돌아가 어린이의 눈으로 보는 세상에 초점을 맞추어 그림을 그리기 시작했다(서양에서는 7세 미만 어린이를 천사로 비유했고, 동양권에서는 70세 이상을 천사(道人)로 비유했던 것을 알 수 있다). 어린이 시선으로 보는 가족은 항상 어머니가 곁에 있었으나 아버지는 보이지 않았다(어머니 머리에 이고 있는 것을 아버지 밥상으로 표현했다). 가족들의 일상적인 생활과 아이들의 감정심상(感情心象)을 표현하는 작업에 현재까지 몰두해 왔다.

나는 지금까지 그림을 그리면서 전통과 미지의 세계를 넘나드는 환희를 맛보았다. 그동안 인간의 삶과 자연이 어우러진 동심의 세계를 표현했고 한국적 정서와 풍광을 닮은 이야기가 있는 풍경화를 그리며 종교인으로서 신앙고백적인 작품도 같이 그려 왔다. 숨 가쁘게 바쁜 현대생활 속에서도 변함없이 나의 길, 화가로서의 길을 걸어온 것, 순간순간 나를 행복하게 해 주었다.

두 번째, 한 인간으로서의 삶에 대한 것들.

국어사전에 '보헤미안(사회관습에 구애받지 않고 자유분방하게 방랑 생활하는 자)', '선비(어질고 학식이 있고 곧은 사람)'라고 기록되어 있다. 젊은 시절 나의 내면 깊은 곳에 보헤미안 기질과 선비적인 의식이 음과 양의 조화처럼 함께 있음을 발견했다. 인간은 지구 위에서 살아가는 동안 떠돌이 생활하는 것. 그래서 성서에 나오는 솔로몬도 인생은 허무하다고 하였지만 나는 지난 짧은 인생사에서 나름대로 행복했고 보람도 있었다고 생각한다.

내 나이 여든, 나이 앞에서 과거를 되돌아보면 어려웠던 일들과 아름다웠던 일들이 주마등처럼 희미하게 보인다(고생했던 일들, 사기당하고 자극적인 것, 이같이 부정적인 일들은 모든 사람들도 경험하는 것이기 때문에 기록하지 않겠다). 어려웠던 일들은 그 당시에는 고통스러웠다. 하지만 러시아 시인 푸쉬킨의 시에서처럼 지나고 나면 그것 역시 아름다움으로 남는 것이 진리임을 깨닫는다.

나는 아버지 서안열(徐安烈)(이천利川서徐氏)과 어머니 손소아(孫小兒)(밀양密陽손孫氏)의 사이에서 셋째 아들로 태어났다. 동방의 작은 반도 대한민국 땅에서 태어난 것이 1944년 12월 23일(양력)이었다.

이듬해에 우리나라가 일본 압제에서 해방되어 좋아했었으나 곧이어 6.25전쟁으로 피난을 갔던 기억이 어렴풋이 있을 뿐 큰 기억이 없고, 다만 유년시절 동대문구 이문동(현재 강북구)에서 뛰어 놀며 고기 잡

아버님, 어머님과 외출하실 때
바람 부는 날, 찰칵

80세의 어머님

곤 했던 것들이 아름다운 추억으로 남아 있다. 생각이 많았던 청소년 시절은 성북구 성북동에서, 그리고 세상에 뛰어들 나이인 청년이 되어서는 문경아가씨 김순임(金順任)(김해金海)을 만나 결혼하여 서대문구 모래내와 종로구 명륜동에서 신접살림을 시작하면서 아들 명근(明根)이와 딸 수진(修鎭)이를 낳았고 알콩달콩 살았다.

인생의 본론기를 시작하는 시기엔 어려운 사회 체험들과 불확실함 때문에 나의 미래를 헤쳐 나갈 수 있을까 하는 불안 속에서 방황도 했었지만 서른세 살에 예수님을 만나면서 방향을 잡아 갔다.

나는 그림을 그리는 직업으로 전환하면서 내 미래의 인생길이 마음의 눈으로 보여져서 그 길을 다 잡아 나아갈 수 있었다. 다행히 아이들도 성장하여 공부도 마칠 때쯤, 중년 시기에 접어들면서 아내의 27여 년간의 투병생활이 시작되었고 어려운 시기가 지속되면서 두 가지 나의 모습이 확실하게 구분지어지는 것을 발견하였다.

첫 번째는 육체적인 또는 물질적인, 보헤미안 기질이 발현되는 시기가 되면서 생활의 잡다하고 험난하고 어려운 문제들… 나에겐 고정 수입이 없었으나 지난 세월동안 뒤돌아보면 생활하는 데 가정에 꼭 필요한 금액을 하나님께서는 누군가를 통해서 보내주셨는데, 놀랍게도(예를 들어서 155만 원이 필요한데 모르는 누군가가 찾아와서 155만 원짜리 그림을 사갔다.) 하나님께서는 조금 넉넉히 풍성하게 주신 적이 없이 필요한 것만으로 채워 주셨다. 그리고 견딜 수 없던 일들, 용서할 수 없고 증오했던 일, 비관이 폭우처럼 밀려올 때 죽고 싶은 충동도 경험하면서 떠

돌이 생활로 이사를 다녀 현재 양천구 신월동에 머물고 있다. 현재에 이르기까지 고달픈 경험들을 감내해야 했다.

이 땅에서 사는 날까지 그렇게 살아가는 것이 화가의 삶이라는 생각을 했다. 선배 화가들도 그들의 일생 역시 모두 고생하면서 사후에서야 천재 소리를 듣곤 하였다. 그러나 그 시간들도 지나고 보니 이 땅에서 내 나름대로 살아오는 동안 모든 순간들이 꽃이 아닌 적이 없었고 나만의 동화나라에서 평화롭게 행복을 느끼는 보헤미안처럼 아름다운 삶에 젖어 꽃을 피우며 살아왔다.

두 번째로 정신적인 것. 즉, 선비적인 기질, 물적인 것들의 어려움을 견디며 나의 달란트 하나만을 선비정신으로 내세우며 변함없이 곧은 생각들로 밀고 나왔다. 팔순을 바라보는 나이, 그 시절의 과정을 지금 돌이켜 보면 나 스스로를 자랑할 만하다.

나는 작지만 하나님께서 주신 달란트(기독교미술)를 통하여 하나님의 영광을 드러내고, 나의 조그마한 재능이지만 아름답고 선하고 귀한 가치를 지닌 인생을 엮어 가고 싶었다. 그림은 세계의 공통 언어이며 글을 모르는 문맹자 또한 세계 어느 나라 사람이 보아도 이해할 수 있어서 하나님께서 평범한 나를 통하여 그림을 그리게 해 주셔서 감사한다.

나의 고난 시절은 나의 꿈을 이룬 과정이었다. 나는 이 땅에서 사는 동안 화가의 직업으로 살았다는 것이 자랑스럽다. 경제적인 것과 아내의 투병생활들로 어려웠지만 하나님께서 일용할 약식으로 그때그 때 보호해 주신 것을 감사하게 여기며 행복했다. 앞으로 사는 날까지 어떤 그림을 얼마나 그리게 될지 모르지만 남은 생애도 그림 그리며 행복할 것이 분명하다.

세 번째, 신앙적인 것. 나는 이 땅에 태어날 때부터 이미 부모에게 서 물려받은 정신에 따라 크리스찬이 되어 있었다. 성장하면서 자연 스럽게 기독교문화 속에서 성장하였고, 하나님의 사랑 속에서 감사로 둘러싸인 삶을 살았다.

나의 어린 시절, 서론 길을 마치고 인생의 본론 길에 들어선 20대에 결혼하면서, 제일 먼저 미래의 신앙인으로 살아가야 할 길목에서 다 짐을 해야 했다.

삶의 시작인 어린 시절부터의 생각, 혼자의 힘으로 세상을 헤쳐 나 가지 못할 것 같았으나 지나고 보니 누군가(?)가 나타나서 나에게 자 극을 주고 용기를 주었고, 누군가가 물질적으로 도와주는 것에 사랑을 맛보았으며, 때로는 하나님께 기대며 나의 길을 걸어온 것 감사했다.

세상 사람들은 눈에 보이는 화려한 삶을 원하지만, 사람들의 눈에 뜨이지 않는 이웃을 보면서 살아야 되겠다는 생각을 했었다. 지난 삶 속에서 잊을 수 없는 순간들을 간직하며 과거 선배화가들도 그림으 로 물물교환하며 살았듯이 나도 굶지 않고 물물교환하며 소박하게 살 아왔다. 거울이나 지난 사진첩을 통해 나의 모습을 본다. 나도 모르게 찍힌 스냅사진이나 녹화된 TV를 통해서 나의 모습을 다시 보면서 세월이 흘렀지만 하나님의 변함없던 사랑으로 행복했던 것이 생생하고 감사하다. 세상에서 단 한 번 살아 보는 삶, 화가로 살아왔고 여전히 변함없이 세상은 아름다운 것에 감사하지 않을 수 없다.

　남은 생애도 하나님의 보호 아래 덤으로 사는 삶, 하나님께서 주신 생명을 선물이라고 생각하며 미래의 상상세계를 보면서 나의 마지막 날에는 나의 육체인 시신도 남을 위해 내어 놨으니 안심이 된다. 사는 날까지 제3의 창작생활을 하고 싶다.

　다음은 내가 쓴 '천직'이라는 제목의 시다. 시의 번역본도 함께 옮겨 본다.

천직(자화상)

서봉남

어린 시절,
설레임 언덕 풀밭에 누워
구름타고 꿈의 세계로 달린다.
마술 같은 행복을 싫고 천사 되어
땅바닥 담벼락 유리창에 무심코 그린그림들
화가 될 거야!

청년 시절,
본능이 충만
그림 그리는 감동의 충격

하얀 캔버스 속으로 들어간 생각들
눈을 통해 울긋불긋 아름다움 발견
창조적 영감 찾아가는 재미

중년 시절,
즐거움 벗 삼고
좋은 친구 동그라미 나쁜 친구 세모돌이
눈물어린 선과 형태라는 수단으로
사상과 인생을 표현하며
아름다운 세상을 감상한다.

자화상

장년 시절,
세상과 사람에게 유익한 아름다움
나의 귓전에 들려오는 천직
하얀 공간 위에
끝없는 미지의 세계를 위해
변함없는 나의 길

The Mission(A self-portrait)

/by Bongnam Suh

In my childhood,
As I lay in the field of the hill heart beating,

I travel throughout the world on the cloud,

as an angel with magical happiness,

paintings on the wall, ground and window,

I shout to myself

"I am going to be an Artist!"

In my youthful days,

Filled with instinct, impulsive emotions of painting art.

All ideas and thoughts in the white canvas

Discovering beauty of colors through my eyes

Joyfulness for seeking through creative inspiration

In my middle years,

Joy and enjoyment as my friend by my side

My good friend called circle, naughty friend called triangle

Thoughts and expression life as lines of tears and forms

Appreciating and admiring beautiful world

In the prime of my life,

Benefits for the world and human

My mission calling to my ears

One white space

For world of endless unknown

My unchangeble and constant way

문자방명록:
인간 서봉남에 대해

* 서봉남 화백은 현재도 문화와 예술의 경지의 탑을 오르신 챔피언으로 훌륭한 인품과 재능이 빛나시는 서봉남 화백을 뵙게 된 것은 행복과 영광입니다. –**신달순**(용평리조트 대표)

* 아무도 따라 하지 못하는 독창성과 마음이 순수해야 표현할 수 있는 동심화는 서봉남 교수님만이 표현할 수 있고 세상에 아름다운 동심의 마음을 느낄 수 있는 대단한 작품이라고 할 수 있습니다. –**김영대**(교수, 화가)

* 제가 이리 훌륭한 서봉남 큰 화백님이 한국에 계신 줄 일찍이 몰랐습니다. 그가 그리신 작품이나 그 영혼과 아름다운 삶이 고귀하신 선생님을 알게 된 것에 대해 하느님께 감사드립니다. 존경합니다. –**오후자**(화가)

* 존경하는 서 화백께서 '아시아글로벌최강명인대상'이라는 큰 상을 수상하신 영애를 경축합니다. 서 화백은 글로벌 명인 중에 명인이심을 인정하는 바입니다. –**김현동**(미술등록협회 회장)

* 교수님! 저는 늘 마음속에 그리움과 고마움으로 살고 있습니다. –**전성종**

(무대미술 디자이너)

* 존경하고 사랑하는 서봉남 화백, 집사님의 신앙과 작품들 참으로 아름답습니다. -**김위식** 영국선교사)

* 아름다운 작품을 하시는 존경하는 형님은 후배들을 사랑하는 참으로 아름다운 분이십니다. -**강창열**(화가)

* 아름다운 삶이 작품세계와 분리되지 않은 이 시대에 멋진 화가이십니다. -**김경애**(이학박사)

* 서봉남 화백의 위대함이 작품과 사람들의 담론 속에서 반영되고 있습니다. -**장종철**(교수, 신학박사)

* 선생님의 작품들은 마음을 편하게 해주며 선생님의 티끌 같이 깨끗한 영혼의 명작을 그리시는 화가이십니다. -**전하억** (시인)

* 항상 순수한 감성에 감동 받고 있습니다. 세월이 교수님만 비켜가나 봐요 ^^ -**김과리**(화가)

* 동생은 천재적인 미술 감각으로 어린 시절부터 각 나라의 인상들까지 잘 표현한 후배화가입니다. -**장부남**(화가)

* 선하시고 훌륭하신 교수님, 당당하신 교수님의 제자라는 것이 자랑입니

다. -**박주선**(원장)

* 선생님의 훌륭한 작품들 과히 이 시대의 진정한 예술가이십니다. -**박효열**(시인, 화가)

* 선생님은 대한민국 국민화가이십니다. 최고예요. -**이소정**(화가)

* 서봉남 화백은 역사에 추앙 받는 인물이 될 것입니다. -**이덕근**(세관공무원)

* 선생님은 대한민국 미술사의 큰 획을 긋고 계십니다. -**도소정**(화가)

* 칠순이 넘도록 그토록 순수와 아름다움을 간직하고 계신 선생님의 인문 강의 평생 잊지 못할 영광과 귀한 시간 이날 모두 기뻐서 잠 못 이루는 밤 이었습니다. 선생님은 존경스럽고 살아있는 성자이십니다. -**정부용**(아나운서, 성우)

* 봉남 큰 형님. 저는 30여 년을 기자로 살아오면서 빈익부를 막론한 각계 각층의 사람들을 만났습니다. 그중에 한 사람, 나를 그렇게 감동의 도가니를 몰고 가신 분, 서봉남. 당신은 나에게 별과 같은 사람입니다. 당신의 비하인드 스토리는 죄다 감동뿐. 당신은 나에게 존귀하고 특별한 사람. 당신의 말을 경청하면 감동과 전율과 감사를 동시에 느꼈지요. 남들이 볼 때 유약해 보일지라도 속이 강한 사람이었고 선하고 정이 많은 사람이었지요. 스펙이 남무한 시대에 스펙보다 스토리가 더 풍부한 당신은

늘 신비스럽게 다가옵니다. 봉남 형님을 진정으로 사랑하고 축복합니다.
  -**김준현**(언론인, 작가)

* 평생 예술가로서 정진의 결과를 보듯이 대단하시고 존경합니다. -**최연숙**
  (화가)

* 선생님의 훌륭하신 인품과 그의 모든 것을 존경하고 사랑합니다. -**국홍
  주**(화가)

* 재벌 회장들도 갖지 못한 미소와 재산, 선생님은 마음의 부자이시며 진정
  한 미소를 가지고 계십니다. -**양봉규**(시인)

* 선생님은 성서와 황토색 짙은 동심화, 세계의 히스토리 풍경화까지 왕성
  하게 활동하신 것 너무나 훌륭하시고 존경합니다. -**윤여만**(영어강사)

* 선생님 최고예요. 예술의 달란트로 책임 분담하신 선생님 자랑스럽네요.
  지구촌 73억 명 중 최고로 멋지시고 훌륭합니다. 21세기 천년역사에 길
  이 보존될 선생님의 작품과 삶, 그리고 예술이 후손들에게 귀감이 될 거
  예요. -**손유순**(시인, 도예가)

* 봉남 형은 그리스도인으로 생애 압도된 흔적을 매일 기록하며 살아 오셨
  지요. 자유로운 영혼이 걸어온 화가의 길이 한편의 시어처럼 아름답기만
  합니다. -**이수**(시인, 행위예술가)

제2부

작품

첫
개인전시회

-사회에 환원하기 위한 의미로 이웃 위해 재능기부 시작

1977년 한라산에서 서울로 돌아온 나는 이제 본격적인 일을 시작하려 했다. 나는 이미 한 집안의 가장이었고, 지금까지 크게 돈을 벌어 놓은 처지는 아니었지만 아이들도 튼튼하게 자라고 있고 미래의 삶에는 예수님께서 일용할 양식을 주실 것으로 확신하며 여러 가지계획과 새로운 달란트를 위해 준비하기 시작했다. 나의 꿈의 시작은바로 여러 가지 측면에서 고난의 시작이 되기도 했다.

나는 먼저 그동안 그려왔던 그림들을 모아서 첫 개인전을 준비했다. 한국사회는 화가의 활동을 직업으로서 법적으로 인정해 주지 않는 나라다. 때문에 화가로 살면서 기독신앙인으로 고정 수입이 없을 것을 생각하며 1977년 첫 개인전시를 새로나 미술관에서 개최했다.

나의 본격적인 직업이 된 화가로서의 생활이 시작되면서 작품으로 어려운 이웃을 위해 무엇인가를 하면서 살기로 했기에 사회에 기부하며 살아가야 한다는 생각을 했다. 그것은 내가 이번 첫 개인전을 열면서 마침 작품 기부를 시작하게 된 눈물어린 동기가 있었기 때문이다.

어느 날 나의 작품을 관람하는 사람 중에 나의 시선을 멈추게 한 사람이 있었다. 그는 60대의 중년신사였다. 야윈 얼굴에 창백하였지만 지적으로 보였다. 그는 한 작품 앞에 고정하고 몇 십 분을 서서 감상을 하고 있었다. 마침 그 그림은 전시가 끝나면 종교 월간잡지 표지에 게재하자고 약속되어 있는 그림이었다. 신사 분이 카운터에서 대화를 하며 손으로 그림을 가리키고 있었다. 그리고 그 신사가 전시장을 떠났다.

이튿날, 또 그 이튿날도 마찬가지였다. 전시장 문을 열고 1시간 후가 되면 꼭 그 신사가 계속 그 그림 앞에 서계시다 살짝 가시곤 했다. 전시는 막바지에 이르러 이틀밖에 안 남았는데 그 신사가 기다려졌

첫 개인전 개구쟁이 전 오픈

아내와 함께

첫 개인전에 어머님과 동생

다. 오늘은 꼭 대화를 하고 싶었다. 돈이 없다는 것을 눈치로 느꼈기
때문이다.

  마침 그 신사가 나타났다. 나는 벌떡 일어나 그 신사를 맞았고 그
작품 앞에서 작품설명도 하고 연락처를 적어 달라고 부탁했다. 신사
는 작품이 너무 좋아서 살 형편이 되지 않아 전시기간 동안만이라도
감상하며 기억에 두고 싶었다고 했다. 나도 짐작하여서 연락처 달라
는 것은 그 작품은 잡지사에서 사진 찍고 가면 '선생님에게 선물하려
고 한다'고 했다. 신사 분은 기어이 안 된다고 하였다. 끈질기게 설득
하여 주소를 알아냈다.

  전시가 끝나고 잡지 촬영이 끝났다. 봉천동 언덕 위 주소로 찾아갔
다. 그 신사는 조그마한 빈 가게에 달린 한 칸의 방에서 부인과 함께
살고 계셨다. 일본에서 대학을 나왔고 사업을 하셨으나 잘못되는 바

람에 감옥 생활을 하시고 얼마 전에 출옥하셨고, 몸이 편찮으시다는 것을 부인을 통해서 알았다. 나는 기쁜 마음으로 그림을 선물하고 돌아왔다.

몇 달 후, 그 부인으로부터 연락이 왔다. 신사 분은 그림을 누워서 보이는 곳에 걸어 놓고 종일 그 그림을 보면서 행복해 했고 돌아가시기 직전 "화가에게 고마웠다"는 말씀을 남기고 하늘나라에 가셨단다. 사모님 왈(曰), 이제 남편이 떠났으니 그림을 되돌려 주겠다는 것이었다. 나는 선물로 드린 것이니 되돌려 받을 수 없다며 결단코 사양했다.

이로 인해서 그림으로도 사람의 마음을 행복하게 하고 평화를 준다는 것을 알았다. 그 후부터는 연말이 되면 봉사기관에 작품을 기증했고, 돈이 없어도 갖고 싶은 사람에겐 그림을 선물했다. 경제적으로 어려움에 처한 이웃에게는 줄 것이 없으니 그림 팔아 쓰라고 그림을 선물하였는데 그 작품들의 숫자란 기록할 수 없이 많다. 나는 사회인의 한사람으로서 세금을 낸다는 생각으로 불우이웃을 위해 공개된 작품기증을 해 왔다.

서봉남 작품재능 기부내역

1977 홀트아동복지회자선전(선화랑) 1점 기증
1978 월간새가정자선전(앰버서더호텔) 1점
1979 세계아동의해기념서봉남개구쟁이전
(서울엘칸토미술관 초대, 부산로타리미술관 초대)

-수익금 전액 고아원 전달

1979 세계아동의해기념 윤극영(글), 서봉남(그림) 초대전

(서울출판문화회관 초대, 부산원 화랑 초대)

-수익금 전액 고아원 전달

1980 인천교대개교기념 장학기금모금전(인천)1점

1980 불우이웃돕기모금전(종로갤러리)10점

1981 생명의전화모금전(앰버서더호텔)1점

1981 사랑의전화모금전(롯데호텔)2점

1981 교육자선교회 모금전(경기여고강당)2점

1981 국립현대미술관건립기금조성전(예화랑)1점

1982 농아복지자선전(인천사회복지관)1점

1982 심장병어린이위한자선전(문화회관)1점

1982 영동세브란스병원모금전((세브란스홀)1점

1983 생명의전화 모금전(힐튼호텔)1점

1983 교육자선교회모금전(YMCA강당)1점

1984 공주지체장애어린이자선전(공주)2점

1985 심장병어린이위한자선전(백주년기념관)1점

1986 성탄 불우이웃돕기전(롯데화랑)1점

1998 불우어린이위한자선전(소년한국, 백상기념관)1점

1989 소년소녀가장돕기(기독교회관)1점

1991 불우이웃돕기(기독미협, 갤러리룩스)1점

1991 사랑의그림자선전(대구시민회관)2점

1991 노인복지위한자선전(대구사회복지회관)1점

1992 심장병어린이위한(기독교회관)1점

1993 불우이웃위한자선전(어린이회관)2점

1994 불우이웃돕기자선전(송파문화원)1점

1995 불우이웃돕기전(종로신문, 종로갤러리)1점

1966 원로목사돕기자선전(공주원로원)2점

1966 선교사파송모금전(기독교회관)10점

1997 터키선교사 파송모금 3점

1997 불우이웃돕기예수전(63갤러리)1점

1998 성탄불우이웃자선전(수화회, 세종문화회관)2점

1999 불우이웃돕기모금전(햇불회관)1점

1999 신월SOS마을돕기전(회관)2점

2000 불우이웃자선전(롯데화랑)1점

2002 사랑의작품전(아시아복지재단)1점

2002 유니세프어린이돕기전 2점

2005 어린이돕기전(아시아복지재단)1점

2010 중국선교사돕기전(회관)5점

2011 영국선교사돕기전(회관)5점

* 공식적인 전시 외의 개인적으로 어려운 이웃에게 기부한 작품선물 내역은 기록하지 않
  았다.

-민족적 전통적인 선과 색채로-

서봉남 개구쟁이들 ART BongNam Suh Naughty Boys

동심작품 발표전

어린 시절의 추억들, 스크린의 장면들이 바로 앞에서 실재하는 듯 내게 보이기 시작했다. 그래서 나의 마음의 뷰파 통로로워진다. 내게게 맡겨진 화가의 사명을 충실하게 감당해야 한다는 책임감에 노력하면 감동이 파도처럼 내게게 밀려왔다. 눈에 의의 물들이 보는 것 같았다. 어떤 강한 힘이 솟아져 나오는 것처럼 느껴졌다. 우리나라는 예부터 전통적인 사상이 강하게 지배하고 있어서 나름대로 한국적인 그림을 그리려고 노력했다.

개구쟁이 시리즈 (1975-1987)

나는 어린이를 유난히 좋아한다. 내가 어린 시절 바라보았던 모든 사람들은 엄청 부드럽고 편안해 보이는 연초록빛으로 물들어 있어 나에게는 순수함과 소박함이 숨쉬는 일터를 발견하기 시작했다. 동네어린이들이나 운동회나 동네서 어린이들을 스케치 하다가 본격적인 그림을 그리다 후에서 친구가 운영하는 유치원에 자원봉사 보조선생으로 취직을 하였다. 오전 수업에는 작전나부터를 도와주며 어린이들의 동작을 관찰하고 오후에는 그림을 그리며 2년 동안을 완작하였다. 그리고 그 동심 속에는 부수한 진실이 들어 있음을 깨닫고 즐거웠었다. 이때의 작품을 <개구쟁이 시리즈>로 발표하기 시작했다.

<개구쟁이 시리즈> 놀이동산의 캔버스에 유채 145.5×112.0 (1990)

동심 시리즈 (1987-2005)

어린이를 10여 년 동안 집중적으로 그리오는데 어린이 옆에는 항상 어머니가 있었다. 어린이와 뗄 수 없는 존재, 늙고 낡고 싶은 너무도 감격어린 대지의 어머니 같은 존재, 활동과 같은 어머니의 품속은 마냥 트럽고 포근한 그것이었다. 나는 그 어머니를 통해서 아름다운 가족을 발견하게 되었고 이때부터 그린 그림들은 가족에 대한 시리즈로 동심 <흙>이란 이름을 붙이고 발표하기 시작했다.

<동심 시리즈> 좋...그들과 캔버스에 유채 65.3×...

<음양 시리즈> 서풍이A 캔버스에 유채 130.3×97.0 (1995)

음양(陰陽)시리즈 (1990-2010)

나는 아름다운 가족에 대한 내용의 그림을 또 10여 년 그리오는데 어느 날 어머니들의 내면세계가 은은하게 들여다보여지는 것이 아닐까? 나의 시야는 그 속으로 들어가기 시작했다. 어머니들의 몸어린의 마음들의 표출, 감춰졌는 슬픔과 속의 폭발, 이런 것들이 '한'이런 언어로 표현되고 있었다. 그러던 어느 날 나는 한국무용에서 은은한 느낌을 받고 그것을 그려야 되겠다는 생각을 하고 춤에 대한 내용을 그리기위해 말춤 판에서부터 스케치를 해 보았다. 그러나 그 춤 속에는 끈질기고 쭉쭉과 직선들이 얽혀고, 이것은 어머니의 삶이 아니라 남성적인 선이을 알았다. 나는 다시 어느 고전 무용단을 찾게 되었고 스케치를 시작하는데 겉으로 보여 지는 동작만 그리는데 불과해서 아주 기본부터 배우기 시작했다. 무용을 시작한 2년을 되니까 이제 길이 들어갈수록 어머니의 '한'이 보이기 시작했다. 가슴속 용어리진 '한'의 적음을 풀어나가는 것을 느끼면서 작품제작을 시작했고 이것을 <음양시리즈>로 발표했다.

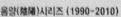

<음양 시리즈> 살풀이2 캔버스에 유채 130.3×162.2 (2015)

아름다웠던 어린 시절 내용으로 개구쟁이 그림 그리기 시작

1979년 5월 5일 두 번째 개인전을 열었다. 동심내용의 작품들을 세계아동의 해 기념으로 '서봉남 개구쟁이전'이라는 이름으로 본격적인 작품발표를 했다. 서울 명동 엘칸토미술관, 부산 로타리 미술관에서 시작했고, 전시회 수익금 전액을 고아원에 전달했다.

한편 5월 5일(나의 전시와 같은 기간 같은 시간이어서 오픈 참석은 못했다.)을 UN에서 '세계 아동의 해'로 지정함으로 어린이 운동하는 동요작곡가 윤극영(색동회 고문)은 글을 쓰고, 동심화가 서봉남(색동회 이사)은 그림을 그려 '윤극영 반달 시화전'을 서울 출판문화회관, 부산 원화랑에서 열었다(수익금 전액을 고아원에 전달했다).

개구쟁이 시리즈(1975-1987)

성경 속에서 예수님은 어린이를 천사로 비유했다. 그래서일까 나는 어린이를 유난히 좋아했었다.

내가 어린 시절에 바라보았던 모든 사물들은 마냥 부드러웠고 연약해 보이는 연초록색으로 물들어 있어 그들에게는 순수함과 소박함이 숨겨져 있음을 발견할 수 있어 그 어린이들을 스케치하기 시작했다.

동네 어린이들이나 초등학교 등에서 어린이들을 스케치하다가 본격적인 그림을 그리기 위해서 동양화가 친구가 운영하는 유치원에 무보수 보조선생으로 취직을 하였다. 오전 수업에는 뒤치다꺼리를 도와주며 어린이들의 동작을 관찰하고 오후에는 그림을 그리며 2년 동안 천착하였다.

어린이들의 동심 세계에는 무수한 진실이 들어 있음을 깨닫고 나서 나는 나의 어린 시절을 되돌아보며 즐겁고 행복했었다. 이때의 작품들에 1979년 '개구쟁이 시리즈'라는 이름을 붙이고 발표를 시작했다.

동심 시리즈(1987-2005)

어린이를 10여 년 동안 집중적으로 그려 오는데 어린이 옆에는 항상 어머니가 있었다. 어린이와 뗄 수 없는 관계, 높고 넓고 깊은 너무도 감격 어린 대지의 어머니 같은 품속, 황토색 짙은 어머니의 품속은 마냥 뜨겁고 포근한 그것이었다. 나는 그 어머니를 통해서 아름다운 가족을 발견하게 되었고 이때부터 그린 그림은 가족에 대한 시리즈로 '동심(童心)'이란 이름을 붙이고 발표하기 시작했다.

음양陰陽 시리즈(1990-2010)

나는 아름다운 가족에 대한 내용의 그림을 10여 년 동안 그려 오는데, 어느 날 어머니들의 내면세계가 은은하게 들여다보여지는 것이 아닌가?

나의 시야는 그 속으로 빨려 들어가고 있었다. 어머니들의 응어리진 마음들의 표출, 갇혀 있는 울타리 속의 폭발, 이러한 것들이 '한'이란 언어로 토해지고 있었다. 그러던 어느 날, 나는 한국무용에서 강렬한 느낌을 받고 그것을 그려야 되겠다는 생각을 하고 춤에 대한 내용을 그리기 위해 젊은이들의 탈춤 판에서부터 스케치를 해 보았다. 그러나 그 춤 속에는 고발적인 폭발과 직선들이 있어서 이것은 어머니의 선이 아니라 남성적인 선임을 알았다.

다시 어느 고전무용단을 찾게 되었고 스케치를 시작했는데 겉으로 보이는 동작만 그리는 데 불과해서 아주 기본동작인 '국립정제(직선)'부터 배우기 시작했고 이어서 '시립정제(곡선)'를 배웠다. 기본 무용을 시작한 지 2년쯤 되니까 점점 깊이 들어 갈수록 어머니의 '한'이 보이기 시작했다. 가슴속 응어리진 '한'이 저절로 풀려나가는 것을 느끼면서 춤 작품 제작을 시작했고 이것을 '음양(陰陽) 시리즈'라고 이름 붙이고 발표했다.

동심 작품에 써 주신 분들 글(요약)

서봉남은 한국의 문화적 정체성과 환경(자연)과의 영적교류가 사라져 가는데에서 현상을 중화하고 극복하기 위하여 인간 영혼의 순수한 아름다움과 그것이 주위 환경과 얼마나 조화를 잘 이루고 있는지를 강조하면서 한국문화의 순수한 요소들을 그리고 있다. 서봉남의 작품세계에는 인간과 자연이 조화되어 있다는 점에서 음과 양의 요소, 즉 균형을 이루고 있는 아시아의 '음양철학'과 결합하고 있다. **-로렌시나 화란트**(미술평론가)

서봉남의 정신세계는 한마디로 신비한 것과 현실적, 인간미와 합쳐진 세계이다. 그는 이미 민족적 향토작가, 또는 가족을 모토로 하는 동심작가로 알려져 있다. **-김승각**(미술평론가)

서봉남의 동심화 주조색에는 철학적인 이유가 있다. 어렴풋이 떠오르는 어린 시절 심상의 스케치에 다름 아닌 동심화, 의도된 뚜렷하지 못한 사물이나 배경은 아련한 기억 속의 풍광이며 선험적인 기억들이 녹아든 기시감을 표현한다. 황토는 생명의 터, 땅을 대표하며, 하얀 무명옷의 서민을 떠올리며 민족의 색 흰색을, 자연과 조화를 이루며 살던 옛 시절을 상징하는 짙은 나무색을 주요한 세 가지 색으로 하여 철학적 사색의 결과, 절제된 색채와 구성을 그 특징으로 볼 수 있다. **-서수진**(화가)

서봉남은 감정을 위주로 살리기 위해 필연성에 의해 얼굴 전체에서 모두를 무시하고 눈만 특별히 강조하거나 턱만을 강조하거나해서 전형적 얼굴이 아닌 개성적 얼굴로 발랄하고 싱싱한 어린이의 개성미가 감동적 인상주의로 발굴, 창조되어 나타나는 특색이다. 따라서 여기에 동심의 세계에서만 맛볼 수 있는 순수한 해학미(諧謔美)로 재구성된 서봉남 주제와 변조(變調)에 독창성과 진지한 사랑을 느끼게 된다. **-이건선**(시인)

서봉남은 글에서도 "나"를 다시 발견하고 삶의 의미를 확인해 나가고 있지만, 그는 또 화가로서의 영역에서도 생각할 수 있는 삶의 의미를 사색과 반추를 거듭하며 표현해 나가고 있으며 그의 글과 그림 속에서 우리가 잃어버린 고향을 되찾아주고 우리를 그곳으로 안내해 주어 다시 찾기 힘든 소중한 것을 일깨워 주는 것들이 작품 속에 있기 때문이다. **-김우종**(문학평론가)

동심작품전 방명록

선생님의 작품들에서 가슴속에 묻어둔 보석 같은 얘기들, 세상 사람들에게 던지고자 하는 화두를 밖으로 끄집어내는 게 아닌가 싶군요. 정독하고 언젠가 만나서 정답을 드리도록 하겠습니다. 개구쟁이 작품전시와 작품집 출간을 진심으로 축하드립니다. **-성동민**(문인, 시나리오 작가)

성인이 된 화가의 개념사상, 관념사상을 가지고는 동심을 화폭에 옮긴다는 것이 어렵고, 때 묻지 않은 마음, 생각, 사랑이 존재하지 않으면 동심의 리얼리티적 관념을 형상하기 어렵다 했습니다. 서봉남 화백님의 작품을 대할 때마다 맑고 깨끗한 천사적인 마음을 지닌 분이라 생각하였으며 저는 한국화 단계에 대표적인 동심화가라고 생각하고 있습니다. **-서보룡**(화가)

어쩜 그렇게도 표현력이 좋으실까? 남자들이 짓궂게 하던 개구쟁이들이 눈앞에 마구 티 없이 뛰노는 형상에 마음이 뿌듯해 옵니다. 그래요 그 시절이 그립습니다. 서 화가님과의 만남이 제겐 얼마나 큰 은총인지요. **-정현자**(시인, 동시작가)

아련한 어린 시절을 추억들을 재현한 작품들, 아이들의 움직임이 활기찬 리듬소리가 들리고 재밌어! 봉남이는 많은 공부를 했어. 어린 시절이 그립고 다시 돌아간 것 같은 느낌. 멋집니다. **-슈슈시미즈** 朱丹清水

뜻 깊고 아름다운 개구쟁이 전시와 화집출간을 축하합니다. **-이석우**(미술평론가)

화백님의 작품전을 보고 돌아와 작품집 덕분에 어린 시절로 돌아가 개구쟁이들과 신나게 뛰어 놀고 있습니다. **-김태희**(시인)

추억의 동심의 세계, 작품집 출간을 진심으로 축하드립니다. **-김병희**(강서문화원장)

선생님의 순박한 얼굴 표정에서나 개구쟁이 작품들을 보니 정말로 개구쟁이가 맞네요. 선생님의 개구쟁이 작품집 출간을 축하드립니다. **-한유정**(화가)

귀하고 고귀한 개구쟁이들 화집 보며 손이 떨렸어요. 감사하고 존경해요. **-최영숙**(화가)

선생님께서 개구쟁이 작품전과 정성스레 만드신 개구쟁이 아트 감사합니다. 저도 열심히 노력하겠습니다. **-이국석**(화가)

황토색과 어울린 그림, 어릴 적 생각이 떠올리고 정겹고 생동적 표현, 절제됨이 참 좋은 그림이었습니다. **-탁다예**(소설가, 화가)

선생님 존경스럽단 생각으로… 추카추카합니다. **-이정**(화가)

주옥같은 감탄사, 천진낭만 화풍. 그 누가 이렇게 표현하겠어요. **-송영운**(화가)

선생님 작품 속에는 팝콘 터지듯, 축제기분이 들어 너무나 기분 좋네요 ^^ -**김경희**(주부)

개성과 철학이 있고 열정이 담긴 작품에 존경합니다. -**서해창**(화가)

흥과 에너지가 넘치는 작품! 눈물이 날 것 같습니다. 너무나 감동스럽습니다. 선생님! -**김기순**(주부)

티 없이 맑은 그림 속 아이들처럼 하루에도 수없이 가까이 있는 것처럼 선생님을 뵙니다. -**배상현**(사진가)

개구쟁이들 노는 모습, 천진난만하고 활기 넘치는 모습을 보며 웃기도 하며 감동 많이 받았습니다. 선생님께서 주님을 얼마나 사랑하시는지도 알았습니다. 선생님께 더 큰 기적이 일어날 거라 믿습니다. -**안말금**(화가)

순수하고 아름답고 귀한 작품, 감동적입니다. -**이병근**(시인)

눈부신 활동 성과와 업적에 찬사를 보냅니다. -**송대호**(화가)

어머니에게 매달린 아이의 천진함, 어머니와 함께 있어 행복한 아이들, 힘든 세상살이에도 자식들 때문에 이겨낸 우리네 어머니들의 자화상을 담은 그림들이 참으로 정겹습니다. -**김해경**(전, 세계적 패션잡지 'ELLE' 편집장/ 현, 아티스트 패밀리 회장)

나의 일생 방향을 제시해 준 두 번의 꿈

결혼하고 1주일 되던 날, 1970년 1월 27일 새벽. 아브라함을 만나서 죄 사함을 받고 내가 지난 26년 동안 알게 모르게 지은 죄를(천로역정에 서처럼) 지고 있었던 죄짐이 순간 벗겨지는 것 같아서 날아갈 것 같은 기분이 되었다.

출근하는 발걸음은 나의 가슴을 뛰게 하여 경쾌하고 산뜻했고 감사와 행복한 마음으로 길을 걸었다.

첫 꿈을 꾸고 나서 그로부터 6년이 지난 1976년 12월 14일, 또 한 번의 꿈을 꾸었다. 예수님의 음성이 웅장하면서도 은은하게 바리톤의 저음으로 산울림처럼 나의 귓전에 들려왔다.

"봉남아, 너의 달란트가 무엇이냐? 이제부터는 너의 달란트를 하여라." 예수님은 그렇게 말씀하셨다. "너의 달란트가 무엇이냐?" 그 음성은 집에서도 회사에서도 어디를 가든지 며칠 동안 계속 나의 귓전에 들려왔다. 며칠 후, 새벽기도회에서 "기독교미술!"이란 말이 나의 입에서 튀어나왔다. 이로 인해 내 달란트가 기독교미술임을 알았고 내가 해야 할 일이라는 것을 깨달았다.

6년 동안 다니던 직장을 정리하고 하나님이 주신 달란트를 위해 계획을 세웠다. 이때가 1977년, 내 나이 서른세 살 때였다. 예수님께서 서른 살에 공생애를 시작하셔서 서른세 살에 돌아가시고 부활하신 것을 생각하며 나의 각오를 다짐했다.

일생의 방향을 제시해 준 두 번의 꿈은 남들이 말하는 무의식의 표출이라는 그런 꿈이 아닌, 내 일생의 지도가 되어 준 너무나도 감격적인, 잊을 수 없는 아름다운 꿈이 되었다.

주께서 주신 달란트(기독교미술)를 시작하다

―쌀독 빌 때마다 "그림만 그려라" 라는 목소리가 들렸다

"심심하지도 않아? 혼자 무슨 재미로…."
내 화실을 찾아오는 사람들의 첫마디다.

나는 성서그림을 그리는 생활을 시작하고부터는 혼자 조용하게 긴장을 풀고 편안한 마음으로 명상하며 기도생활을 하는 것이 습관화되었다. 화실에 들어오면 웬 시간이 그렇게 잘 가는지 금방 저녁때가 된다. 어떤 때는 밤이 지나 아침이 될 때도 많았고 점심과 저녁을 먹었는지조차 모를 때도 많았다.

나는 하나님과 24시간의 연결을 통해 영적으로 더욱 풍요로워졌고 내게 맡겨진 사명을 충실하게 감당해야 한다는 책임감을 느꼈다. 하나님께서 매일의 일용할 양식(만나)을 책임져 주신다는 것을 확신하고는 생활의 모든 것은 하나님께 맡기고 나의 직업(달란트)에 마음을 집중했다.

어느 날 아침, 아내는 쌀독의 쌀을 모두 긁어 가족들과 아침을 먹었다. 그날은 작업실에 들어왔어도 막연한 초조감과 불안에 빠져 도통

일이 손에 잡히질 않았다. 우리 네 식구는 이제 점심부터 굶어야 했다. 나는 굶어도 괜찮지만 아내와 아이들이 걱정되어 기도를 하면서도 무엇을 어떻게 해야 할지 몰랐다. 무작정 작업실을 나와서 아무 버스에 올라타고 앉아 마음속으로 기도하면서 종점까지 왔다갔다하며 생각에 빠져들었다.

인간의 존재는 태생적으로 영의 양식보다 육의 양식을 쫓아 가기 마련이지만 물질의 유혹을 떨쳐버리고 영의 말씀으로 하나님의 영광에 참여해야 한다는 결론을 내리며 하루해를 보내고 나니 어느덧 늦은 저녁시간이 되었다.

어두워진 저녁이 되니 낮에 힘을 얻었던 생각들은 어디로 가고 다시 맥이 풀려 집에 들어갔는데, 환한 표정의 아내가 저녁 밥상을 내어 놓았다. 깜짝 놀란 나에게 아내가 말했다.

"낮에 시동생이 어깨에 쌀을 메고 왔었어요."

동생은 이상하게 형님 집엘 가고 싶어했고 사갈 게 없나 생각하다가 쌀을 사왔다고 하였다. 하나님은 나의 생존의 영역에 항상 존재하고 있다는 사실에 즐거웠고 기분이 좋았다. 어떤 때는 그림을 사러 오기도 하고 어떤 때는 교회에서, 또는 전혀 모르는 사람들로부터도 도움을 받기도 했다. 이로써 하나님께서 수입이 없는 우리에게 생활에 필요한 매일의 식량(만나)을 주심을 확인할 수 있었다.

매일 보았던 성경의 내용들이 그동안은 멀게만 느껴지곤 했었다. 그저 스크린을 통해서만 접했던 것이 바로 옆에서 실재하는 듯 살아 있는 말씀으로 내게 보여지기 시작했다. 우주만물을 창조하신 하나님이 살아 계심을 발견하면서 감동이 거센 파도처럼 나에게 밀려들었다. 나의 눈에선 마치 불꽃이 튀는 것 같았고, 목소리는 나지막하지만 어떤 강한 힘이 뿜어져 나오는 것이 느껴졌다.

성서 속 인물들이 기뻐하며 순교도 하고 감사하면서 사역을 감당했던 것들이 놀라운 하나님의 진리임을 깨달았다.

내가 작업에 몰두할 때는 모든 잡음은 물론 바스락거리는 작은 소리조차 들리지가 않았다. 성경은 나에게 생명의 말씀으로 다가와 기독교미술을 한 점 한 점 완성해 갔다.

우리나라는 옛날부터 전통적인 종교와 사상이 강하게 지배하고 있어서 기독교적인 미술이 융화하기란 좀체 쉬운 일이 아니었다. 특히 개신교에서는 교리적 영향으로 미술품들을 우상시 하는 특성을 지니고 있었기 때문에 기독교미술을 제작하는 데 더 어려움이 있었지만 나름대로 한국적인 기독교 그림을 그리려고 노력했다.

나는 나의 개인적인 신앙생활에 조금씩 변화가 생기는 것을 느꼈다. 모태신앙인으로 지금까지 교회일이라면 발 벗고 나섰지만 예수님께서 새로운 달란트를 주신 후부터는 나름의 공부를 해야 했기에 교회 일보다는 성서그림 작업에 몰두하게 되었다. 화실 안에서 혼자 명상하는 시간이 많아지게 되었고, 하나님께서 나를 한 단계 한 단계 차근히 영적으로 성장시켜 주셨다. 노력과 헌신의 마음으로 바꾸지 않으면 안 된다는 것을 알게 되었고 내가 사는 날까지 변함없이 그림을 그려야 한다는 것도 깨달았다.

작업하는 과정에서 성경 내용은 주인공 위주로 기록되어 있어서 성서 이외에도 주변 환경과 정세, 역사에 관한 책을 많이 보아야 제대로 알 수 있었기에 더디고 더딘 작업이 될 수밖에 없었다.

천주교 200년, 기독교 100년 기념한 작품 '영광' 제작

−작품 '영광'이 프랑스 국립에브리미술관에 영구 소장되다

1981년, 앞으로 3년 후, 1984년이면 한국천주교 200주년, 한국기독교 100주년이 된다는 것을 알았다. 그것을 기념한 작품을 제작해야겠다는 계획을 하고 작업준비에 들어갔다. 꿈을 크게 가졌는지 집 한 채 값의 비용을 기도하면서 준비하다가 결국 아내와 의논한 끝에 집을 팔아서 작업에 들어갔다.

마침 남산 밑에 있던 ○○학교가 이사하면서 교실들이 비었다. 그곳에서 3년간의 작업에 돌입했다. 한국 가톨릭 200년의 역사와 기독교 100년의 역사자료를 수집하고 프랑스에 그림재료를 주문하고, 재료가 6개월 만에 도착하여 작업을 시작했다.

작품의 제목을 '영광'이라고 지어 놓고 내용은 과거, 현재, 미래로 나누고 과거는 조선시대 의상으로 순교자들을 표현하고, 미래는

1,200만 신자들이 한국으로부터 세계로 뻗어 나가는 내용으로, 또 현재 부분에는 남과 북쪽의 인구 5,000만 명을 500명의 합창단으로 나누어 배치하여 하나님께 영광 돌린다는 계획을 하고 작업에 들어갔다.

마침 내가 학교 강사였기에 학생 한 사람 한 사람 스케치를 할 수 있어서 500명의 합창단을 그릴 수 있었다. 한국교회의 암울한 과거로부터 밝고 투명한 한국이 희망의 빛을 생각하며 고통과 환란 속에서도 성장한 한국교회의 놀라운 영광을 그렸다. 1984년(40세) 나의 신앙 고백적인 작품이 2년 6개월 걸려 완성되었다. 4천호의 대작 '영광'을 부활절 아침에 완성하고 사인을 했다.

작품 '영광'이 KBS TV 프로그램 '11시에 만납시다'에 방영되면서 많은 사람들이 찾아왔으나 모두 기증하길 원했고 모 이단교회에서는 집 4채 값을 주겠다고 하였으나 작품을 팔 수 없었다. 국내에는 전시할 공간도 없어서 여태 창고에 보관 중이다. 이렇듯 발표도 못한 채 잠만 자는 작품들도 많다.

20년 후, 프랑스에서 전시초대 제의가 와서 1년간 전시했다. 2006년 4월 1일부터 25일까지 프랑스 국립 에브리미술관에서의 초대 개인전이 성대하게 열렸고 전시 초대 인물들은 프랑스 문화관계자 사람들과 공무원 등이었다. 그중에 한국 사람은 작가 본인과 통역인 K선생 모두 3명이었다. 이 전시는 미술관 측의 요청으로 2006년 12월 30일 연말까지 연장 전시를 한다. 결국 프랑스 에브리미술관에서 영구 소장하게 되었다.

"영광" 캔버스 유채 800.0×400.0 (1982-1984)
The Glory Bongnam Suh oil on Canvas 1982-1984 (collection Evry Religions Museum France)

"영광" 2004년 4월 1일
프랑스 국립에브리미술관 영구소장

영광작품 제작 시작 (1982년)

영광제작

제작

팜플렛

미술관 앞에서 관람

완성한 영광작품 앞에서

아내와 작품 앞에서

개구쟁이 책

영광오픈다과회
(에브리미술관 큐레이터, 통역, 시장부부, 서봉남, 프랑스대사 부부)

창세기부터 요한계시록까지
완성하고 보니 35년의 세월이

유럽에서 알려진 기독교 화가는 레오나로도 다빈치를 비롯하여 미켈란젤로, 지오토, 프란체스카, 그뤼네발트, 티치아노, 루오 등 많았고 대부분 유화를 그렸다. 성서를 제일 많이 그렸다는 화가는 렘브란트이다. 그러나 그도 다른 화가들처럼 성서의 앞부분만 그렸을 뿐 도중에 포기했었다. 그래서 성서를 끝까지 그린 화가가 없었다(교육 목적의 삽화나 만화는 있었지만). 대부분의 화가들은 성서 속의 등장인물을 비슷한 모델로 선정하여 작업을 하여서 모든 인물들이 초상화같이 사실적인 사진처럼 그려져 훗날 역사가들은 그 작품들을 몇 세기 누구 작품이라는 세기로 구분했다.

성화는 과거의 천 년 전 사람이 보아도, 또는 현재 사람이 보아도, 미래 천 년 후의 사람이 보아도, 똑같은 감정을 일으켜야 한다는 생각을 하였고 종교는 외모와 감정적인 것이 중요하다는 것을 생각하며 연구하다 보니 서구인의 사실적인 누구의 얼굴이 아닌 인간의 얼굴로 그렸다. 예수님의 심경, 그때그때의 감정을 반추상적인 기법으로 표현하려고 연구하고 노력했다.

　나는 서른세 살부터 성서를 그리기 시작하였다. 성화를 그리기 시작한 지 10년이 지나도록 그림을 보여 주지 않자 주변사람들은 내게 "왜 작품을 보여 주지 않느냐?"는 말을 많이 했다.

　내용을 연작으로 그리기 때문에 중간에 발표할 입장이 안 되었고, 만약에 발표를 하게 되면 그 작품을 사려는 사람이 나타나 부분적으로 팔리게 될까 봐 걱정이 되어서였다. 그래서 모두 완성하기 전에는 발표를 꺼려했다. 그리고 성경전체 구약까지를 끝내려면 언제가 될지 나도 몰랐기 때문이다. 그래서 제작한 작품을 중간에 발표하는 것은 위험한 일이었다.

　20년이 넘었는데도 발표를 하지 않으니 주변에서는 성화를 그리지도 않으면서 말로만 그린다는 오해를 했다. 하는 수 없이 성서를 그리기 시작한 지 20년 만인 1995년에 신약성서 중에서 '예수님의 일생'만 추려서 유경갤러리에서 부분 작품을 발표하였는데 예상대로 가까운 사람에게는 후에 발표할 때 작품을 빌려주는 조건으로 몇 점을 생활고로 인해 팔았다. 전체 작품 중 이가 빠져 나가서 후회했지만, 생활에는 조금 도움이 되어 어쩔 수 없었다.

　신약 작품을 그릴 때는 예수님의 사건 내용들을 한 폭 한 폭 나누어서 예수님의 공생애 과정을 그렸다. 구약성서는 내용과 등장인물들이 방대하였기 때문에 주요 인물 위주로 작업을 하면서 성경을 읽고 2005년부터 필사를 시작하면서 주요사건의 줄거리를 한 폭 속에 모두 그렸으며 성서화의 재료는 천년 이상 보존된다는 유화로 제작했다.

　창세기부터 요한계시록까지 그리고 나서 신약의 뒷부분 사도들을 끝으로 그리고 2012년 전체의 성서작품을 완성하여 보니 청년시절과 중년이 지나 장년이 되어 35년의 세월이 지나 있었다.

　지난 삼십오 년 동안 내가 이 삶 속에서 자유로움을 찾은 것은 예수님을 만나고부터였다. 돌이켜 보면 내게 있어 그림은 정신의 자유로움 그 자체였다. 나는 그림을 그릴 때마다 기쁨에 충만했었다. 주께서 나에게 값없이 사랑을 주셨기 때문에 감사 넘치는 신앙생활을 할 수 있었다. 눈에 보이는 모든 아름다운 자연과 눈에 보이는 모든 사물들 속에서 하나님의 창조하심을 발견하였고 그것은 나에게 은총을 더욱 실감하는 계기가 되었다.

　나는 작지만 하나님께서 주신 달란트(미술)를 통하여 하나님의 영광을 드러내고 나의 조그마한 재능으로 아름답고 선하고 귀한 가치를 지닌 인생을 엮어 가고 싶었다. 그림은 세계의 공통된 언어이다. 글을 모르는 문맹자 또한 세계 어느 나라 사람이 보아도 이해할 수 있는 것이다. 하나님께서 아주 평범한 나를 택하여 그림을 그리게 해 주셔서 감사한다. 나의 고난은 꿈을 이룬 과정이었다.

BIBLICAL BONGNAM SUH ART
서봉남 성서미술

창세기부터 요한계시록(1976-2012)까지 완성하고보니 35년의 세월이 지나있었

프랑스 국립 에브리미술관에 4천호 크기의 성화<작품명-영광>가 소장되어 있는 종교화가 서봉남이 장장 35년에 걸쳐 성령 충만한 혼신의 예술혼을 융해시켜 완성한 금세기 최고의 걸작 성화 창세기부터 요한계시록까지!!

성서, 하나님이 역사하신 은혜로운 말씀을 연대별, 인물별 발자취와 역사적 고찰을 집대성하여 생동감 있게 한 폭 한 폭에 영적으로 몰입하여 정성을 다해 담아낸 성화이며, 생생한 현장감을 주는 해설이 한글과 영문 대역판으로 엮어져 국내에서는 최초로 소개되는 명문 명화이다.

작품집에 수록된 성화 한 편 한 편은 경이적인 감동을 체험하게 될 뿐만 아니라 하나광을 함께 할 수 있는 명화로서 성서에 담겨 있는 위대한 진리의 말씀까지 깨닫게 해

성서에 담겨 있는 역사와 인물들에 얽힌 이야기들을 현장감 있게 재현했고 그리고 다하신 하나님께서 우리 인간에게 구원을 계시하신 넓고 큰 사랑과 만물창조의 섭리성서의 내용들을 이해하기 쉽게 반추상적으로 창작된 성화이며, 우리에게 성령으로 이감화를 받을 수 있도록 생명의 힘을 느끼게 하는 작품이다. 또 이는 성서화의 또 다을 창조해낸 큰 위업이라 하겠다.

노아방주 미술관 입구

성경속 실물크기 노아방주 미술관
전시장에서

감사의 기도
서 봉 남

주님,
37년 전 어느 추운 겨울
찬란한 빛으로
제게 찾아오셨지요.

"봉남아, 너의 달란트가 무엇이냐?"
고개를 들지 못하고아무 말 못하고움츠리고있던 나에게
당신의 환기로움을 한 모금 먹여 주시면서
"이제부터는 너의 달란트를 하여라."하셨지요.

그때 제 나이 33살,
귀한 보석으로 주어진 달란트
세상 어느 것보다 소중한 무형의 보배를
주님말씀을 그림으로 그리는데 바치겠다고마음먹었지요.

이제 제 나이 70세,
창세기부터 요한계시록까지를
35년 만에 완성하여 당신께 바칩니다.
세상의 어느 것보다 소중한 유형의 보배로...

주님께서는
제 달란트가 촛불같이 녹아내리던 35년 동안
저를 하루도 굶기지 않으셨고제 가족을 지키시고
당신께서는 제 눈물을 닦아 주셨습니다. 지금 이 시간에도...

당신은 나의 목자시니 내게 부족함이 없나이다.
제가 힘들 때 아픔을 위로해주셨고
제가 기쁠 때 선하심과 사랑을 주셨습니다.
제가 사는 날까지 나와 함께 하실 것이 틀림없습니다.

주님, 감사합니다.
주님, 사랑합니다. 아멘.

The **BIBLE** EXPO 2010
서봉남 성서미술 초대전
2010.8.27~12.31
인천송도 센트럴파크
- 노아방주 미술관 -

전시된 작품

작품집

책 내용

그간 살아온 이 날들, 삶을 감사하게 여긴다. 다음은 내가 쓴 시와 시의 번역본이다. 삶에 대한 감사를 표현한 시다.

감사의 기도

서봉남

주님,
37년 전 어느 추운 겨울
찬란한 빛으로
제게 찾아오셨지요.

"봉남아, 너의 달란트가 무엇이냐."
고개를 들지 못하고 아무 말 못하고 울고 있던 나에게
당신의 향기로움을 한 모금 먹여 주시면서
"이제부터는 너의 달란트를 하여라."하셨지요

그때 제 나이 33살,
귀한 보석으로 주어진 달란트
세상 어느 것보다 소중한 무형의 보배를
주님 말씀을 그림으로 그리는데 바치겠다고 마음먹었지요.

이제 제 나이 70세,
창세기부터 요한계시록까지를
세상의 어느 것보다 소중한 유형의 보배로…
35년 만에 완성하여 당신께 바칩니다.

주님께서는

제 달란트가 촛불같이 녹아내리던 35년 동안
저를 하루도 굶기지 않으셨고 제 가족을 지키시고
당신께서는 제 눈물을 닦아 주셨습니다. 지금 이 시간에도…

당신은 나의 목자시니 내게 부족함이 없습니다.
제가 힘들 때 아픔을 위로해 주셨고
제가 기쁠 때 선하심과 사랑을 주셨습니다.
제가 사는 날까지 나와 함께 하실 것이 틀림없습니다.

주님, 사랑합니다.
주님, 감사합니다. 아멘.

Appreciation Prayer

by Bong nam Suh

Lord,
You came to me
as a bright light
in a cold winter 37 years ago.
You asked me "Bongnam, my son what is your talent?".
Speechlessly I cried and could not lift my head,
but with your tender loving care to me you said
"from now on, do your talent and use them".

I was 33 years old at that time.

My precious talent as precious jewel,

I promised myself that I will dedicate and use my talent

to glorify almighty lord by painting Lord's words.

Now my age is 70.

From Genesis to the Revelation of St. John,

I have finally finished and perfected in 35 years

and I am dedicating it all to you my Lord.

As more precious than any other forms of treasury in the world.

Lord

During last 35 years of my life as my talent melts like candle,

you have never let me or my family starve,

you have always wipe my tears away.

Even at this moment my Lord.

You are my shepherd and I have everything.

When I was troubled and in pain you comforted me,

when I was happy and joyful you love me with goodness.

I am confident you will be will be as long as I live.

Thank you Lord

I love you Lord. Amen.

성서미술 전체
성화발표전시회 개최

- 1차: 성화 전체 개인전이 인천 송도 노아방주미술관에서 개최되었고,
- 2차: 여의도 순복음교회 베다니홀에서 개최되어 8만여 명이 관람하다.

간판

인천 송도 바이블엑스포 노아의 방주미술관

엑스포 포스터

미술관 입구

전시장 안에서

1차: 2010년 8월 27일 인천 송도 센트럴파크 바이블엑스포 내 노아방주 미술관에서 성화발표전시회가 열렸다 (2010년 8월 27일부터 12월 31일까지 전시계획이었으나 개관한 지 일주일 후 태풍으로 전시가 중단되었다).

2차: 2013년 5월 1일부터 30일까지 여의도 순복음교회 창립 55주년 기념으로 '서봉남 화백 성서미술초대전'이 여의도 순복음교회 베다니 홀에서 성대하

게 열렸다. 공동주최자는 한국성시화환경운동본부(사단법인), 미술등록협회. ㈜아레아아트다. 이들이 전시를 후원하였다.

개막식 축사에서 조용기 원로목사는 교회창립 55주년을 맞이하여 특별한 성화 초대전을 하게 됨을 축하했고 서봉남 화백은 주님이 주신 달란트로 35년에 걸쳐 성령 충만한 예술혼을 담은 성화작품들을 발표할 수 있음에 감사했다. 한국예술단체 총연합회 회장 하철경의 축사에서는 대한민국 미술대전에서 심사위원을 역임했고 이미 프랑스에서 초대받아 세계기독교인의 사랑을 받고 있는 화가라고 서 화백을 소개하였다. 이어 이영훈 담임목사의 초대인사에서는 뜻깊은 전시회에 출품한 성서미술 작품들로 하여금 하나님께 영광 돌리며 모두 감상하면서 크게 은혜받기를 바란다고 말했다.

이번 전시는 세계 최초로 창세기부터 요한계시록까지 77점의 작품을 한 개인이 35년 걸려 제작한 것이고, 세계에서 단일교회로 제일 큰 순복음교회에서 선보인 것이 화제가 되었다.

성화 작품전에 써주신 분들 글(요약)

서봉남은 성서 전체를 작가적인 뚜렷한 신념이 뒷받침되어 한쪽으로 기울지 않고 서봉남적인 성화를 제작했다. 기존 성화의 개념에서 탈피한 그는 성화에 대한 일반적인 색에서 벗어나 보다 자유로운 시각을 보여주고자 애쓴 흔적이 역력하다. 서봉남의 성화에는 신성과 인성, 영성과 물질성, 초자연성과 자연이 함께 하는 성화에 접근하고자 하는 태도가 그것이다. 신비

기간: 2013년 5월 1일(수) ~ 5월 20일(월)
장소: 여의도순복음교회 베다니홀
주최: (사)한국성시화환경운동본부, 미술등록협회
후원: 여의도순복음교회, 국민일보, 아레아아트

서봉남 화백 성화(聖畵) 초대전

＜세계 최초로 성경말씀 전체를 - 창세기부터 요한계시록까지＞

여의도순복음교회 창립55주년기념전 전시오픈

BIBLICAL BONGNAM SUH ART
창세기-요한계시록
서봉남 성서미술

서봉남 성화초대전

1차, 인천송도 바이블엑스포 노아방주미술관
2010년 8월 27일 ~ 12월 31일

2차, 여의도순복음교회 베다니홀
2013년 5월 1일 ~ 5월 31일

적인 효과를 우선했던 기존성화의 개념에서 탈피하여 서봉남 그 자신의 작가적 감각과, 현재를 살고 있는 신앙인으로서의 의식을 담고자 한 것이다. 이 같은 현재성은 그 자신의 신앙생활과 밀접하게 관련된 것으로서 시대적인 감각을 반영하는 것이라고 볼 수 있다. -**신항섭**(미술평론가)

서봉남 화백의 성화 작품의 통한 드라마는 하나님의 놀라운 사랑과 은혜로 가득 차고 있었다. 그동안 말씀을 듣고, 읽고, 묵상과 기도에 익숙했고, 때론 찬송을 듣고 부르며 은혜를 받던 나에게, 성화를 통해서 새로운 감동과 은혜가 될 수 있음을 깨닫게 됨은 하나의 충격이었다. 천지창조, 인간의 타락, 구원자로 오신 예수님, 속죄의 피를 흘리시는 예수님의 처절한 고통과 희생이 있고 이 모두를 아우르는 환희, 영광의 작품들은 서봉남 화백의 모든 혼을 쏟아낸 절정의 작품으로 전율처럼 감동으로 나에게 다가왔다. -**양인평**(장로, 변호사)

서봉남 화백은 구약성서의 창세기부터 신약성서 요한계시록까지 작업했다. 서봉남 작가 자신의 일생에 걸쳐 제작했다는 것은 세계에서도 드문 사실이며 기념될만하다. 인물, 사건 등의 표현에 있어서 동. 서의 구분함이 없이 오히려 동. 서를 포함한 그의 예수, 성서 사건들을 추상화시킴으로서 보편적 시각에서 자유분방하게 화면에 담고 있다는 점과 성서사건들을 자기 속에 깊이 내면화시킴으로서 작가 자신의 감격적 언어를 찾아 그것을 극화적(메타포)으로 고백했다. -**조향록**(목사, 전한신대학장)

서봉남은 그림 그리기와 글쓰기의 시화(詩畵)일치를 몸소 실현한 '현대판 문인화가이다.“ 그는 수수께끼 같은 인간존재와 예술의 의미를 하나님 안

에서 찾고, 예수님께서 주신 달란트를 자신의 연달보다 하나님의 나라를 위해 사용한 화가로 자신의 직업을 참다운 의미에서 소명으로 받아들인 그리스도인이다. 그리고 한국에서 서봉남 만큼 신앙인으로서 뚜렷한 정체성을 지키며 살아온 사람도 드물 것이다. -**서성록**(미술평론가)

서 화백은 기독교미술이 한국에 오기까지를 연구하고 수학하면서 저술한 구약성서부터 현대에 이르기까지를 총망라한 '기독교미술사'와 백 주년 기념으로 나온 '기독교대백과사전'에 미술부문저자로, 한국교회신문에 '세계기독교미술사'를 수년간 연재한 일을 비롯하여 일생동안 기독교미술학의 미술사상가이기도 하다. -**여용덕**(목사, 문학박사)

성화전 방명록
-성화 전 기간 8만여 명의 관람객들이 관람하였다

장장 35년이나 걸려서 완성하셨다는 성화, 자랑스러워요. -**김수진**

열정적 성화, 감동스러웠습니다. -**김순이**

한마디로 놀랍습니다. 성화작품은 상상을 초월한 명작이며 감동 그 자체입니다. 최대의 경의를 표합니다. -**이덕근**

고난과 역경 속에서 탄생시킨 작품들 존경합니다. -**이연규**

35년의 세월이 그림 속에 녹아 있는 게 보입니다. **-권영순**

감동적입니다. 기도와 눈물 없이는…. **-서길자**

은혜로운 작품 감사하고 영광입니다. **-이학규**

내 삶 속에 주님의 존재를 다시 깨닫게 한 멋진 전시회였습니다. **-이수자**

살아있는 성화, 감동… **-김현숙**

깊이 달려가시는 작가님, 하나님께 영광되길… **-이경아**

작품 속에서 예수님을 만났습니다. **-김기자**

성화를 통해 우리에게 나타나셨네요. **-양동준**

작품 속 예수님과 화가와 함께 보는 것 같습니다. **-차길준**

성령과 감화의 기회주신 것 감사… **-김현동**

저는 잘 모르지만 세계 어느 곳에서 빛날 그림 같습니다. **-신승복**

고상하고 거룩한 작품…**-박익수**

열정적 신앙심에 감동···-**오원균**

귀한 성화 주님께 영광···-**노 현**

작가님 존경스럽습니다. 성경내용을 상상하시다니···-**장순미**

감동의 성화, 사역에 더 힘을 얻고 갑니다. -**홍윤숙**

성스러운 은혜로운 성화···-**정종성**

성화 보고 예수님을 더 생각하는 계기되었습니다. -**박익수**

얼마나 묵상하셨기에 이런 작품이 탄생했을까요. -**장신애**

피곤하고 지친가운데 성화로 주님사랑 알게 되었습니다. -**김수란**

성화를 통한 복음이 땅 끝까지 되길···. -**이 석**

깊은 감동과 은혜 감사합니다. -**김춘배**

거룩하고 은혜로운 성화···. -**예수님 제자**

그림을 통해 성경을 읽는 것 같아 감사했습니다. -**양민철**

영국 스코틀랜드에
'봉남성화미술관' 개관하다

어느 날, 영국 스코틀랜드에서 손님이 찾아왔다. 그는 영국에서 활동하신 아브라함 김 선교사였다. 선교사는 영국에 대한 내용을 말씀하셨고 내용은 이런 것이었다.

2006년 영국 중부지역인 스코틀랜드는 장로교의 발상지로서 현재 영국의 기독교 신자들의 숫자가 줄어들고 많은 교회들이 운영을 이어갈 수 없어서 교인들이 가까운 교회끼리 합치고 빈 교회(고딕양식 건물)들은 팔기 위해 내놓았다고 한다.

교회를 사려고 하는 사람들은 술집을 하겠다거나, 이슬람교회로 사용하겠다고 했다. 아브라함 선교사는 한국에서 파송된 지 20년 되신 분이다. 이분은 집 주변의 가까운 교회당을 이슬람교회에서 사려고 흥정하는 것을 보고, 그 교회 관리를 맡고 있는 장로를 찾아가서 한국교회 선교사임을 밝히고 그 금액을 몇 번에 분담해서 사겠다고 말했다. 관리장로는 교회 임원회를 열어서 이슬람교회에 파는 것보다 한국선교사에게 팔기로 결정해 계약하고, 아브라함 김 선교사는 한국에 돌아와서 모금운동 하는 중에 나를 찾아왔다고 했다.

나는 그림을 기증하고 적극적으로 도왔다. 한국에서 모금도 하고 선교사도 사재를 털어 그 교회를 구입하였다. 세계의 공통 언어인 미술을 통하여 현지인들에게 전도의 목적으로 교회 벽을 성화 52점으로 꾸며 성화미술관으로 디자인하고 2012년 5월 30일 개관 겸 예배를 드렸다.

스코틀랜드 장로교 역사는 다음과 같다. 장로교의 창시자 칼빈의 수제자였던 존 락스(1513-1572) 목사가 스코틀랜드에서 첫 장로교회를 개척하여 기독교를 전파하였다. 당시 가톨릭 국가였던 영국 메리 여왕시대에 장로교의 박해가 시작되어 존 락스 목사를 비롯하여 장로교인 15,000명이 순교했다. 그러나 그 후 장로교회는 스코틀랜드 전국으로 전파되어 결국 장로교기독교 국가가 되었다.

스코틀랜드 장로교회에서는 세계의 땅끝까지 복음을 전파한다는 계획 아래 동방의 끝인 한국을 선교하기 위해 한국과 중국의 경계지역인 단둥주변으로 젊은 선교사들을 파송했었다.

스물여섯 살의 청년 로버트 토마스 선교사는 단둥주변에서 한국선교 기회를 기다렸고, 존 로스 영국선교사는 그곳에 있는 조선 상인들과 접촉하여 성경을 한글로 신약성경을 번역하고 있었다. 이 두 선교사는 한국기독교 역사에 토마스는 첫 순교자로, 존 로스 선교사는 최초 한글성경 번역자로 기록을 남겼다.

로버트 토마스 선교사는 미국상선 제너럴셔먼호를 타고 평양의 부둣가에 도착했으나 결국 한국 군인들에게 체포되어 목이 잘렸다. 이로써 한국 기독교 역사의 첫 순교자가 되었다. 토마스가 죽으면서 던져준 성경을 멀리에서 보고 있던 12살의 소년 최치량이 주워 집으로 가져갔으나 아버지가 방 벽에 도배를 했다. 최치량은 벽의 성경을 읽고 훗날 기독교인이 되어 한국초대교회 복음전파에 큰 인물이 되었다.

스코틀랜드 에딘버러 출신인 존 로스 선교사도 중국 만주에서 한국 상인들과 접촉하여 한국 최초로 한글 신약성경을 번역하였다. 서상윤, 백홍준 등은 한국에 성경을 전파했던 스코틀랜드 선교사들의 의지를 이어받아 한국 기독교의 고마움으로 남게 된다.

이곳 스코틀랜드의 항구도시인 스트란래어에 200년 만에 동양의 땅끝인 한국의 아브라함 김 선교사를 통해 한국 화가인 서봉남의 성화미술관이 개관된 것은 역으로 영국에 기독교를 다시 전파하는 계기가 된 것으로 하나님의 계획된 큰 뜻이라고 생각했다.

영국 스코틀랜드 스트린나에

봉남성화미술관 개관

2012년 5월 30일

BONGNAM BIBLIKAL MUSEUM OF ART

스코틀랜드 장로교 역사

장로교 창시자 칼빈의 수제자였던 존 락스(1513-1572)가 스코틀랜드에서 첫 장로교회를 개척하여 기독교를 전파하였다. 당시 가톨릭국가였던 영국은 메리 여왕시대에 장로교의 박해가 시작되어 존 락스목사를 비롯하여 장로교인 15,000명이 순교했다. 그 후 장로교는 스코틀랜드 전국으로 전파되어 결국 기독교 국가가 되었다. 스코틀랜드 서쪽 항구도시인 스트란나 장로교회에서 세계의 땅 끝까지 복음을 전파한다는 계획아래 동방의 끝인 한국에 20대의 청년 토마스를 선교사로 파송했다. 토마스 선교사는 미국상선 제너럴셔먼호를 타고 평양의 부둣가에 도착했으나 결국 한국 군인들에게 체포되어 목 잘림으로 한국 기독교역사의 첫 순교자가 되었다. 토마스의 목을 첫 던 군인은 토마스가 죽으면서 전해준 중국어 성경을 집으로 가져가 읽고 훗날 기독교인이 되었다는 이야기가 전해 내려온다.

그곳 스트란나에 500여 년 만에 동양의 땅 끝인 한국인 화가 서봉남의 성화미술로 영국에 역으로 다시 전파하는 계기가 된 것은 하나님의 계획된 큰 뜻이라고 생각했다.

경주현장 캔버스에 유채 100.0×80.3 (1978)

영국현장 캔버스에 유채 162.0×130.3 (2016)

역사가 있는 풍경
서봉남 ART
The history and scenery
Bongnam Suh

화가들은 과거부터 현재까지 한 장면 한 폭의 그림 그려와
1986년부터 스토리텔링 풍경 시작

스토리있는 소설 같은 '서봉남식 풍경그림' 을 30여년 그려오고 있다.
나는 나의 그림이 사실화 같으면서도추상성이 강한 가슴속 감성그림을 그리려고 노력하고 있다.

원초적 상징 언어와 동심의 세계
김영재 (미술평론가)

서봉남은 화단에서 동심화가로 알려져 있다. 그러나 그것은 서봉남이 동심에 젖어 있다거나 어린아이의 화법을 흉내 낸다거나 하는데서 오는 것이 아니다.
표상되는 바에서 동심이나 환상적인 현실 이거나로 분석되는 배경에는 서봉남이 그리고 있는 이미지 몽따쥬, 원초적 상징 언어들을 회화화하는
습승 의식이 보여지기 때문이다. 연륜과 무관한 이러한 언어를 구사하는 서봉남에게 느낄 수 있는 것은 자그마한 신선한 충격이라고나 할까......

스에 유채 (1990)

, 천화기, 화사함, 메시지도
식이 성립 할 수 있을 만치
화 과정을 보여주고 있다.
식화를 강조하는 경우로 색
를 들 수 있다. 화면의 흰색
붉은색은 붉이다.

여름 캔버스에 유채 (1986)

아마도 키가어린 발상과 어린아이 장난
과 같은 배경, 계곡에서 바람이 불어오
는 선풍기미, 갑자기 과일이 먹고 싶어
서 질들이 늘어선다든지 어린아이들이
아무렇게나 환칠한 화면, 크기가 외축
된 비현실적인 포치가 돋보인다.

버스에 유채 (1988)

선으로 왼쪽 위 등대(불) 오
여부, 왼쪽 아래 해바라기
위 포리(밭)가 역시 대각선
먹키하여 대각선 대칭구도로
선이 섬의 모든 것을 감비고
있다.

종소리 캔버스에 유채 (1987)

밀레의 만종을 생각나게 하는 작품이다
교회가 보이는 풍경, 아카시아나무 밑에
아이는, 한 아이는 팔을 치켜 올리고 한
회, 같은 방향으로 교회 십자가 종소리
를 듣고 있다. 아래와 하늘에는 보리(일
식)들의 강한 착목 성으로 상징화하고
있다.

이야기가 있는 스토리텔링
풍경작품 연구 시작

– 시 같은 또는 소설 같은 마을 스토리가 있는 스토리 풍경을 그리고 싶었다

나는 이십대부터 주로 실내에서 인물들 위주로 그림을 그려 왔었다. 마흔 살 이후 외국에서 전시를 자주 하면서 그 지역의 아름다운 자연 풍경과 인간의 정겨운 역사들을 보면서 풍경도 그려 볼까 하는 열정이 움트기 시작했는데 어느 날 마침 풍경화가 친구가 내 화실을 찾아왔다. 친구가 말했다. "어두운 화실에서만 그리지 말고 나랑 밖으로 나가서 그리자." 친구의 권유로 나는 야외사생 풍경화 모임의 창립 멤버로 참여하게 되었다.

십대에 풍경화도 그려 본 경험이 있었으나 이십대부터는 본격적인 인물을 주로 그려 왔기에 인물 주변에 가벼운 보조 풍경만 그렸었다. 사십대에 들어오면서 실로 오랜만에 수정 같은 맑은 태양, 하늘, 부드러운 노을빛, 사람들의 말소리, 시큼한 풀 향기, 자연 속의 식물들 풍경을 다시 그리기 시작하면서 나의 가슴이 뻥 뚫리는 것 같아서 좋았다. 야외에서 회원들 모두는 그림 그리기 좋은 곳에 자리 잡고 하루 종일 그 자리를 떠나지 않고 실컷 그림을 그렸다.

화가들은 옛 과거부터 현재까지 눈앞에 전개되는 아름다운 장면

한 부분만 그리면 되었다. 나는 그것들이 항상 단조롭다는 생각을 했었다.

나도 친구들처럼 한 장면에 이젤을 세워 그릴 준비를 해 놓고, 스케치북을 들고 이곳에서 사는 사람들의 관습과 전통들로 어우러진 동네 이곳저곳을 돌아보며 '이 동네의 옛날이야기들과 그 지역 문화들을 한 폭으로 설명할 수 없을까?'라는 생각을 했다. 보이는 풍경을 스케치하며 마을 사람들을 만나 보았다. 그들에게 이것저것 물어보며 마을 이야기들을 메모했다. 이젤 위의 화판에는 마을 현장에서 필요한 부분만 현장에서 그리고, 화실에 돌아와서 마을 전체를 종합하는 작업을 시작하였다.

문학 부문에서도 앞에 대나무가 있다면, 대나무 흔들리는 소리를 들으며 시로 표현하고, 또는 대나무 부분 마디처럼 수필을 쓰고, 대나무 전체를 보며 소설로 쓰지 않는가.

그림도 그렇게 하면 단조롭지 않고 계속 즐길 수 있으리란 생각으로 그리기 시작했으나 나의 그림 방법을 보고 있던 친구화가들은 이상하게 생각하였고, 선배화가들은 전통방법을 무시하면 안 된다고 충고를 주기도 하며 나의 그림을 보면 전통 풍경 화풍에서 벗어난 그림이라고 따돌림 했다. (회원들이 함께하는 전시에서도 내 그림은 항상 구석에 걸어 주어서 하는 수 없이) 그 모임에 5년 참여하고 탈퇴. 혼자 사생하며 그림을 자유롭게 그리기 시작했다.

훗날 한국에서 나의 '스토리텔링 풍경'을 발표했지만 그림이 복잡하고 어려웠는지 한 사람도 그림에 대해서 질문하는 사람이 없었다. 어느 기회에 스토리풍경 그림들을 독일에서 보여 주었는데 반응이 "현대판 샤갈이다. 풍경입체파다. 새로운 스토리풍경이다."하면서 칭찬해 줘서 용기를 얻고 지금까지 그려 오고 있다.

스토리 풍경을 시작하면서 세상이 더욱 아름답게 보여 삶의 감동들이 나를 행복하게 해 주었다. 2019년 가을, 스토리텔링 풍경 그림을 시작한 30주년 기념으로 작품 발표전시를 하면서 작품집이 발간되었다.

스토리텔링풍경 오픈커팅

작품 '금수강산' 앞에서

러시아인상

세로로 찍은 모습

노르웨이 인상

풍경작품집

풍경작품전(요약)

서봉남의 풍경작품은 표현주의의 양식과 기법을 재생시킨 듯한 것으로 그의 작품은 율동적, 미래주의적이며 신비롭고 상징적이다. 그의 화폭은 마치 미래의 우주의 비전을 제시하려는 듯 무수한 색체와 선의 터치에서 몸짓이나 환상적 율동과 속도감, 또 이들을 제어하듯, 방해하듯, 또는 한정하듯, 꿈틀거리는 소용돌이 형태들은 화면을 끊임없는 신비로 이끌어 간다. 이러한 서봉남 특유의 새로운 표현기법은 물론 하루아침에 성취된 것은 아니다. -**최두현**(작가)

서봉남은 화단에서 동심화가로도 알려져 있다. 그러나 그것은 서봉남이 동심에 젖어 있다거나 어린아이의 화법을 흉내 낸다거나 하는 데서 오는 것이 아니다. 그의 언어는 어린아이들이 쓸 수도 있을 표상되는 바에서 동심이나 환상적 현실이거나로 분석되는 배경에는 서봉남이 그리고 있는 이미지 몽따쥬, 원초적 상징 언어들을 회화화하는 숨은 의식이 보여지기 때문이다. 이것을 원초적 상징 언어라고 부를 때 연륜과 무관히 이러한 언어를 구사하는 서봉남에게 느낄 수 있는 것은 신선한 충격이라고 할 수 있다. 서봉남은 가장 환희스러운 마음의 움직임을 훼손하지 않고 화면에 그 상태를 옮길 수 있는 화가이다. -**김영재**(미술평론가)

서봉남은 화려한 색상의 향연과 형태의 역동성을 보여주는 화가다. 미술사에 언급된 주류의 경향과 비교해 본다면 형태나 색채의 측면에서 보면 인상주의나 야수파의 경향과 비슷하나 올망졸망 아기자기 때로는 원대하고 뚜렷한 주제를 담은 내용으로 보자면 초현실주의와 부분적으로 닮았다고 하겠다. 그러나 이러한 미술사의 닮은꼴 비교에도 불구하고 그의 작품은

어디까지나 서봉남 표, 서봉남식 작품으로 자리매김 시켜야 속이 시원함은 왜일까. **-서수진**(화가)

원초적인 상징 언어를 그리는 서봉남은 연륜과 무관히 이러한 언어를 구사하는 것은 신선한 충격이라고나 할까. 그의 가장 환희스러운 마음의 움직임을 훼손하지 않고 화면에 그 상태를 옮길 수 있는 화가다. **-김영재**(미술평론가)

서봉남의 풍경은 대단히 관습적이지 않은, 내러티브 풍경화이다. 어떤 유파에도 속하지 않은 샤갈과 견주기도 한다. 더러는 구성이나 주제, 표현에 있어 아카데미적인 규칙을 지키지 않았던 쿠르베처럼 자유롭기만 하다. 한 마디로, 문학에서의 '낯설게 하기'다. 비일상적, 역설적인 설정이 암시된 바를 찾아 하나하나씩 수수께끼를 풀어내다 보면 어느새 복잡한 천라만상이 하나의 실로 꿰어져 커다란 하나의 개념으로 귀착되고야 만다. 서봉남의 풍경은 특출한 스토리텔링, '내러티브 풍경화'는 정석보다는 변칙이며, 일상보다는 공상이고, 찰나가 아닌 영원을 꿈꾸는 이야기다. **-서수진**(화가)

풍경작품전 방명록

독자적으로 추구해 오신 다양한 소재와 경향의 작품들, 한국현대미술의 한 전형을 이루셨음을 확인했습니다. **-최성규**(철학박사)

이 풍경 그림들(동심화가로만 알고 있었는데…), 아름다운 풍경 그림이 선생님 작품인가요? 진짜로 독특하고 만점입니다. 그림의 소재, 발상들을 어떻게 해나가시는지? 철저하게 계획하여 그려내신 건가요? 아님 순간순간 번뜩이며 스쳐가는 생각을 캡처하며 그리시는 건가요? 작품마다 뭔가 상당히 광활한 느낌이 드는, 파노라마 같은 작품입니다. –**이주은**(화가)

멋있는 형님을 한국의 샤갈이라고 생각하며 존경합니다. –**강창열**(화가)

내가 알고 있는 선생님이란 아시는 것이 많으신 분입니다. 끊임없는 탐구와 학습하시고… 그린 그림까지. 그게 선생님의 열정이 아닐까 싶네요. 선생님의 풍경작품, 환상적입니다. –**서보룡**(화가)

서 화백은 전 세계를 무대로 그 나라의 상징적인 모든 것을 표현하는 남다른 세계적 대가임을 확인했습니다. –**강동호**(제주 로타리클럽회장)

서봉남 작품 속에는 현장, 음악, 그림들이 종합하여 환상적이다. 좋은 작품 고마워. –**Marta Leticia Montana**

선생님의 역사가 보이는 훌륭한 풍경 작품들을 보면서 한편의 시를 읊고 있습니다. –**염창이**(화가)

난 요즘 조용하셔서 영국에 가신 줄 알았어요. 한국에 오셨군요. 러시아 인상작품은 아주 좋습니다. 불후의 명작이 분명합니다. 고생 많으시네요. 선생님은 인생 최상의 일을 하십니다. 그리고 진정한 화가이십니다. –**손정숙**(화가)

새로운 풍경작품이 참 좋네요. 그동안 한국적이고 향토적인 작품세계에서 또다시 다양한 새로운 화풍의 시도 그림은 엄청난 가치로 평가될 것 같습니다. -**김현동**(미술등록협회 회장)

선생님의 작품 속에 들어가고 싶어지네요~^^ -**한유정**(화가)

풍경 작품들 감동입니다. 보이지 않는 세계 사람들의 마음까지 그리시는 선생님의 화풍이 새롭게 보입니다. -**김영란**(문화해설사)

관장님의 풍경작품을 보면서 행복함을 느낍니다. 시와. 수필과 소설이 함께 들어 있는 작품들. -**노수영**(치의학 박사)

제3부

평론

서봉남(徐奉南)의 아호(雅號) 동명(東鳴)이
동붕(東鵬)으로 바뀌기까지

율공 여용덕(목사, 서예가, 법학박사, 문학박사)

이천(利川) 서씨(徐氏) 서봉남(徐奉南)은 나의 오랜 친구이다. 아마 30년쯤 (1989년에 썼으니 지금은 60년이 되어간다) 되었을까?

옛날에 내가 지어준 서봉남의 아호는 동명(東鳴)이었다. 그에게는 '남'(南) 자 이름이 있었고 타고난 직업(天職)이 화가이며 당시 뉴스를 만들고 전하는 언론인이니 N-북(北), E-동(東), W-서(西), S-남(南)의 궤도를 그렸다. 그의 이름 속에는 남북서(南北西)자가 있는데 '동'(東)자가 빠져있어서 아호의 첫 자에 '동'(東)자를 선물(膳)한 셈이다.

만물(萬物)에 있어서 밝음은 기쁨이니 새(鳥)들에게야 말할 수 있으랴. 그래서 날이 밝아 옴을 알리기 위해 새가 운다고 명(鳴)자를 써왔고, 전문적 표현으로는 견(鵑)자를 써서 독혼, 자친, 사자, 시(獨魂,子親,社子詩)를 읊었다. 이 소리를 듣고 봉황(鳳凰)이 춤춘다 하니 궤 변(几)을 써서 암봉황(雌鳳자봉)이라 하여 봉(鳳)을 그렸으며, 새 조(鳥)에 궤 변(几)을 씌우니 새 봉(鳳)이라 하고 신조 우충장(神鳥羽蟲長)이라 했던 것이다. 한문은 오행(五行常)을 기(起)로 하느니 日, 月, 鳥(일, 월, 조)를 써서 합(合)하고 옛 어른들께서는 신조이봉학(神鳥以鳳鶴)이라고 칭하니 그것은 음양원리(陰陽原理)의 대합적(大合的) 의미일 것이다.

동명(東鳴)이라 함은 삼십삼천(三十三天) 즉 사방팔방(四方八方)과 중앙
(中央)을 넣으면 동서남북의 첫걸음인 동(東)자와 합체(合體)되었으니 밝음을
맞는 새를 의미하고, 모습을 드러내고자 하는 초비적(初飛的) 개념이니 우조
적(羽鳥的) 개념이면 우초생모(羽初生貌)의 깃 처음 날 때의 상태일 것이리라.

그 후, 어느 날 신문을 보니 동명(東鳴)이 하루아침에 동붕(東鵬)으로 둔갑
해 있었다. 신문사에 문의했더니 '명'(鳴)자와 '붕'(鵬)자가 어떻게 다른지 식별
키 어려웠고, 활자가 마땅치 않아 붕(鵬)자를 넣었다는 변이다.

생각해 보니 동서남북의 삼십삼방(三十三方)의 사계(四季)는 그에게 다 통
했구나 생각하고, 이제 그에겐 중앙(中央方)만 남았으니 그것이 아(我)의 개념
이 아닌가. 아(我)를 말할 때 옛 어른들은 육(肉)을 써왔으니 그 자가 곧 월(月)
자 표현이 아니던가? 그러니 '月'(월)자와 '鳥'(조)자를 합하면 두견처럼, 접동
새처럼 우는 새를 뜻하는 독혼, 사자, 자친(獨魂社子子親)을 의미하는 견(鵑)
자 외엔 없으니 그의 천직(天職)이 울고 노래하는 음악인(樂人)이 아니라 그리
는 화가(畵人)가 아닌가? 어차피 '붕'(鵬)자가 써졌으니 어둠 속에서 그려졌어
도 대명천지(大明天地)로 나와야 그림의 이미지가 이해되지 않겠는가?

동붕(東鵬)이라고 신문, 잡지, 방송에 자주 오르내리는 서 화백의 세계에
빨려 들어갈 뿐이다. 등용(登用)에서 우(羽)로 상승(上昇)하여 동명(東鳴)되었
으니 이젠 동붕(東鵬)되어 모습의 보임보다는 이미지의 심층 인간 내면(心層
人間內面)에 자리 잡은 큰 화백(大畵伯) 되길 기원해 마지않으리. 봉황(鳳凰)
은 본시 세상엔 없고 인간 가슴에 사느니, 그대가 동붕(東鵬)이면 봉황(鳳凰)
되었으리. 〈1998〉

축시:

동심의 화가, 서봉남

윤극영(동요작가)

봉남, 봉남 동심의 사나이
하늘바라 그의 눈 무엇을 찾나

산도 들도 하나같이
빨강, 파랑, 노랑
잘도 어우러진 색동무늬
흙 내음을 풍겨요 조국이 그리워

꿈을 심는 그 손길
화폭에 아롱지는 숨결
거기 함빡 개구쟁이들 뛴다 난다
동심 청하다

봉남, 봉남 순도 드높이는 아기사나이

* 윤극영(尹克榮) / 1903-1990 / 동요 작곡의 선구자로 일컬어지고 있는 작곡가, 1922년 방정환과 한국 최초 어린이문화단체인 '색동회'를 조직 활동, 400편 이상의 동요를 남김. 대표작 '반달' 작사 작곡(1976년 어린이날 서봉남 글을 써주심).

Child-hearted Artist

Gukyung Yun (Writer of songs for children)

Bong-nam. Bong-nam, child-hearted man!
Gazing at the sky, what have your eyes found?

Mountains, fields, as one,
red, blue, yellow,
well-matched patterns of many colors
exuding a smell of earth, longing for the motherland.

Hands that sow dreams,
breath dappling the canvas,
where many mischievous children run, fly.
I want that child's heart.

Bong-nam, Bong-nam, inspiring purity, child-man.

축시:

동심의 세계

이원수

서봉남의 그림들에서
때 묻지 않은 어린이들
천진스런 보습을 본다

한국인인 서봉남,
그의 작품은 동양적이요
한국적인 체취와 훈향薰香을 풍겨
나는 크게 감동한다

서봉남 그림의 색조는
한국적인 색조의 미에서
나도 모르게 고향에 돌아온 듯한
즐거움을 느낀다.

* 李元壽 /1911-1981/ 기존의 외형율 중심의 동요에서 벗어나 내재율 중심의 동시를 썼고, 널리
알려진 '고향의 봄' 작사가이다. 1926년 방정환이 펴낸 『어린이』에 당선된 향토애 작가로 알려짐.
〈1979년 5월 5일 세계 어린이날, 서봉남 글을 써주심〉

축시:

당신에게는

쥬니 김(화가)

서봉남, 당신에게는
온화함이 있고
겸손과 순박함이 있습니다.

평화로운 그대에게는
검소함과 진실도 보입니다.

당신에게는
철학과 예술이 있고
그리고 뜨거운 사랑이 있습니다.

이 세상
온갖 아름다운 것을
모두 당신에게서 봅니다.

〈1980〉

축시:

화가 서봉남

김창동 (소설가)

텃전의 까투리 같은
소박함

그리고,
들새의
깃털에 묻은 향토 내음

캔버스에 혼을 묻고
색깔이 잉태하는 생명

개구쟁이의 하얀 웃음
햇볕에 그을은 살빛
붓으로 찍어내며

오늘도
꿈나무 심는 봉남이

〈1981〉

* 김창동(金昌東) / 1946- / 대하장편소설, 심성장편소설 등을 비롯 50여 권의 소설집과 수필집이
  있다. MBC베스트셀러 극장 '보석 고르기' 등과 KBS TV문학관 '영원한 외출', KBS라디오 소설극장
  '마지막 축제'가 방송, 그리고 '타인의 둥지'가 영화화되기도 했다. 〈1979년 서봉남이 글 써줌〉

축시:

존경스러운 선생님

정부용(성우)

칠순이 넘도록 그토록
순수와 아름다울 수 있다는 것

서봉남 선생님을 뵙고
평생 잊지 못할 한없는
영광과 귀한시간을 가졌습니다.

모두 기뻐서 선생님에 대한
여운이 가시지 않아
잠 못 이루는 밤이었습니다.

선생님은 존경스럽고
살아있는 성자이십니다.

〈2015〉

서봉남의 동심세계,
그 전모

김승각(미술평론가)

서봉남의 심성

나는 서봉남, 한 인간의 영혼을 보고 있다. 그리고 나는 그 영혼의 소리를 들었다. 나의 심상에 비추어진 그의 모습은 형태로서는 표현하기조차 어려운 그런 아름다움의 질토로 곱게 빚어진 여호와의 창조물이었다. 그토록 아름답고 곱기만 했다.

그의 얼굴에서 풍기는 부드러움이 그를 대하고 그에게 눈길을 돌린 사람이면 어느 누구 할 것 없이 비단결 같은 너무나 고운 그의 마음씨를 받아들일 수가 있었을 것이다. 그는 심성의 모든 질소, 모든 바탕이 연하고 부드럽고 고운 원소로써 빚어 다져진 솜뭉치 같은 육질과 영질로써 고루고루 안배된 인간이었다.

서봉남의 정신세계는 한마디로 신비적인 것과 현실적 인간미가 합쳐진 세계이다. 그는 인간을 사랑하고 인간을 사랑해야만 하고 인간을 사랑하지 않고는 못 배기는, 그리고 기어이 인간을 사랑하지 않을 수 없는 엄청난 숙명적인 인간애의 영질로 충만되고 있는 것이다. 그러기 때문에 서봉남은 화가, 작가, 예술가이기 이전에 단순한 한 인간으로서 존재한다는 점을 강조하지 않을 수 없는 것이다.

우리가 모든 예술가의 예술작품과 예술세계를 분석하고 파악하고자 할 때 그 인간의 근본을 찾지 않을 수 없는 이유는 그 예술가가 면대하는 예술성의 가치관이 어떤 상황에서, 어떤 발신기호로서 대처되고 있는가를 알기 위함이며 존재의 상황이 어쩔 수 없이 행위와 결과적인 존재와의 직결되는 존재성을 현시하고 있기 때문이다.

바로 서봉남의 정신세계는 존재의 상황에서 이미 인간적이고 인간애적인 발신 장치로서 기초와 그 기조를 이루고 있기 때문에 이를 기점으로 하는 서봉남의 뇌파가 미치는 세계는 어떤 것이든 간에 인간애적이고 자연적인 순수성 이외에는 아무것도 없는 것이다.

왜 이렇게 서봉남의 순수성과 인간애적인 면에 신경성을 집중시키느냐면 현대적인 현실 상황하에서 우리가 놓인 정신적 환경상황이 너무나도 피폐되고 핍박으로 충만되어 우리가 간절하게 아쉬워하고 있는 절대적이고 전부라고 할 수 있는 것이 바로 인간성의 아름다움으로의 회복과 인간성의 자연성으로의 회복이며 또 인간애의 환귀(還歸)가 지극히 갈구되는 현장이기 때문이다. 이 같은 말을 다시 요약하여 말한다면 우리가 절대로, 간절하게 필요로 하고 간절하게 요구하고 있는 것의 거의 전부를 서봉남은 육영의 모든 부분에 지니고 있다는 말이 된다.

서봉남이 지닌 순수성은 매우 두드러지게 많은 함유량을 내포한 사금의 순도와 같다는 표현으로 대변되어진다. 여기서부터 그의 모든 것은 출발한다.

예술도, 신앙도, 또 모든 생활의 하나하나가 인간애적이고 인간미적이며 자연성적인 순도의 분파발사(分破發射)로서 방향을 잡아나간다. 바로 백색은 색채의 근원이요 백색이 이상적인 색채라고 하는 논거를 가지고 말한다면 서봉남은 그와 같은 순백이며 그 같은 인간이기 때문에 부족을 인정하고서 황색(黃色)기운이 엷게 스며드는 백색, 즉 황백색이라고나 말할 성질의 순도성 함유 존재분자(純度性含有存在分子)로 표현시켜 말할 수가 있는 것이다.

이와 같은 황백색적 원질의 영혼은 그의 취향적, 여러 가지 주색적(主色的) 색채에서 나타나고 있는 것이지만 회화적인 색채와 생활적인 색채, 즉 현상적인 색채와 실상적인 색채의 논단 면에서 생각하고자 함으로 여기서는 그냥 지나쳐 넘기로 한다.

아무튼 서봉남의 아름다운 심성과 그 아름답고 고운 순백의 영혼성은 그의 모든 것과 그리고 그의 예술에 있어 그리고 그 예술의 전개에 있어 거의 절대적인 중요성으로 출발을 보게 된다.

나는 그의 영혼을 다시 한 번 본다. 그리고 다시 한 번 짐짓 심각한 마음으로 그의 영혼이 내보내는 소리, 그 영혼이 색색거리는 사유하고 있는 소리에 귀를 기울여 본다. 나는 이제 나의 모든 수단으로써도 표현될 길 없는 육감과 영감을 갖고 그에게 가까이로 다가간다.

서봉남의 개성

우리는 서봉남의 회화를 보는 순간, 루오의 회화세계를 보는 일순간적인 착각을 일으킨다. 그만큼 서봉남의 회화묘법은 루오의 피상적인 묘법을 연상케 한다. 그러나 우리는 여기서 인간의 실존적 세계는 지극히 좁고 단순하고 작다는 철학적인 논거를 부득불 내세우지 않을 수 없다. 근본적으로 존재의 물상 어느 하나라도 미립안(微粒眼)으로 볼 때, 엄격히 말하여 과학성과 합리성에 입각하여 존재의 독자성과 존재의 개성을 주지적(主知的)인 논거로 볼 때 똑같은 것, 그 같은 존재물이 우주상에는 하나도 없음으로 해서 존재성의 독립성과 개성을 필연적으로 인준하지 않을 수 없게 된다. 그러므로 우리는 예술과 예술성과 예술작품의 개성을 분별함에 있어 광의(廣義)적인 유사성을 인정하려들지 않을 수 없게 된다. 어느 예술작품이든 대괄적(大括的)인 유사성이 없을 수가 없다.

그러므로 회화를 중심으로 한 이야기로 좁혀 말하더라도 지극히 몇 가지인가의 방법론으로 대별될 뿐이며 그러므로 대체적으로 예술가마다 다르다 해도 또 그 개성의 독립성과 독창성을 주장한다 해도 그 개성과 독창성은 완전-완벽한 독립성이 아니라 유형적(類型的)인 동일계통이론(同一系統理論)으로서 동일주장주의(同一主張主義)의 우산을 쓴 사유(思惟)의 흔적을 나타내는 가운데 사유-정신의 주제파악에 있어 독립된 주장의 요소와 그 핵(核)이라는 굵은 줄기를 형성하고 있는 것으로서, 원질적인 개성이라고 표현할 수 있게 된다고 본다.

그리고 독자성인 요소가 보다 많이 두드러지게 함유된 것일수록 우리는 그 같은 것을 개성으로 간주하여 존중하게 된다. 이 같은 개성은 육안, 또는 심안을 통하여 '그 하나만의 것'으로 보여지는 것을 말한다.

이 같은 전체로서 서봉남의 회화묘법이 어느 누구의 것을 닮았다거나 동일한 유사성의 것으로 착각을 일으키게 하는 것은 그다지 중요한 것이 못 된다고 본다. 요는 서봉남이 묘법 또는 그 표현, 그 목적, 착안, 결심, 행위와 결과적인 회화성 작업에 있어 서봉남적이냐 아니냐에 달려 있을 뿐인 것이다. 우리가 얼핏 루오를 연상하게 되는 것은, 또 이 같은 환각은 루오의 회화를 사전에 경험했기 때문에 일어나는 현상에 불과한 것이며 역시 우리는 서봉남의 그림은 루오의 것도 이중섭의 것도 아닌 오로지 서봉남의 것일 수밖에 없다는 결론을 내리지 않을 수 없게 된다.

　여기서 우리가 평안(評眼)의 조리개를 더욱 좁혀 보아나가면 그의 작품이 시각 상으로 어느 특정한 것과 사전 경험한 것에서의 닮은 것을 보는 착각 속에서 '처음 보는 것'으로 빠져 나아가짐을 느끼게 된다. 우선 그의 작품을 통하여 던져주는 '느낌', 그 필링이 직감시켜 주는 감촉의 루오도 이중섭도, 또 그밖의 아무와의 세계와도 절대 관계가 없는 오직 '서봉남의 느낌과 냄새'가 무한히 연한 내뿜음으로서 우리를 서서히 자기 세계로 빨아 당기고 있음을 알게 된다.

서봉남 작품의 색채, 구도

　표현의 내용은 별도로 분석해 보거니와 단적으로 그의 회화세계는 '영혼의 노래'로서 이루어지고 있음으로 해서 서봉남적인 서봉남의 개성은 그답게 순해터진 성격처럼 순해터진 순박성의 개성으로 우리 앞에 존치(存置)되어진다. 그러나 그 순하고 '純'스러운 것 같은 그의 개성은 확고한 자연 신념 때문에 매우 강한 뚜렷한 형태로서는 잘 보이지 않게 내뿜고 있음을 또 직감하게 되기도 한다는 것을 잊지 말아야 한다. 직재(直裁)적인 표현, 그 신념으로 뭉쳐진 무서운 사랑의 의지가 바로 그것이다.

　정리하여 생각해 본다면 서봉남의 정신 질은 루오나 이중섭과는 본질적인 표현에서 동일한 질소와 동일한 유형에서 출발된 순박성을 발견하게 됨으로서 전체적인 형상성, 또는 면, 선이 없는 선 처리, 색채상에 있어서의 동성미감각(同性美感覺)을 느끼게 한다고 볼 수가 있는 것이다.

　서봉남은 좋아서 그림을 그리고, 좋아서 어린이들의 장난, 놀이, 개구쟁이들의 즐거움을 그림 속에 재현, 재성, 소생시키며 생명을 불어 넣고 그들과 참으로 즐거운 벗이 되어 즐거운 이야기를 지껄이며 즐겁게 스스로도 동화되어 뛰어놀 뿐인 것이다.

여기서 우리는 서봉남의 개성이라는 면을 쳐들어 말하지 않을 수 없다. 서봉남은 곧 루오나 이중섭과 다르며 서봉남이 추적하는 표현 내용이나 표현 형태며 표현방법이 그 누구와도 닮은 데가 단 일 점의 점찍음도 없다. 색채상의 색채 방법도 다르며 점과 선, 면의 처리에 있어서도 닮은 데라곤 아무리 훑어보아도 찾아볼 길 없다. 서봉남은 자기만의 세계, 자아적인 의식의 나무가 힘찬 물기(澣.根)와 풍성한 열매(實)와 잎을 가진 어엿한, 침범을 원치 않는, 독립된 수목으로서 형성된 수림왕국(樹林王國)을 형성, 형위하고 있는 것이다. 그의 영혼이 개성의 확고한 뿌리내림과 확고한 형성, 출발을 하고 있음으로써 그의 영혼은 이 세상에서 가장 뚜렷한 개성을 가지고 있게 되며 유일한 개성을 보여주고 있는 것이다. 그러므로 그의 개성은 영혼의 노래인 것이라 할 수 있으며 그 개성적인 영혼의 노래는 나무에 달라붙은 크낙새, 딱따구리처럼 묵묵히 자아적인 작업을 할 뿐이다.

서봉남의 성격

한 인간 서봉남은 성난 얼굴을 남에게 좀처럼 보이질 않는다. 심성의 방향이 늘 고운 데로 향하고 있기 때문에 늘 곱고 아름다운 심성으로 인간을 대하고 모든 물상을 대하고 모든 생활을 대하고 있는 것이다. 그렇기 때문에 별난 상황이거나 사건 없이는 성날 일을 찾지 못하는 것이다. 그가 작품을 구상하고 구도하고 제작으로 몰고 가는 과정을 통해서도 늘 고운 것 이외에는 없다는 것을 알게 된다. 물론 그 '곱다'는 개념은 서봉남적인 순수성을 두고 하는 말이다. 그에게 있어 화제로 담겨지는 내용에 있어서도 인간애와 자연애의 고운 생각만이 한 방향으로 흐르고 있음을 우리는 늘 보아지게 된다.

여기에서 우리는 루오의 고발적인 고독성이나 이중섭의 희화(戱畵)성과의 묘출되는 원류가 다른 면모로서 직면할 수 있게 된다. 또 그런가 하면 서봉남이 갖는 외경성(畏敬性)이나 경건함은 작화적(作畵的)인 면에서 서봉남의 특징을 두드러지게 보여주고 있는 일면이 아닐 수 없다.

이 같은 점은 종교적인 신념이 짙은 것과 함께 순두부 같은 순 인간적인 그 어떤 믿음과 사랑함과 어려워함과 모두가 소중하게 여김으로서 생겨지고 있는, 거부성이 전혀 없는 순수성의 신념이 마음의 모든 점을 형성하고 있는 원자재로 이루어지고 있다는 데에 서봉남의 진모(眞貌)가 담겨진다. 그 같은 역성(逆性)을 모르는 순성(順性)의, 너무나도 고운 순수성은 바로 그의 생활과 함께 그의 전 예술을 형성하고 있는 원동력의 의미를 지니게 된다는 점에서 우리는 차분하게 보아주어야 할 의무를 느끼게 된다.

서봉남의 예술관, 세계관, 가치관

한마디로 서봉남의 태어남과 성장의 환경적인 과정과 상황을 분석하여 말한다면 인간 서봉남은 부유한 환경에서 태어났다. 그러나 그는 곧 어린 시절 예술가의 꿈에 대한 집안의 반대로 자신의 힘으로 인생을 바라보아야 했고 그렇기 때문에 일반적인 인간, 또는 일반적인 사회인으로서 예술과는 무관한 인생행로를 걸었음직한 짐작도 할 수 있는 일이지만 서봉남은 성실하고 독실한 기독교 신앙의 길을 접어들면서 외면하지 않고 올바른 예술과, 그리고 예술에 숙명적으로 따라다니기 쉬운 청빈을 부담 없이 택하여 오늘에 이르고 있다.

그가 왜 하필이면 인생을 완수하는 데 있어 가장 불리한 빈한(貧寒)과 그리고 가장 손해일 수도 있는 '가난의 대명사로 알려진 예술'과 일생을 다 바쳐야 할 반려(伴侶)로서의 혼약(婚約)을 맺었는가에 우리는 일단 의아의 초점을 두어봄직도 하다.

오로지 신이 있는 길이 자신에게 주어진 삶의 길이라고 생각하며 묵묵히 조용히 신과 회화의 사이 길을 걸어가고 있는 인간이 바로 서봉남이라는 말로서 표현을 대신할 수 있다는데 그를 알고자 하는 자로서 무척 다행한 일로 간주하는 것이다. 젊은 작가에게 우리가 바랄 수 있는 것은 완숙이 아니라 완숙의 결과를 가져다 줄 수 있는 출발에서의 방향성과 반짝이는 예지, 끝없는 성실성과 노력일 뿐이다. 서봉남은 바로 그러한 점에서 모든 사람에게 서슴지 않고 주목해주길 바라는 천거의 변을 늘어놓을 수가 있게 되는 것이다.

그는 하나에서도 신이요, 둘에서도 신이라는 신심, 신념, 신앙 속에서 모든 것을 시작하고 행위하고 결과로 향하고 있는 것이며, 그렇게 함으로서 회화이론의 참된 방법론 추구도, 그리고 그러기 위한 끝없는 인간정열을 소리 없이 오직 자의식에 의해서 보이지 않는 '불'을 내뿜고 있는 것이다. 한마디로 말하여 그는 '신과 인간' 사이에 선 인간이며 또 신과 회화 사이에서 두 개를 하나로 묶어 표현코자 자신의 모든 것을 다 바치는 화가인 것이다.

오로지 신의 사도이길 바라며 그 길을 가기 위하여 자신의 주제적인 길을 선택하고 또 그 선택된 길을 향하여 한눈 파는 일 없이 묵묵히 화필과 화판과 유화물감과 그리고 화심과 신심과 성실과 진심이 있을 뿐이며, 핍박된 거리, 핍박에 의해 붉은 피로 물든 주위 상황, 저희가 무성하도록 내버려 두어서 저희 스스로가 그 무성한 가시에 찔려서 낭자하게 붉은 피바다를 만들며 걸어가게끔 만들어 놓은 '이상(理想) 향한 인간'의 오솔길은 이제 서봉남의 마음과 자세와 같은 젊은 예술가적인 길 걸어감으로 가득 채워져야 하지 않을까 생각되기도 한다.

서봉남 그가 오늘날에 서기까지 걸어온 인생길을 단순히 '신과 회화 이외에는 아무것도 없다.'라는 말로밖에 표현할 길이 없는 것이다. 신의 사도를 길러내는 신학교를 나와서 신의 짙은 사랑에 세례 받고 신의 손을 바라보면서 기독교 계통의 신문사에 몸담아오면서 한결같이 그림만 그려온 그였다. '그의 영혼은 이미 신과 회화 이외에는 아무것도 없다'라는 말 한마디로 그를 서슴없이 설명하고 표현하려는 것도 그의 발자취나 오늘 있는 모습을 보아도 알 수 있는 일이라 할 것이다.

그는 어떻게 살아야 하는가, 늘 진지, 늘 진실스럽게 성실하게 신의 무릎 앞에서, 신의 마음과 더불어 신의 옷깃을 부여잡고 웃음기 찬 신의 가슴 앞에서 신의 양식으로 살고 있음을 스스로 느껴가며 오로지 세상에서 보람되게 산다는 즐거움 하나로서 삶을 이어가는 서봉남이가 있을 뿐이다.

그러므로 그는 예술을 할 수 있고 예술을 하는 자부심에 가득 차 있으며 예술에 인간의 즐거움을 가득 가지고 있는 것이다. 그러므로 그는 성화(聖畵)의 길을 끌로 깎아 작업도 할 수 있고 또 아이들의 세계로 눈길을 집중시켜서 아이들의 놀음이 무엇을 의미하고자 하는가도 유심히 지켜볼 수 있는 것이다.

그는 거기서 인간 본성의 축도(縮圖)를 보고 있는 것이며 코스모스의 개채를 보고 있는 것이다. 또 그는 거기서 코스모폴리타니즘이 뜻하는 인간의 존재성과 인간사회 존속 필연성을 발견해 나아가고 있는 것이다. 그의 예술관이

나 세계관이며 내지는 그의 모든 가치관이 바로 먼 곳에 있는 것이 아니라 가까운 곳에 있으며 가장 원점에서 있는 것을 감지하고 있는 것이다.

그러므로 그의 눈길이 주어지고 머물러지는 곳이 바로 본성의 문제이며 본성의 존재인 성화의 세계와 아동들의 있는 모습들인 것이다. 그는 아이들의 순수하게, 그리고 단순하게 놓여짐의 형태 속에서 인간을 발견하려 하고 인간을 발견하고 있는 것이다. 인간은 다른 데 있는 것이 아니라 아이들에게 내외적으로 존재하고 있는 것이며 아이들이야말로 그 모든 것에서 인간이 가장 바라고 애원하며 얻고자 하는 이상을 지닌 바로 그 자체이며 전체, 전부라는 것을 발견하고 있는 것이다.

그의 가치관이 먼 곳으로 가 있지 않고 가장 어렵지 않는 곳으로 돌려질 수 있다는 것은 그가 먼 곳으로 달려갈 수 없는 원질적인 성격형성에서 비롯된다 하겠다. 오로지 무슨 일이나 성실하고 진실할 뿐이라는 사실을 수없이 강조하지 않을 수 없는 그의 원질적인 분석은 우리가 그와 같은 순수도에서 너무나 거리가 먼 곳에 머물러 있으므로 해서 너무나 핍박된 상황으로 뒤덮여 있기 때문인 것이며 그러므로 우리가 버리고자 하는 가진성(假眞性)의 '탈'은 곧 아무것도 걸치지 않는 자연성과 무가식(無假飾) 상태인 자연 그대로가 좋다는 관점이며 서봉남은 힘들이는 일 없이 그 같은 먼 곳으로 눈길을 돌려 보지 않은 데 장점을 두고 있는 것이라 할 것이다.

그는 자신의 욕망으로 한 걸음도 옮긴 바가 없이 그 자리에서 자아를 보고 자아의 위치에서 주위를 보고 또 거기서 아름다움의 찬미가를 부르고 있게 된 것이다. 그는 좀체 성깔 내는 일도 없으며 어느 누구하고도 입씨름하기를 원하는 일도 없다. 그는 늘 평화스러운 분위기를 좋아하며 남의 일에 끼어들기를 원치 않는다.

그러나 그가 지니고 있는 진성적(眞性的)인 본심과 보다 인간 존재의 원성(原性)에 있고 또 그 원성은 끝없이 물 주어가며 가꾸어 가고자 하는데 마음을 두고 있다는 데에 우리는 칭찬을 앞세우기 이전에 우리도 그와 같이 되기를 바라야 할 것이 아닌가? 하고 문제의식을 던지고 싶어지는 것이다.

그는 늘 조용하다. 그러면서 그는 늘 회화 속에 살며 회화 속에서 신과 더불어 살며 회화 속에서 신과 더불어 아이들과 인간들과 살고 또 그 속에서 자신이 살고 있는 모습을 볼 수가 있는 것이다. 우리들이 이렇게 살기를 원래 원했던 것이 아닌가 하는 생각을 지울 수 없는 것도 바로 서봉남의 삶 모습을 바라보고 있을 때이다. 그는 신과 신의 사랑스러운 뜻을 좋아하며 신의 그 뜻을 재현시켜 보려고 노력한다. 그의 그림 내용은 신과 관계없는 것이 거의 없다는 것도 주목되는 일이 아닐 수 없으며 신의 뜻이 원原, 그대로, 때로는 상징되어서, 또 때로는 은유 섞인 표현으로 나타나기도 한다.

그러나 아이들의 개구쟁이 짓 하는 모습 속에 담겨진 그것들을 보면 바로 우리가 바라는 것이 거기 있으며 우리 스스로가 바로 거기 서 있으며, 우리 스스로가 바로 거기서 놀고 있음을 직감하게 된다. 바로 이것이 서봉남이 갖고 있는 모든 것이며 서봉남의 적나라한 전모임과 동시에 그의 예술관이며 그의 세계관, 가치관이다.

여기서 우리는 서봉남 예술세계가 바로 그의 인간성 세계의 생(生)하고 있는 자체임을 똑바로 보게 되는 것이다. 그의 회화를 보고 있노라면 신과 같이 있는 피 흐름소리가 귀 울림으로 들려주고 있음을 느끼게 한다.

화가 서봉남의 회화가 추구하고 있는 길은 신이 직접 서 있는 모습을 그리는 성화에서부터 비롯하여 신이 뜻하시고 사랑으로 감싸고 있는 전부일 수도 있다. 그가 아들의 탄생부터 자라는 흔적을 발바닥 탁본(拓本)하여 담은 앨범을 정성스레 만들고 있다는 것은 그러한 것을 입증할 수 있는 충분한 심층자료이다. 아들-갓난아이의 인형같이 작은 발바닥에 물감을 묻혀 탁본처럼, 또는 판화처럼 떠내고 찍어 낸 그 마음이야말로 그로 하여금 신과, 그리고 신의 사랑과 회화와 어린이들 사이를 오고가게 하는 갸륵하기 그지없이 짙은 사랑의 마음이 된다.

서봉남은 화가로서 그의 예술 속에 신의 마음으로서 어린이를 꾸준히 사랑스러운 표현으로 추구하여 왔다는 사실에서 서봉남의 원적을 찾아야 한다.

그는 어린이들의 개구쟁이 짓을 사랑의 눈길로 바라본다. 그리고 그것을 그림으로 미소 지으며 그려 담는다. 소중스럽게 만들어 낸 작은 어린이들을 위한 병풍을 어린이들 머리맡에 바람막이로 세워준다. 색색 잠든 어린이들의 꿈 같은 모습을 보라. 꿈속에서 어린이들은 마냥 즐겁기만 할 것이다. 그리고 하늘과 사이에 가리움이 없이 마냥 개구쟁이 짓 하는 어린이들의 뛰노는 싱싱한 모습에서 즐거움과 인간 자아를 배운다. 그는 신과 신의 회화를 그리고 있는 것이다.

서봉남 – 작품내용, 구도, 구성

아이들이 뛰어놀고 있다. 그러나 그 뛰어놂은 움직이지 않고 있다. 그러나 또 그 움직이지 않음은 움직이는 생명스러움과 생동감을, 움직임을 나타내 보여주고 있다. 이 그림은 움직이는 것이다.

바로 이것이 서봉남의 그림이다. 그가 담은 그림의 내용은 모두가 그의 터치에서 보여주는 단순성화 때문에 움직이지 않은 듯하면서도 더없이 생명스러운 생각을 진득이 배어나오게 하여 우리에게 친근감을 주려는 것이다. 그의 그림에 담겨지는 내용은 모두가 그런 형태이다. 회화적인 방법의 수록은 실(實)에 있어 서봉남의 인간본성 노출인 것이다.

웃고 있는 아이들, 뛰어 노는 아이들, 개구쟁이 짓 하는 아이들, 그냥 있는 아이들, 이 모두가 서봉남의 자화상적인 외모이기도 하며 또 서봉남을 형성하고 있는 내면의 마음이 어떤 모습으로 있는 것인가를 여실히 보여주고 있는 것이며 서봉남을 빚은 흙의 토질, 그리고 그 냄새가 어떤 것인가를 그림에 내용으로서 재현해 내고 있는 것이다.

서봉남 작품의 구도는 여백을 단순화 추상터치로 물감 메꿈을 함으로서 배경 형성을 하고 그 배경 형성이 던지는 영향력과 의미력(意味力)이 곧 회화 구도의 모든 조화를, 그리고 회화 구도상의 부족점과 흠함점(欠陷點)을 보완 보충해주는 일방 그 추상적인 색채 스스로가 단순한 듯하면서도 독립성과 독자성을 가지는 추상미를 현출(顯出)시켜주고 있다는 특성을 지닌다.

추상미를 신봉하는 그의 정신세계는 영과 현실을 담선혼(淡宣渾)적인 방법으로 색과 색 사이에 경계를 뚜렷이 구분 짓지 않는 속에서 공존성을 말하려 하고 있으며 또 그런가 하면 선이 뚜렷이 그려진 것이 두드러지게 눈에 보여지게 함으로서 그의 회화는 내용과 구도 구성은 곧 추상적인 시도를 꾀하고 있는 것으로 간주하지 않을 수 없는 것이 표상적인 느낌이다. 그러나 그 자신은 그런 것, 이전에 그 자신의 영적인 기호를 상이성(相以性) 표출방법으로 캔버스에 옮겨 담는 작업을 하고 있다.

서봉남 작품의 추상성

그의 본질이 도저히 극사적(極寫的)인 방법을 원치 않는 것으로 되어 있다. 그는 아무리 극사의 기능을 부여받아도 절대로라는 극신(極信)을 서슴치 않을 만큼 추상성을 버릴 수 없다. 그는 그의 본성, 본질의 결합원형(結合原形)에서 부터 추상형인 것이다. 그러므로 편의상 우리가 말하는 반추상적인 것이며 또 그러므로 편의상 표현의 반 구상적(半具象的)인 것이다. 서봉남의 추상표현성 이 시성(詩性)으로 배어진 회화에서 시성의 추상적인 내핵근(內核根)이 뿌리 박고 있으면서 그 같은 추상성을 오히려 구상적인 것으로 끌어냄으로써 서봉 남의 회화는 앙뽀르메르의 원의(原意-原義)를 제대로 해석하고 있는 느낌을 보여 주는 것이다.

다시 말해서 정상적인 조화의 방법을 의식하지 않고 자연스러운 심성에 놓 여짐이 의식으로 반영되어지면서 오히려 정상적인 의식의 투여(投與)에서 이 루어지는 조화보다도 더욱 큰 조화성을 나타내고 있는 것이다.

현대가 수용하는 추상의 방법론이 서봉남에게 와서는 그만이 갖고 있는 의 도는 아닐지라도 어쨌든 그만의 개성이 매우 두드러지게 나타난 표현성이라 고 말할 수 있다.

서봉남의 예술성 해부 – 문학성, 시성, 철학성, 미술성

"나는 예술을 하고 있다는 것보다 바로 나 자신을 하고 있다. 내가 갖고 있는 나의 모든 것을 단지 표현의 수단을 빌어 투여하고 나타냄을 보여줌이 곧 전부일 뿐이다." 이렇게 말하는 서봉남의 말을 액면 그대로 받아들이고 나서 다시 우리는 일련의 해석을 가미해 보고자 한다. 과연 그의 말대로 서봉남은 여느 작가들과 마찬가지로 작가의식이 필요하고 예술가의식이 필요하기는 하되 이미 작가와 예술가를 논의하기 전에 단순한 상태에서 작품을 하는 것이며 작품이나 예술품을 하기 이전에 그냥 자신의 생각하는 바를 의식이 시키고 있는 요구에 따라서 손끝과 몸의 모든 부분, 그 전체가 갖고 있는 기능이 힘을 빌어 그 어떤 물상적인 평면과 물체적인 평면체 위에다 미술성이라는 표현방법에 사고에 의한 정리기호로서 표기, 표출하는 것이라는 해석을 내리게 된다.

바로 이것이 서봉남의 미술성적인 일차적 변증(辨證) 부여이며 그의 회화, 또는 그 미술에 있어서 문학성의 관련성이 농축되어 있는 상태를 보게 된다. 여기서 문학성이라 하면 그것은 쉽게 표현하여 소설적, 즉 서사적(敍事的)인 이야기성과 연극성의 드라마적인 이야기 전개가 정리된 구도 속에 내용으로 수록되어 충분히 쉽게 설명을 던져준다는 점이다.

이를 더욱 알기 쉬운 말로 설명한다면 아이들을 주제적인 대상으로 한 것이라든가 그 아이들의 놓여진 상태는 곧 정지된 사회 속의 움직임을 보여주는 것이라는 점이다. 그의 의도하는 바는 보는 자가 작가 자신이 아니기 때문에 알 길이 없다.

단지 보는 작용과 작가라는 사람의 입을 통해 흘러나오는 의도에 대한 말을 액면 그대로 받아들여 작가와 보는 자의 사이에는 인간이 누구나 그렇듯이 메꿀 수 없는 의사소통의 갭이 있게 마련이므로 그 이상의 절대적인 작가의 의도는 알 길 없지만 그럼에도 불구하고 작가가 의도하고 있는 사고와 표현의 맥락을 통한 예술성을 개관(槪觀)할 수 있다는 점을 말할 수 있다고 보는 것이다.

어쨌든 간에 심성의 근본을 고운 것으로 지니고 있는 서봉남은 매사에, 그리고 모든 일의 근본 자세를 곱게 보려는 심안(心眼) 렌즈를 지니고 있음으로 해서 그가 보는 현상세계며 사회관은 곱고 아름답고 착한 곳만을 보게 되고 곱지 않고 착하지 못한 곳을 고발은 하되 아름답고 착한 방향으로 제안을 하고 있게 됨으로써 늘 그는 미술표현이 갖는 예술의 본질에 대한 '룰'을 지키고 있는 것이다.

모든 것은 근본자세와 출발에 있다는 논거는 비단 한 사람의 고집스러운 편견에 있는 것이 아닌 사회 일반론이라는 점을 믿을 수 있다면 서봉남은 다른 작가들보다 약간 불리하다 할 위치에서 시작한 예술작가이면서도 또 그러한 여건을 뿌리치고 보다 확고한 뿌리를 예견할 수 있는 위치에 이르고 방향을 정확하게 잡아 나아가고 있다는 점을 보게 되는 것이다. 그러므로 서봉남의 미술성을 통한 회화작업은 문학성을 일단 무난하게 해결지어 나가고 있으며 여기서 아름다운 심상의 표현이 시성(詩性)의 섬유질을 내포하고 있게 됨으로써 여느 극화성(劇畵性) 작가나 동화성(童畵性) 작가에게서는 극히 볼 수 없는 순수하다 할 시성에 의해서 전체 화면이 시성으로 가득 차게 되는 것이다.

서봉남의 미술은 시성을 미리 표현코자 하거나 내용면에서 내포시키려고 사전에 의도하고 있는 것이 아니라 이미 심성이 시성의 본질이 함유되고 있는 구성요소로 형성되어 있다는 점에서 다른 작가와 구분을 할 수가 있게 되는 것이다.

사실상 서봉남은 무척 자연과 인간에 대한 문제에 고집스럽게 구애하고 있다. 그만큼 서봉남은 자연이며 인간의 모습을 좇으므로 거기서 파생되고 형성되는 자연과 인간의 외면의 아름다움을 미술성적인 표현방법으로 채택하고 여기서 자연의 내면과 인간의 내면을 말하려고 노력하고 있는 것이라 볼 수 있는 것이다.

서봉남의 회화를 보고 있노라면 화면수록의 내용 거의가 그 주체를 이루고 있는 것이 인간추적의 흔적이며 그 인간추적의 흔적을 분석하여 보면 회화성적인 방법에 있어 극사실적인 방법을 채택하지 않고 추상성으로 보여지는 붓터치를 곁들이고 있는 것이 현저하게 보여짐에 의해 회화적인 미(美)이기 이전에 오브제가 갖는 내면의 사고를 이야기하려고 하고 있는 것이라고 간주되어 진다. 다시 말해서 서봉남은 세필(細筆)이나 태필(太筆) 등을 회화상에서 구애하거나 신경 씀이 없다. 그는 오직 그 내용 수록에 있어 고운 것을 곱게 그림으로써 '고운 것'이 무엇인가를 나타내고자 함과 보여주고자 함에 주의를 담고 그렇게 '미에 대한 꾸준한 추구'를 일삼는다.

보통 철학성은 자신 존재의 문제를 심각하게 생각하지만, 서봉남은 심오하고 깊은 철학성을 통해 편안하고 아름다운 생각 속에서 왜 미를 추구하는 업(業)을 해야 하는가하는 문제를 긍정적인 자세로 젖어들고 있다. 그리고 그에게서 구태여 철학성이라는 것을 본다면 흔히 있는 미술성 표현방식 속에 있는, 즉 예술적인 철학성이 그의 정신에 깔려있는 신에 대한 절대적인 신앙문제와 자신이 태어난 한국이라는 민족적 정신이 결부시켜진다고 본다.

본래의 본질적인 심성과 이에 영향을 미치고 있는 신에 대한 신앙의 존재질이 복합되어 서봉남의 철학성, 더욱이 그의 예술인의 철학성을 지배하게 됨으로써 결과적으로의 서봉남의 미술 전체와 서봉남의 모든 것이 신의 본질에 의하고 신이 원하는 바에 의한 인간 본질의 존재양식을 추구하는 방향으로 길을 가고 있음을 뚜렷하게 나타난다.

바로 이것이 서봉남을 이루는 철학성이라 할 수 있는 것이다. 이를 요약하여 말한다면 서봉남은 우리가 일반적으로 알고 있는 순수철학, 또는 예술철학과도 질을 달리하는 신과 결부된 철학성에 의해서 모든 예술작업이 출발을 보며 인생이라는 문제와 결합을 이루어 나아가게 된다.

여기에서 서봉남의 회화세계는 인간시리즈 추구로 그의 세계가 표현을 보게 된다. 그가 전개하는 회화주제와 회화내용은 인간의 존재성과 인간의 상관련성(相關聯性)으로 나타나며 다시 이를 좁혀 관찰해 보면 노인상, 어린이상, 모성의 존재상, 가족상 등으로 그의 망원렌즈가 움직여가고 있음을 엿볼 수가 있게 된다.

서봉남 작품의 면, 선, 점, 색채

서봉남의 미술성은 심성을 근본바탕으로 하고 있으므로 해서 모든 작업의 형태가 추상성을 배제할 수가 없다. 이는 동양미술의 발상에서 보는 추상성과 동질의 것으로서 동양화의 동양사상 내지는 동양적인 사고의 방식에 있어 바탕을 두고 있는 이기 이원적(理氣二元的) 추상사고, 즉 이상에 근본을 두어 현실을 복사화(複寫化)로 보는 관점에서의 표현이 아니라 현실을 이상의 대리표현을 위한 추상표현으로서의 정신적 목적표현을 수단으로 채택하는 방식에 가까운 것이다. 이를 줄여 말한다면 서봉남은 동양화의 산수를 그리는 사람의 마음이나 사군자를 치는 사람의 마음과 근본 태도에 있어서는 같다는 말이 된다.

　근대미술사에 애폭을 찍는 회화상의 모범적인 면에서 본래의 고전적인 아카데믹성, 즉 단순화 작업에서 보여주는 단순성적 추상성이 바로 새로운 미를 표현하기 위한 모범으로 등장한 것과 상관하여 정신성의 발로와 그 표현을 목적하고 있기 때문에 서봉남은 회화에 있어 숲 또는 나무 등 밑바탕에 점, 점으로 나타나는 시각성의 연푸른색 감각만으로 의사 전달이 끝나는 것으로 되어 있다.

　서봉남 회화에 있어 면과 선, 점은 두툼한 진갈색 원곡선으로 한국의 자연에서 무르익은 겨울나무색과 한국 사람들의 머리색, 눈동자색 등 친근감을 자아내는 역할을 하고, 면의 색채는 한국지형의 된장냄새가 물씬 풍기는 황토색으로서 한국 고유의 향토적인 색채 표현이 회화를 고차원으로 끌어올리고, 등장하는 모든 사람에게는 백색으로서 서민들이 즐겨 먹는 막걸리 색과 백의민족적인 심상 색으로 하는 작업을 굳히고 있는 것이 바로 서봉남의 심성본질과 심상의 예술성을 표출하는 데 중대한 역할이 되어지고 있다는 점에서 그의 작품은 성공하고 있는 것이다.

서봉남의 끝없는 그 길

　서봉남은 지금 무아의 상태에서 한 인간의, 한 예술의, 한 생애를 통한 오랜 성숙으로 가는 도정(道程)을 가고 있다. 여러 가지 어려운 문제를 하나로 압축시키며 그는 더 어쩔 수 없는 길목에서 오로지 신의 옷깃에 매달려 끝없어야 할 그 길, 그 영혼의 불덩이가 가는 길을 가고 있다. 더 바랄 길이 없는 그 길- 바로 신과 나누는 대화와 환열(歡悅)이 그를 늘 기쁘게 생명 되게 하며 가고 있을 뿐인 것이다. 이만 그의 작품세계 이야기를 줄인다.〈1979〉

구원의 은혜와 기쁨을
노래하는 서봉남 화백

김정환(교육학 박사, 고려대학교 명예교수)

정년퇴임 후 8년, 그간 이 '화두'에 꽤나 매달렸다. 이제 전공서적은 힘에 부쳐 못 읽는 나에게, 더욱 이제 아름답게 스스로도 보람 있었다고 느끼면서 삶을 마감할 준비를 해야 할 나에게 3년 전 눈을 번쩍 뜨게 한 책을 읽었다. 글 내용은 구원의 특성 분석이다.

그 작가의 생각을 간추리면 이렇다.
1. 각자 삶의 자리매김(우주와 역사 안에서 자신의 삶 자리 확인).
2. 자신의 삶의 몫 찾음(자기에게 주어진 재능 실현).
3. 이웃의 발견(오늘의 삶 속에서 이웃봉사).

오랫동안 내가 찾던 생각의 내용이었는데. 나는 그림과도 글과도 먼 교육 철학 이외에는 그야말로 무식한 사람이지만 서 화백의 화집을 보고 수필을 읽으면서 나의 감상을 피력하면 이렇다.

　서봉남의 수필집『동심, 삶의 빛깔들』(샤론출판사)을 읽고 감동을 받았다.

　서봉남은 화가인가, 수필가인가? 그림도 좋고 글도 좋았다. 나는 수필집을 읽고, 다시 또 읽었다. 한마디로 '구원의 은혜와 기쁨을 노래하는 글과 그림'임이 새로워졌다. 그의 글과 그림은 그 믿음의 샘에서 꽐꽐 솟아나고 있었다. '내 삶을 바꾼 꿈'은 참으로 압권이다. 두 번의 꿈이 자기 삶을 사로잡았다고 한다. 날짜까지 선명하게 기록되어 있다.

　첫 번째는 결혼 후 2주째 되는 1970년 2월 4일, 두 번째는 그로부터 6년 후인 1976년 12월 14일의 꿈이란다. 로마네스크 양식의 건물 앞에서 하얀 백발과 수염을 한 유대복장의 노인 아브라함이 손을 흔들며 맞이했고 많은 사람 중에 자기만이 절벽으로 떨어지고 있는데 죽음 직전에 커다란 두 손이 나타나 받아준 예수님. 이 두 꿈 이야기 사이에 예수님 앞에 엎드리는 '부름 받은 베드로' 땅바닥에 납작 엎드려 떨고 있는 '바울의 회개'라는 두 그림이 수놓아져 있다.

　"글은 곧 그 사람이다." 우리가 익히 들어온 말이다.

　서봉남의 경우 특히 그렇다. 그런데 그의 경우 여기에 또 그림이 더해진다. 하나도 하기 어려운데 서봉남은 둘이나 해내니 얼마나 장하고 귀한가. 그는 문예잡지와 신문에는 수필로, 화단에서는 토속적인 빛깔로 믿음과 기쁨과 삶을 노래하는 기독교 문인이자 기독교 미술가이다.

　서봉남은 삶의 즐거움을 표현하고 있다.

　모든 그림과 글이 두 꿈으로 새 삶과 자신의 달란트(몫)를 찾아 사는 기쁨으로 넘쳐있다. 아니, 기쁨이라기보다는 '환희'라고 말하는 게 더 적합할지 모른다. 그 단적인 예를 하나 든다면 '개구쟁이들의 행진' 같은 작품이다. 이 작품

속에는 같이 뛰고 타고 노는 모습, 어린이는 하늘나라에 제일 가까운 존재가 아닐까. 참으로 기독교 미술 하나로 오로지 한 길만 걸어 일로도 백두(一路到白頭)한 그의 면목이 잘 드러난다.

서봉남의 그림에는 겨레의 빛깔이 있다.

그가 즐겨 쓰는 색깔은 백색, 흑색, 황토색이다. 앞서 나는 '토속적 빛깔'이란 말을 썼는데 그것이 바로 이를 이름이다. 서 화백 자신도 '찬란한 삶의 빛깔들'이란 글에서 나라마다 풍토성 따라 좋아하는 색채를 가지고 있다고 하였으며 서봉남은 배달겨레의 삶과 그 빛깔을 작품 속에서 사용하고 있다.

서봉남은 더불어 삶의 소중함이다.

앞서 우리는 구원의 세 특성 중의 하나가 이웃의 발견임을 보았다. 이웃이란 누구인가, 너를 가장 필요로 하는 사람이다. 서봉남은 그의 거의 모든 그림이나 글 행동이 이웃과 즐거움을 나누고 있다. 어린 시절 선천적 꿈을 이루지 못한 자를 위해 교육하고 아직 이름 없는 어려운 화가들을 위해 전시를 열어주는 모습에 감동을 받고 있다.

서봉남은 구원의 은혜와 기쁨을 노래하며 삶을 실천하면서 살고 있는 화백이다. 〈2004〉

* 金丁煥 (1927-) 일본 히로시마대학에서 교육학박사 취득, 고려대학교 교수와 스위스 취리히대학 객원교수, 1995년 고려대학교를 정년퇴임하심. 저서로는 『페스탈로치 교육철학』, 『비판적 교육이론』, 『한국교육이야기』 등이 있다. 〈2003년 서봉남의 회갑기념으로 글을 써주심〉

이 시대에 이런 인물이 있다는 것이 한국인으로서 참 자랑스럽다

－서봉남 고희 잔치를 김동길 박사가 열어주다

김동길 박사

나는 서봉남의 작품을 보고 그의 인물을 대하고 '아! 이 시대의 훌륭한 사람이다.'라고 생각을 했다. 그림을 그리건 뭘 하건 이 시대에 이런 인물이 있다는 것. '참 한국인으로 자랑스럽다.'고 느꼈다. 다시 말해서 서봉남은 우리에게 희망을 주는 이다.

사람들은 동심의 화가로 순수했던 어린 시절의 내용들을 향토적인 지형 색과 한국의 사계절인 기후 색, 우리민족 백의민족인 백색으로 그리는 화가다. 또는 기독교인으로서 경전인 성경내용의 창세기부터 요한계시록까지 그림으로 그린 화가다. 라고 말하지만 이런 말을 서봉남에게는 그렇게 규정시킬 수 없다.

그의 그림에 아이들을 그리기 위해 어린 시절로 돌아가 그린 것이나 성경의 창세기부터 계시록까지를 그림으로 묘사했다는 것은 그의 신앙의 표현이지만 그게 전부가 아니다.

서봉남은 신앙인으로 20여 년 동안 아내의 투병생활을 돌보며 변함없는 마음으로 극진히 사랑한 사람으로서 이 시대를 살면서 우리 국민에게 어떻게 사는 것이 진실하게 사는 것인가, 그것을 우리의 생활 자체를 통해서 자기의 작품을 통해서 우리에게 보여주는 이가 서봉남이다. 서봉남의 삶과 작품세계와 그의 인물됨이 이 시대의 표상으로 한국인임이 자랑이다.

2014년 12월 23일이 그의 생일이지만 22일은 낮과 밤이 똑같은 동지이고 내일부터는 낮이 차츰 길어져서 그의 앞날에 희망이 되게 하기 위해 22일 고희잔치를 열어준다.

어느 화가의
삶의 향기

서봉남 화백을 알게 된 것은 매우 최근의 일입니다. 그가 보내준 화첩을 통해서 그의 삶과 작품의 크기와 깊이와 힘을 느끼게 되었습니다. 한 마디로 하자면 그는 예수 그리스도라는 한 사람('사람'이라고만 부를 수는 없는 존재이긴 하지만), 그 한 사람에게 압도되어 한평생 그림을 그리는 화가라고 할 수 있습니다.

우리 동네에 있는 고즈넉한 이태리 식당에서 서 화백 내외와 마주앉아 간단하게 저녁 식사를 하였습니다. 아직도 시골티가 나는 순박한 표정을 짓는 그의 아내는 벌써 20년이나 1주일에 3번은 투석해야 연명 가능한 신장병 환자라고 들었습니다. 그러나 이 남편은 지성·극성으로 이 천사 같은 아내를 돌보며 꾸준히 화가의 길을 걸어, 올해 칠순을 맞게 되었는데, 집안 사정 때문에 아이들을 학원에도 보낸 적이 없지만 딸은 이미 이화여대를 졸업하고, 아들은 연세대학의 학생이라고 하였습니다.

기적이 따로 있는 것이 아니라는 생각이 들었습니다. 그리고 예수 그리스도라는 이름은 무섭고 놀라운 능력을 지닌 이름이라고 새삼 느끼게 되었습니다. 사도 바울을 바울로 만드신 그 예수가 서봉남 화가와 그의 기적을 이 날까지 인도해 주신 것이라는 생각을 하지 않을 수가 없었습니다.

나는 서 화백에게 이런 약속을 하였습니다. "서 화백 생일이 12월 23일이라는데 내가 우리 집의 60년 전통인 냉면 파티를 원하는 날에 열어 주리다. 몇 명이라도 걱정 없으니 다 초대하리다." 그렇게 약속하는 내 마음도 기쁨에 넘쳤습니다.

'인생은 괴로우나 아름다운 것'이라고 다짐하면서 어두워지는 ZINO 식당 가까이에서 서로 작별의 인사를 나누었습니다. 서봉남 화백은 매우 행복한 화가입니다.

---

* 金東吉 / 1928- / 대한민국 석학으로 연세대 영문과, 미 에반스빌대 역사학과를 거쳐 보스턴대학에서 철학박사를 취득하였다. 연세대 부총장, 태평양시대위원회 이사장이며 저서로는 『길은 우리 앞에 있다』, 『링컨의 일생』, 『한국청년에게 고함』 등 80여 권의 저서가 있다. 〈2014년 서봉남의 고희잔치를 열어주면서 글을 써주심〉

동붕 서봉남 성화전을
축하하면서

조용기 (원로목사)

2013년 5월 18일은 여의도순복음교회가 창립된 지 55주년 되는 날입니다. 여의도순복음교회는 지난 55년 동안 땅 끝까지 복음을 전파하라는 주님의 명령을 따라 민족복음화와 세계선교를 위해 온 힘을 다해왔습니다. 성령님의 주권적인 역사와 전 성도들의 뜨거운 기도, 그리고 쉬지 않는 전도의 열정이 오늘날의 세계적인 여의도 순복음교회를 있게 한 것입니다.

이제 창립 55주년을 맞이하여 이처럼 귀한 성화 전시회를 통해 하나님께 영광을 돌리게 된 것을 감사드립니다. 서봉남 화백은 주님이 주신 달란트를 가지고 창세기부터 요한계시록까지 성경 전체를 77점의 귀한 작품으로 완성한 분입니다. 35년에 걸쳐 성령 충만한 혼신의 예술혼을 융해시켜 완성한 그의 작품들을 통해 경이로운 감동을 느끼게 될 것이라 생각합니다.

아무쪼록 많은 성도들이 참여하셔서 아름다운 화폭에 담긴 하나님의 말씀을 통해 큰 은혜를 체험하시고 더욱 성숙한 신앙인으로 거듭나게 되시기를 기대합니다. 참석하시는 모든 성도들께 하나님의 은혜와 사랑이 넘치기를 축원합니다.

서봉남성화전 축시

동붕 서봉남성화전을 축하하면서

　　　　　　조용기 목사

동서남북 어디든지 지구촌을 무대삼아

붕새처럼 멀리날아 성화로써 선교하니

서봉남은 행복하고 주하나님 기쁘시리

봉사하며 복음전파 형통한복 받으시고

남을위해 사는정신 예수님의 마음이니

전시회를 통하여서 더큰발전 이루소서

* 조용기 / 1934- / 1958년 교회를 개척하여 교인 78만 명으로 부흥시키며 세계 최대 교회를 세운 세계적인 목사이며. 현재 여의도순복음교회 원로목사이다. 〈2013년 5월 1일 여의도순복음교회 창립55주년 기념 초청으로 '서봉남 성화초대전'에 기념으로 주신 글〉

일생이 성화(聖化) 그 자체였고, 고귀한 미술인의 동지

　　　　　　한강(율공), **여용덕**(목사, 서예가, 법학박사, 문학박사)

서봉남 화백을 만난 때는 1970년대 초 필자가 OO공보 편집장 시절이었고, 그는 OO신문 기자였다. 서 화백은 어린이들을 소재로 하는 서양화가였으며, 필자는 하은주춘전진한당송명청(夏殷周春戰秦漢唐宋明淸) 시대를 배경으로 하는 고전서법, 서도서예를 연구하고 학습하며 시를 짓고, 글씨를 쓰고, 법학과 문학 그리고 신학을 한 학도여서 서봉남 화백과 조금 장르 차이가 있었다.

우리는 청년시절에 만나 오랜 세월동안 언론인과 미술인으로, 문학과 기독교인으로서의 수많은 대화를 가졌고, 우리는 서로의 주어진 일을 위해 전후좌우 곁눈질할 사이 없이 바보스럽게 살아왔는데 감회가 새롭다.

어느 날 4천 호 크기의 기독교적 그림을 그리기 위해 집을 팔았다는 얘기를 듣는 순간 할 말을 잃었던 기억이 새롭고, 그 그림 '영광'의 4천 호 크기의 캔버스에 유채 대작을 완성했을 때 한국교회는 외면했으나 이단 모 단체에서는 집 네 채에 달하는 값을 주겠다고 해도 사양했다. 한국의 교회는 소화할 능력이 없었는지 아니면, 그 그림의 진가를 모르는 것인지는 말할 수 없으나 좌우지간 그 그림은 한국에 존치할 수 없어서 프랑스 국립 에브리미술관으로 옮겨졌다는 소식을 들었다. 프랑스에서 서봉남 종교화의 평가와 얘기를 듣고 아깝게 놓친 한국교회의 씁쓸함을 느끼면서 미술학적 수준을 소화 못하는 한국기독교계의 문화예술 수준을 어떻게 끌어 올려야 하나? 하는 아픔만을 곱씹을 수밖에 없었다.

또 어느 날 들린 얘기, 또 한 번 필자를 놀라게 했던 것은 서봉남은 성서를 주제로 창세기부터 요한계시록까지 기획하여 큰 펙트를 그림으로 표현하겠다는 계획을 옛날에 들었는데, 그가 33세였던 청년기부터 시작하여 중장년의 세월을 성화 그리는 데 다 보내고 35년 만에 결실을 맺었으나 한국기독교 출판사의 외면으로 비기독교출판사에서 책을 냈다고 한다. 그 책은 대형으로 제

본된 아트지의 책은 묵직하였고, 한글과 영어판으로 그림해설, 성경해설과 역사적 배경, 신학적 조명과 교리사적 사상적 성경주의에 바탕한 정통 기독교 교리의 미술책을 출판한 것이다.

서 화백은 구미(歐美) 각국과 인도 중국 등 이스라엘부터 아시아 지역으로의 전래를 들으러 다니며 기독교미술이 한국에 오기까지를 연구하고 수학하면서 저술한 고전과 중세 이후 현대에 이르기까지를 총망라한 '기독교미술사'와 '성화해설' 그리고 간증집『아름다운 삶의 빛깔들』등의 저서를 간행한 것과 백주년 기념으로 나온『기독교대백과사전』에 미술부문 저자로, 한국교회신문에 '세계기독교미술사'를 수년간 연재한 일을 비롯하여 일생동안 문서로 이론을 제시한 기독교미술학의 정통교회적 미술사상가이기도 했다.

현재 한국기독교계의 미술세계는 글자 그대로 불모지로 표현할 수밖엔 없고, 그 그림을 소장할 교회와 기관이 없고, 혹 기증했다 해도 거기에 대한 합당한 대우를 안 하는 한국교회의 인색(?)함이 미술의 필요를 못 느낀 것인가? 아니면 미술의 경지를 몰랐기 때문인지…?

서울의 목동에 소재한 서봉남의 화실에 방문하자 그가 그린 많은 그림이 마치 책을 세워두었다는 느낌이 들 만큼 그의 작은 화실에 차곡차곡 세워져 있는 상태이지만 서 화백은 아랑곳없이 그리고 또 그리는 정직한 바보 같은 미술가의 세계를 보게 한다.

35~36년 전 내가 군사정권시절 잠깐 구치소에 있을 때 서 화백이 아버지가 준 거라며 필자에게 준 오메가 금장시계를 전달 받았는데 그 후 승용차에 뒀다

가 도적맞았다. 내가 수년 전부터 다시 차고 다니던 퇴색된 오메가 시계를 서 화백의 손목에 채워주면서 옛날 얘기를 했더니 "이 시계를 옛날에 맡겨 뒀다가 찾아가는 기분이네요…"라고 했다. 우리는 손을 잡고 옛 얘기를 하면서 그림 세계와 신앙세계의 공통점을 말과 글이 아닌 마음으로 교분을 나누다가 내민 유화 물감 묻은 노랗고 붉은 색 손을 잡으며 "려 박사님은 내게는 1급, 형으로 생각하며 산답니다." 하면서 땅거미가 질 무렵 또 만나기로하고 헤어졌다.

원로미술가가 된 서봉남 화백을 하나님께서 미술로 복음을 전하는 도구로 사용하신 하나님의 거룩한 뜻을 이해할 수 있었고, 쓰임 받은 서 화백 얘기는, 아름다움을 문설로 표현할 수 없는 화가로 서봉남은 병든(위장병, 신부전, 유방암, 뇌출혈 등) 부인을 20여 년 동안 보살피며 삶을 바친 그의 일생이 성화(聖化) 그 자체였고, 고귀한 미술인의 동지였다는 말을 할 수 밖에 없다. 〈2012〉

그는 늘 맑고 순수한 심성으로
지구촌에서 활동하는 화가

김창동(소설가, 월간 '문학저널' 발행인)

우리의 만남

세월이 참 빨리 우리의 삶을 지나간다는 생각이다. 서봉남 화백과 나의 인연은 40년 전으로 거슬러 올라간다. 소설을 쓰면서 잡지사의 편집장이었던 나와 그림을 그리는 서봉남 화백은 내가 28세였고 서봉남 화백이 30세이던 1670년대 초반에 업무와 관련하여 만났다. 그리고 인간적 교류를 통해 많이 친해졌고 지금도 그 인연이 깊게 이어지고 있다. 그때 서봉남 화백의 인상은 동심의 세계를 화폭에 담아내는 화가답게 외형적으로 풍기는 모습이 삶의 때가 전혀 묻지 않은 동심의 세계를 그대로 유지하면서 순수하고 해맑았었다.

서봉남의 고향은 동방의 '대한민국'

서봉남은 어린 시절부터 지구본을 들여다보면서 동방의 아주 작은 나라 '대한민국'이 고향이라는 생각으로 지금까지 경력란에는 지연, 학연 등은 기록하지 않는다. 그는 어린 개구쟁이 시절에 한국 전체가 고향이라는 생각으로 동심의 세계를 지속적으로 그려왔고 한국에서는 이미 '동심작가'로 굳어져 왔다.

종교작품

서봉남은 태어나면서 이미 부모로부터 내려오는 기독교 종교의 분위기로 성장하여 종교적인 신심에 깊이 젖어들어 기독교적인 작품으로 크고(개인초 대전–불란서, 독일, 스위스, 영국 등) 작은(단체전–32개국) 전시회를 통해 이미 유럽에 알려졌다. 특히 그의 열정적으로 제작한 '영광'(4천 호 크기의 대작) 작품은 불란서 국립 에브리미술관에 소장 전시되어 국제적인 화가로 자리를 굳힌 저력을 보이고 있다. 그리고 몇 해 전에는 35년간 창세기에서부터 계시록까지 성서의 역사를 성령으로 그린 성화집을 발간하여 전시회도 개최한 놀라운 업적을 남겼다.

세계는 지구촌

서봉남 화백은 현재도 작품 활동을 게을리하지 않고 열정적으로 지구촌(프랑스2, 독일3, 스위스, 영국, 스페인, 네덜란드, 덴마크, 노르웨이, 스웨덴, 핀란드, 이탈리아, 오스트리아, 헝가리, 체코, 러시아, 미국3, 캐나다, 터키, 인도3, 네팔, 우즈베키스탄2, 몽골2, 일본2, 중국5, 베트남2, 캄보디아, 말레이시아, 인도네시아, 대만3, 싱가포르, 필리핀)을 넘나들면서 지구촌의 풍경들을 그리는 것을 보아 세계의 풍경들이 머지않아 발표될 것으로 기대되며 나는 서봉남 화백이 걸어 온 삶의 모습에서 위대한 예술가의 모습을 본다. 예술에 대한 서봉남 화백의 열정에 다시 한 번 갈채를 보내며 이렇듯 위대한 예술적 역량을 가지고 있는 화가를 지인으로 두어서 나는 참 행복하고 자랑스럽게 생각한다.

서봉남 화백의 작품들이 후세에도 불후의 명작으로 남아 존경과 갈채를 받는 영광이 주어지기를 진심으로 바라면서 그동안 심혈을 기울여 창작한 작품들이 집성된 작품집『서봉남의 개구쟁이들』의 출간을 축하드린다.

내가 만난 서봉남은 그 모습이 사십여 년이 흘러 지금까지도 전혀 변하지 않고 서봉남의 브랜드로 자리 잡고 있으며 그 순수하고 깨끗한 삶의 자세와 모습은 앞으로도 절대 변하지 않을 것이라는 것을 나는 확신한다. 그것은 결코 쉬운 일이 아니다. 시련과 고난으로 점철된 삶을 숙명적으로 받아들이면서 물질적 유혹에 조금도 흔들림 없이 의연하게 그리고 깨끗하게 살아온 서봉남 화백에게 경의를 표하고 싶다.

그리고 앞으로도 늘 행운과 함께 좋은 일과 건강이 수산복해(壽山福海)를 이루기를 바라면서 서봉남의 예술적 궤적이 길이길이 찬연하게 빛나기를 기

원합니다. 〈2012〉

어려운 화가 돕는
예술가 히딩크(서봉남 별명)

노수영(치의학 박사. 목동예치과병원 원장)

'예술가는 타고난다'고 했던가. 서봉남 선생님의 회화적 예술성은 천부적인 소질 외에도 우리나라의 민족적인 작품들과 우리의 아름다운 산천이… 다시 말해서 백두산으로부터 뻗어 내려온 산, 강물을 핏줄 삼아 산자락 여기저기 전답과 풀과 나무, 사람과 구름과 태양과 바람, 들의 꽃과 동물들이 어우러진 자연풍광이 감각의 혈관을 열고 이미 형언할 수 없는 감동적인 파노라마로, 늘 정겨움과 아름다움으로 나를 사로잡는다. 지나간 먼 옛날의 아리송함과 미처 무엇이라 대답도 못 하는 오늘의 혼란스러움까지도 선생님의 진솔하고 따스한 커다란 희망으로 표현되곤 한다.

내가 서봉남 선생님을 알게 된 것은 1997년 노 치과 시절부터이다. 마침 양천구 문화원 임원으로 같이 일하였고 목동 예치과병원을 설립할 무렵 병원 건물 1, 2층을 선생님과 함께 미술관으로 꾸몄다. 예술과 치과가 어우러진 멋진 공간을 지역사회에 환원시키는 데 많은 자문을 해 주시던 선생님의 도움으로 개관되었다.

선생님은 심성이 순수하고 또한 인상 좋은 편안함으로 애정과 신뢰가 가며 남을 돕고자 하는 궁극적인 생각이 같은 나로 하여금 마음껏 병원 운영에 매진할 수 있게 한 커다란 동력이었다.

그래서인지 우리가 만난 것은 불과 7년밖에 안되었지만 아주 오랫동안 어린 시절부터 같이 해온 친형님처럼 느껴져 이제는 필연적인 만남이 되고 말았다. 인생의 희노애락(喜怒哀樂)이 모두 아름다움으로 녹아 들어가는 느낌은 선생님의 작품뿐만 아니라 선생님의 일상에서도 늘 볼 수가 있어 개인적으로 너무도 감사하고 가슴이 뿌듯하다.

서봉남 선생님은 관장으로 일해 오시면서 훌륭한 중견작가들의 작품전은 물론이고 젊은 청년작가들을 찾아 그들의 전시를 도와주시는 데 헌신을 하셨다. 현재 300여 명의 젊은 화가의 전시가 열렸고 그들은 선생님을 '히딩크'라고 부르고 있었다. 그것만이 아니다. 어느 날 선생님은 아주 조심스럽게 친구 화가들, 경제적으로 어려운 화가 가족들의 치료를 부탁해서 본인으로 하여금 나눔의 기쁨을 느끼게 해주기도 했다.

금년, 우리 병원 진료공간의 절대적 부족으로 미술공간이 2층을 줄이고 1층만으로 줄어들어 아쉬움이 많지만 관장님의 어려운 화가를 돕자는 의지와 미술을 통한 선생님의 혼이 살아 있는 한 우리는 앞으로도 변함없이 현재와 같은 마음으로 아름다움을 창조할 뿐만 아니라 그 과정에서도 아름다움이 배어나오는 더 좋고 높은 것을 향해 여생을 보낼 것이다.

이제 서봉남 선생님은 올해로 회갑을 맞으셨다. 진심으로 축하드리고 순수함이 가득하던 미소 뒤에는 오랜 투병중인 사모님의 아픔이 있는 것을 잘 알고 있다. 마음은 있으면서도 직접 말씀드리지는 못했지만 이제는 말할 수 있

다. 선생님의 모든 것을 사랑하고 선생님을 위해 기도합니다. 〈2004〉

작품 속에는
고향에 돌아온 듯한 즐거움 있어

이원수(아동문학가, '고향의 봄' 작사가)

세계 아동의 해요, 어린이 달이며 또 어린이날인 5월 5일을 전후해서 펼쳐지는 '개구쟁이 전'은 동심의 화가요, 같은 색동회 회원이자 남달리 어린이를 사랑하고 어린이만을 그려 온 서봉남 화백의 유화전이다.

서봉남의 그림들에서 나는 우리 어린이들의 때 묻지 않은 천진한 모습을 본다. 그들의 귀여움과 사랑스러움과 아름다움은 화려한 외형적 꾸밈에 있는 것이 아니요, 동심의 인간 자체에 있으며, 그러한 순진한 인간의 미를 발견하고 창조하는 일은, 그러한 아이들 같은 천진스런 정신과 순결한 인품에서 비로소 가능한 일이 아닐까.

이 그림들에서 나는 또 서봉남은 서양화를 그리고 있지만 자신이 동양인이요, 한국인인 만치 그의 작품이 항상 동양적이요, 한국적인 체취와 훈향(薰香)

을 풍기는 데 크게 감동하고 있다.

　서봉남의 작품 속의 개구쟁이들의 개구쟁이 짓은 장소나 상황 따위는 아랑곳없다. 장난질은 오직 하면 된다. 일이 어떻게 되든 알 바 없이 재미나는 장난만 있을 뿐이다. 서봉남의 작품 한 폭 한 폭에는 동화가 한 편씩 들어있다. 이처럼 서봉남의 그림은 모두 동화 같다. 서봉남 그림의 색조는 황색(黃色)과 백색(白色)을 주로 하여 이루어지고 있다. 그 너무나도 향토적인 색조의 미(美)에서 나도 모르게 고향에 돌아온 듯한 즐거움을 느끼게 된다.

　서 화백은 이러한 동심의 그림을 일생 그려 가겠다고 항상 말한다. 아이들을 그리는 서 화백은 앞으로도 동심의 세계에서 언제까지나 어린 마음, 젊은 생각으로 살아가게 될 것을 믿고, 또 항상 생기 있는 그림을 보여줄 것을 믿어 의심치 않으며 세계 아동의 해를 맞아 '개구쟁이 전'을 열게 됨을 진심으로 축하하는 바이다. 〈1979년 어린이날〉

"개구쟁이들의 행진에 초대합니다."

김용운(주식회사 엘칸토 대표이사)

1979년은 유엔에서 정한 '세계 아동의 해'입니다.
이를 기념한 5월은 생명의 달이며, 약동하는 달, 아름답고 즐거운 어린이

달에 서양화가 서봉남 화가님을 초대한 것은 세계 아동의 해를 맞아 아이들이 마음으로부터 뛰어노는 참 모습을 주제로 한 작품으로 "아이들은 이렇게 자라야 한다."는 어린이들의 꿈을 심어 주는데 목적을 두고 있으며 이에 제목을 '개구장이 展'으로 이름 붙이고 초대했습니다.

서봉남 화백이 2년여에 걸쳐 온갖 정성과 심혈을 기울여 제작한 아이들의 맑고 밝은 세계를 한자리에 모아놓고 여러분을 모시고자 하는 뜻은 내일의 이 땅을 기름지게 할 어린이들에 대한 보살핌을 다시 한 번 생각하자는 마음에서입니다.

우리들의 사랑스러운 개구쟁이들이 명동 엘칸토 미술관 벽면에서 마냥 즐거운 모습으로 여러분 앞에 선보이며 여러분의 마음을 더욱 맑고 밝게 미소 짓게 할 것입니다.

아무쪼록 바쁘신 가운데서도 오셔서 전시장을 두루 보시며 어린이들의 앞날을 함께해 주시면 감사하겠습니다. 〈1979. 5. 3〉

사랑의 아름다운 개구쟁이 전시회

이윤재(세계기독교선명회 한국회장)

이 세상에서 남을 돕는다는 일처럼 아름답고 보람 있는 일은 없을 것입니다. 그런 의미에서도 오늘 우리에게 이와 같은 자리가 마련되었다는 것은 반가운 일이 아닐 수 없습니다. 세계기독교선명회는 하나님께서 불우한 사람들에게 사랑을 나누어 주셨듯이 어려운 사람을 찾아 그들의 고통과 불행을 덜어주는 보람으로 25년간 일해왔습니다.

내일의 주인공인 어린이들을 다시 한 번 생각하고 보다 큰 사랑과 보호로 보살펴 주기 위해 UN이 제정한 '세계아동의 해'를 즈음하여 선명회와 주식회사 엘칸토가 공동으로 주관하여 서양화가인 서봉남 화가님을 초대하여 전시회가 개최된 것은 기쁜 일이 아닐 수 없습니다.

5월 5일 어린이날을 기점으로 하여 전시되는 이 뜻 깊은 프로그램이 어린이들에게 밝고 건강한 모습 그대로 잘 나타내주고 있음은 미래를 사는 우리들에게 큰 기쁨과 희망을 줄 것입니다.

서봉남 화가님은 젊은 나이에도 불구하고 기독교적인 작품과 아동화에 상당한 깊이를 보여 오신 분으로 2년여에 걸쳐 제작한 아동 작품들을 모두 불우아동들을 위해 베풀어 주기로 했습니다.

진정에서 우러난 봉사정신과 사랑으로 그늘에서 자라나는 아이들이 밝게 웃고 건강하게 자랄 수 있다면 무엇보다 기뻐하는 서 화가님이 한국 미래의 튼튼한 초석이 될 것을 믿어 의심치 않습니다.

노력과 정성으로 마련된 이번 전시회에 많은 사랑의 손길이 거쳐 가 주실 것을 간절히 바라오며 자리를 빛내 주실 것을 부탁드립니다. 〈1979. 5. 3〉

긍정적 삶의 휴머니즘의
화가

이건선(시인)

　서봉남의 유화의 세계에 접하면 맑은 삶의 긍정적 정신에 뿌리내리고 있는 건강한 향기랄까, 체취랄까, 체온이랄까, 생기발랄한 싱싱한 무엇을 느끼게 되고 흠뻑 취하게 된다. 휴머니즘의 철학이 즐거움, 아름다움, 훌륭함에 대한 길고 열렬한 긍정을 본질로 삼고 있는 것이라면 우리의 생을 고양(高揚)하는 강한 쾌락을 진심으로 환영하고 있는 세계가 서봉남 그림의 세계요 휴머니즘이 사랑의 아름다움과 아름다움에 대한 사랑을 믿는 것이라면 서봉남의 눈길은 사랑을 담고 사랑의 대상인 어린이의 세계를 순수한 에센스만으로 걸러내서 화폭에 변객(變客) 내지 굴절(屈折)을 시키고 있는 것이다.

　그는 어린이의 생활 속에 있는 선한 모든 다면적이고 다양한 가능성의 세계를 예술적 안목으로 행복한 작품세계로 구축해 내는 것이다. 모든 이상과 가치들이 인간이 체험할 수 있는 어린이의 세계에 근거해 있다는 것을 보여준다. 휴머니즘의 윤리학에서 중요시하는 사고와 행위의 목적은 인간의 보다 큰 행복과 번영을 위하여 이 지상적 인간의 이익을 조장함에 있다. 휴머니즘은 인간에게 생이라는 큰 선물을 자유롭고 즐겁게 받아들이도록 역설하며 생이란 것은 그것의 권리나 목적에 있어서 불멸에 대한 꿈보다도 아름답고 장려한 것이라는 것을 인식시키려고 노력한다고 하면 서봉남은 어린이의 세계를 통해서 이를 시현해보려 시도하고 있을 뿐 아니라 이를 신조(信條)로 생각하고 있다고 하겠다. 그래서 서봉남은 인생시리즈를 엮어 나가면서 종교적 차원에서 부활에까지 연결시키려는 계획 아래 그 작업을 착착 발전 진행시켜 나가고 있는 것이다.

동심, 그 긍정적 삶의 거울 앞에서 단순한 양심의 검열관을 뛰어넘은 새롭고 높은 가치 창조에 역학적 세계를 형상화시켜 나가고 있는 것이다. 이런 주제의식을 효과적으로 표현하기 위해서 그의 정신적 차원 높은 호소를 위해서 극 사실 수법을 지양하고 반추상의 방법적 모색을 하기에 이르렀다.

그의 작품 속은 철저한 인상주의적, 상징주의적 형상화로 특징 있는 작품 세계를 구축하고 있다. 여러 아이가 한 화폭에 등장하되 표정이 각기 다르고 표정이 각기 다른 그 감정을 위주로 살리기 위해 필연성에 의해 얼굴 전체에서 모두를 무시하고 눈만 특별히 강조하거나 턱만을 강조하거나 해서 전형적 얼굴이 아닌 개성적 얼굴로 발랄하고 싱싱한 어린이의 개성미가 감동적 인상주의로 발굴, 창조되어 나타나는 특색이다. 따라서 여기에 동심의 세계에서만 맛볼 수 있는 순수한 해학미(諧謔美)로 재구성된 서봉남 주제와 변조(變調)에 독창성과 진지한 사랑을 느끼게 된다. 행복을 내세로 연기한 것이 아닌 오늘의 삶, 바로 그 자체를 구가한 찬가를 듣게 된다. 원초적 생명긍정(生命肯定)의 강렬한 휴머니즘의 열풍과 분수 같은 물줄기의 용솟음을 보게 된다.

인간생명이 꿈틀대는 천지가 숨을 쉴 때 그 숨결을 타고 피어나 약동하는 환희의 반짝임– 벗겨진 삶, 그 삶 속에 뛰어드는 밝은 햇살의 충돌에서 새 생명감이 튕겨져 나온다. 아이들의 발과 손과 몸짓에 저절로 조율되는 기쁨, 아이들의 손아귀 속에서도 하나의 심포니가 시작되는 것이다. 유희의 위기를 맞고 있는 현실 속에서 움직이는 동심의 창이랄 수 있는 유희를 대상으로 잡고 있다. 유희야말로 그것은 욕구충족의 승화된 형태라 하겠다.

프로이드 심리학에서처럼 인간은 삶과 죽음으로 본능이 대별된다고 하는 데 이 두 본능으로부터 여러 가지 욕구가 발생한다. 장난감이 없어도 놀 수 있는 방법, 인간이 만든 장난감을 서봉남은 배제하려 한다. 하나의 유희를 상실하고 다른 유희 사냥에서 찾아낸 자연적 상태로서의 유희의 세계를 그리려 한다. 도시화와 소비문화에 의해 제약되었고 제약된 상태에서 비도덕적 이상 형태의 충동에 몰려버린 오늘의 현실에서 그는 원시적 향수의 세계를 보여준다.

서봉남 그림의 주제는 어디까지나 인간이 중심이 되고 인간 중에서도 어린이를 많이 다룬다. 물질만능과 배금주의(拜金主義)의 표상인 장난감이나 인공적 소도구가 가급적 억제되고 맨손 맨발 그대로의 동심을 그리고 있다. 황토색 하나로 단조롭게 하늘과 산, 언덕과 나무들과 놀이터와 냇물이 선 하나로 구별 지어지는 것이 특색이며 꽃과 나무의 숲, 이 모든 자연물은 희미한 배경을 이루고 있으며 며칠 후 우연히 다시 봤을 때 그 배경 속에는 나무며 숲이 보이는 것이다. 한마디로 서봉남은 내일을 멀리 바라볼 줄 아는 수평적 눈동자(넓은 눈)에다가 사물의 본질과 핵심을 볼 수 있는(깊은 눈) 통찰력과 무직적(無直的) 눈동자를 가지고 있다고 하겠다.

서봉남은 무생명체는 될수록 다루지 않고 주로 생명체를 다루되 인간에 핀트를 맞추고 있다. 백의민족(白衣民族) 그 겨레의 얼을 백색에서 살려보려는 의지와 향토적 서정을 황토색 배경으로 주조 색을 이루고 있다. 서봉남은 항상 농촌사람들의 생활을 동경하면서 오늘의 향수로 굴절시켜 보는 색감 자체에서 민족의 얼을 찾고자 하는 주체적 뿌리가 강하게 작용하고 있다.

서봉남의 작품에서 배경은 추상처리를 한다. 그러나 그것은 어디까지나 주제를 클로즈업시키기 위한 방법의 하나라 하겠다. 인물을 그리되 발은 맨발로 장작깨비처럼 단순화시켜 활동성을 강조한다. 발은 아이들 세계를 탐색하는 상징으로 정적이라기보다 동적인 것이 아이들 세계의 특징이기 때문이다. 한 화폭에 많은 사람들이 등장하는데도 사람들마다 얼굴의 표정이 각기 다른 특색을 지닌다. 인간은 똑같을 수 없는 개성적 존재성을 가지고 있는 것이며 어린이는 소박한 개성적 감정을 가림 없이 자연스럽게 그대로 유로(流露)시켜 보여주는 대상이기 때문에 다양할 수밖에 없기 때문이다.

이중섭의 작품 중에 어린이들의 팔 다리는 너무 길게 구부려진 모습으로 표현되어 있다. 멀리 있는 아이들이 그리워 상상하면서 직선으로 그린 그림으로 그의 작품들은 과장성을 볼 수 있다. 그리고 이중섭의 어린이는 벌거숭이로 표현된 것이 대부분이다. 옷을 벗기는 것 자체가 가식으로 보여지기 때문이다. 아무리 가난한 아이들이라도 고추를 드러내놓고 노는 아이들이 그렇게 흔하냐 하는 것이다. 하기야 옷을 입는 것이 허위냐 벗는 것이 허위냐 하는 논의는 관념의 미(美)에서 오는 것이기는 하겠지만 가식의 거부반응을 일으킨다는 것 자체가 순수적 주체성의 작용임을 느끼게 된다.

서봉남 작품의 아이들은 모두 런닝과 팬티만을 입고 있어 어딘지 모르게 친근감을 주고 있다. 서봉남의 작품은 주로 곡선을 활용해서 동양적 정감과 동감을 살리고 있어 서양화를 동양화로 살리려는 노력을 단적으로 하고 있다. 그의 작품은 무생명체를 택하지 않고 가장 아름답다고 하는 인간을 택한다.

인간 중에서도 마음을, 마음 중에서도 한국적 소박한 황토색과 백색의 마음을 택한 것이다. 결벽증(潔癖症) 같은 소박한 서봉남의 자연관은 기독교적 정신과 배달겨레의 얼이 복합 융화되어 빚어내는 독창력 정신세계의 길로 독보적 동화(童話) 속의 동화(童畫)를 창작해내고 있다.

서봉남의 작품 속에 춤추는 아이는 없어도 느껴지는 율동감, 하얀 집 하얀 마음의 순수성, 박장대소(拍掌大笑)하는 희화성(戲畫性), 흥미삼매(興味三昧)에 유희성(儒戲性), 과자로 지은 집의 동화성(童話性) 등 분위기 중심의 작품은 그의 삶에서 체험한 다양한 굴절에서 소박한 색채 위에 화려한 사치를 잃게 된다.

인간문명의 발달에서 온 자승자박(自繩自縛)의 매듭을 풀려는 사명감으로 시정(詩情) 넘치는 그림을 그려내고 있다. 그 시정 속에는 멋과 한(限)으로 면면히 이어져 내려온 한국 고유의 서정이 서봉남에 의한 굴절(屈折)과 겨레 얼의 신앙적 승화와 삶에의 긍정적 찬가(讚歌)가 이루어지고 있다.

서봉남의 작품 속의 인간은 희작(戲作)의 얼굴로 천심과 동심이라는 심상의 세계를 그리는 것으로 팔과 다리 얼굴 표정은 루오의 살찐 곡선 중심의 인위적 때깔과는 다른 한국 심상미술의 한 경지를 개척해 보여준 순박미의 승화라 여겨진다. 휴머니즘과 유머와 여유, 따뜻한 정과 구수함과 안온함과 믿음직스러운 한국농촌 사람의 일터에서 땀 흘린 팔이요, 농민의 다리 그대로 친근감과 순수함이 우리의 친선(親線)을 안정시켜주는 뉘앙스를 지닌다고 느껴진다.

인상과 생각을 충분히 살려내고 슬픈 표정, 밝은 표정들이 모두 살아나고 있다. 의도적 대칭이 없이 자유분방한 분위기를 살리고 있는 서봉남의 특징이 기도 하다. 서봉남의 작품은 가족적 분위기가 잘 살아있는 것도 하나의 특징 이라 하겠다. 서봉남 작품에 관계된 시를 보자.

땅따먹기 (시: 윤석산)

아이들이 마당에서 땅따먹기를 합니다. / 하얀 사금파리를 퉁기면서 / 야 야! 기세를 올리면서/ 한 뼘 한 뼘 땅을 넓혀 갑니다./ 한 뼘 한 뼘 금을 긋습니 다. / 마당은 이제 마당이 아니어라 / 쓱쓱 쓸어내리면 평지이지만 / 주~욱 그 어 놓으면 / 경계선 / 누구도 함부로 못 넘습니다. / 낮달이 초병처럼 지켜보는 데 / 세계의 아이들은 / 열을 올립니다.

풀밭 (시: 김윤성)

이 세상에 가장 신선한 / 감각이 있다면 / 그것은 / 맨발로 풀밭을 거니는 / 감각일 것이다.

가을에 (시: 정한모)

흔들리는 종소리의 동그라미 속에서 / 엄마의 치마 곁에 무릎을 꿇고 / 모아 쥔 아가의 / 작은 손아귀 안에 / 당신을 찾게 해 주십시오.

서봉남 작품과 관계되는 시는 너무나 많다. 몇 편만 소개한 것이다. 서봉남 의 작품은 시적이며 동적이다. 아이들은 항상 순수하면서 동적이기 때문이다. 그의 작품 속에는 아이들의 얼굴에 귀와 코가 생략되어 있기도 한다. 아이들 에게 필요한 것은 유희에서 눈과 손과 발이기 때문이다. 예를 들어 '찾았니?' 라는 제목의 작품에서는 아이들에게 필요한 것만을 강조하고 있다. 항아리 속을 보는 아이는 눈만 그려져 있고 밑을 받치고 있는 아이는 쫑긋이 듣기 위한 귀만 그려져 있다.

서봉남의 작품은 모두 이런 식으로 되어져 있다. 나는 서봉남 화백의 회화를 통하여 그의 시를 읽고 있다. 〈1980〉

인간과 자연이 조화를 이루고
음양철학과 결합된 작품

로렌시나 화란트(미술평론가)

서봉남의 작품세계는 한국 남한의 문화적 정체성이 급속도로 사라져 가는 것에 대한 관심의 표현에서 출발한다. 멈추지 않는 산업화와 도시화 가운데 사회는 점점 물질주의화되고 자연으로부터 괴리되어 간다.

서봉남은 근심과 절망이라는 것은 문화적 정체성과 환경(자연)과의 영적교류가 사라져가는 데에서 기인한다고 믿는다. 이러한 현상을 중화하고 극복하기 위하여 인간 영혼의 순수한 아름다움과 그것이 주위 환경과 얼마나 조화를 잘 이루고 있는지를 강조하면서 서봉남은 한국문화의 순수한 요소들을 그리고 있다.

서봉남의 작품세계에는 인간과 자연이 조화되어 있다는 점에서 음과 양의 요소 즉 균형을 이루고 있는 아시아의 '음양철학과 결합하고 있다.

서봉남은 모든 인간에게 존재하고 있는 인간 영혼의 양 측면을 보여주고자 한다. 그리하여 그는 동적이고 또한 정적인 형상들을 그리는 것이다. 예를 들면 그의 많은 작품 속에서 여러 인물들이 전통적 민속, 흥겨운 농악이나 씨름과 같이 신체의 힘겨루기를 하고 있다. 반면에 또 다른 정적 인물들은 구경을 하고 있거나 단지 기다리고 있다. 서봉남은 아마도 피조물들의 운명을 표현하려고 '음양'의 조화를 창조하려 했음이 틀림없다.

자연 속에서 궁극적 미의 실체로서 감정을 가진 인간들을 볼 때 서봉남은 단순화한 아이들, 어머니와 어린이의 형상화에 초점을 맞춘다. 또한 이 형상들은 변하지 않는 순수함과 간소함을 구체화하고 있으며 자연과의 조화를 표현하고 있다. 단순화시킨 얼굴을 통해 서봉남은 보이는 대로 보는 관찰자의 시각을 떠나 인간성의 양 측면을 보여주고자 한다. 더욱이 이 인물들은 자연을 지배하지 않고 오히려 자연에 맞추어 자연과의 균형과 조화를 이루고 있다. 이러한 자연의 흐름을 강조라도 하듯이 그 인물들은 자연과 인간 신체를 분리시키는 신발은 신지도 않고 있다.

색체 배치 또한 단순하고 추상적이다. 이것은 한국의 경치와 문화의 순수 정신을 함축하고 있다. 서봉남은 황토색과 흰색, 한국에 현저하고 투박한 시골풍의 갈색을 강하게 형상화하고 있다. 예컨대 이 황토색은 발효시킨 메주로 만든 된장국의 색이며, 쌀밥과 막걸리가 함께 식탁에 오르는 흰색들이다. 이러한 색들은 따뜻하고 평안하고 특히 한국인의 눈에 끌리는 색들이다.

서봉남 작품에 쓰인 선들은 전통 한국 수묵화나 도자기, 건물 등에서 흔히 보여지는 불규칙하나 정교한 굵은 선이다. 그의 인물 묘사 방식은 인간정신

(영혼)과 자연의 순수한 미를 보여주듯이 추상적이고 상징적이다. 〈1995〉

향토냄새로 승화시킨
동심작품

백은숙(시인)

　그곳엔 화려한 입체 간판도 현란한 불빛 행렬도 없다. 다만 어두운 방 안을 밝혀주는 손때 묻은 등잔과 할머니의 소담스런 이야기보따리 하나가 고작이다. 하지만 도란도란 정담이 익어가는 키 작은 세상엔 어린왕자의 행복한 동화가 샘물처럼 솟아난다. 턱 괴고 마주 보는 순정한 두 눈에 별이 뜨고 또 지고 쫑긋 세운 귓가엔 한 무리 악어 떼 쉬이 지나가는, 서봉남 작가의 동심세계를 여행하다 보면 눈 감고도 찾아갈 수 있는 길을 만난다. 가끔 돌부리에 걸려 넘어지기도 하다가 망초꽃 지천으로 흐드러진 들판에 서서 나도 잠시 망초꽃이 되어보기도 하다가 조붓한 골목 담장 하나 사이에 두고 한 집 건너 한 집 개 짖는 소리 들려오기도 하는 장독대를 가로질러 무한 질주하는 아이들의 함성 맴 맴 떠나지 않는 기억 저편 익숙한 풍경들 적지도 많지도 않은 설운 나이에 서 있는 나에겐 어느 하나 그리움 아닌 것이 없다.

　피부와 피부를 맞대고 한 몸이 된 아이들, 캔버스를 박차고 뛰어나올 것처럼 역동적이다. 땀 냄새, 흙 냄새, 걸쭉한 혼합공정을 거쳐 향토 냄새로 승화시키는 작가의 발상이 참으로 경이롭다. 젊은 날 성취하지 못한 것들에 대한 욕구보다는 철부지 어린 시절 추억을 재조명하는 작가의 동심 배경에는 종종 주인공 곁을 지키고 있는 누나가 등장한다. 정황을 보아 유복한 가정에서 태어나 귀하게 자란 소년은 바깥출입을 하는 데 있어서도 그에 합당한 제재가 따랐을 것이다. 하여 또래아이들과 뒤엉켜 마음껏 뛰어노는 횟수보다는 놀이 과정을 관망하는 입장에 서 있는 횟수가 많았을 거라 생각된다. 그러므로 작가의 작품 속에는 이런 체험을 하지 못한 것들에 관한 동경과 아쉬움들이 그대로 투영되고 있는지도 모른다.

흠모하는 것을 닮아가는 것인가

나는 아이의 시선으로 세상과 소통하는 작가와의 만남에서 나이를 잊어버린 소년의 모습을 만났다. 누구보다 자연과 아이들을 사랑하고 이해하며 키 작은 나무 앞에 서면 같은 키 높이가 될 줄 아는 타고난 성품이 경험 혹은 간접경험을 토대로 오랜 시간 외로운 산통을 치루어 얻어낸 결실이 바로 작가의 동심화가 아닐까 짐작한다.

과하지도 모자라지도 않는 투박한 것 같으면서 정돈된 화풍 위에 간혹 장난기도 엿보이는 색채의 유희가 매우 흥미롭다. 개구쟁이들의 건강한 동작 하나하나가 살아 꿈틀거리는 서봉남 작가의 동심화, 시대를 초월하고도 같은 공감대를 자극할 수 있다는 감동과 더불어 그 따뜻한 풍경 속에는 내 유년의 그리움들이 흥건하다. 〈2010〉

서봉남 화백에게 전하는 시

씨름

백은숙

수릿날 산단 앞 잔디밭
핏대 세운 아이들의 함성
아래로, 아래로 더 깊이
쐐기를 박아야 넘어지지 않아
땅의 기를 모은 맨발의 동심
샅바를 거머쥔 손 제법 프로답다
호흡을 고르다가
기회를 엿보다가
장다리 걸어 보기 좋게 선제공격
피부와 피부의 마찰
호흡과 호흡의 교감
어깨의 힘과 허리의 기술로
거침없이 들배지기 한판승

순수함을 지킨
어른*

―서봉남 교수님 개인전을 다녀온 후

이미선(화가)

서봉남 교수님이 동심화가로 널리 알려진 분이라는 K교수님과 친구들의 얘기를 학기 초에 들었던 적이 있다. 무척 궁금했었다.

'어떤 작품일까?'

하는 호기심이 강하게 일었다. 작품을 볼 기회가 없었는데 이번 서봉남 교수님 개인전에서 작품을 감상할 기회가 되어서 너무나 좋았다. 다른 사람들의 입을 통해서 들었던 그분의 작품에 대한 견해는 내 생각과 내 느낌만 못했다. 교수님의 작품을 실제로 보니 친구들에게 전해 들었을 때보다 더욱 감동스럽고 훌륭했다.

'나도 이런 그림을 그리고 싶어!'라는 생각이 나의 맘 속 깊은 밑바닥에서부터 차 올라왔다. 교수님의 작품 속에는 향토적인 분위기가 가득했다. 백의의 민족을 상징하는 듯한 흰색 옷과 땅을 대변하는 황토색, 햇볕에 그을린 아이들, 동세감 있고 정겨움이 살아 생동감 넘치는 그림 속의 인물들이 밖으로 뛰어나올 듯한 기세로 가득했다. 아이를 업은 어머니 모습 속에서 정겨운 어머니의 모성애를 느낄 수 있었고 어깨동무를 한 아이들과 씨름하는 어린이들의 모습 속에선 우리들의 어린 시절이 담겨 있었고 그 작품들을 보고 있노라니

* 미술학과 92학번. 기말고사 '미술감상' 글 속에서 발견했다고 K교수가 전해 준 원고

난 이미 그 화폭 속으로 점차 이끌려 들어가고 있었다. 참 신비한 힘이었다. 금세라도 쑤욱 하고 빨려 들어가는 것만 같았다.

이런 그림을 그릴 수 있는 교수님의 심상이 존경스러워졌다. 이런 그림을 그릴 수 있다는 것은 아직도 그분의 맘속에 불혹이 훨씬 넘으셨는데도 어린아이와 같은 순수함을 간직하고 있다는 증거이기도 했다. 요즘 세상에, 그것도 다 큰 어른이 그토록 순수한 마음을 지니는 것이 참으로 어려웠을 텐데도 불구하고 그분은 그 순수함을 지킨 어른이었다.

온갖 더러움과 추함으로 가득한 이 세상에서 '순수함'이란 '바보스러움'으로 취급당하기 십상인데도 교수님의 순수함엔 이 세상 누구도 손가락질할 수 없는 힘이 숨어 있는 듯했다. 그분보다 훨씬 나이가 어린 나는 어떠한가. '나의 순수함은 어디로 가고 없는 것일까?' 하는 생각이 들었다. 나는 교수님의 작품을 보면서 정말 부끄러움을 느꼈다. 교수님의 작품에는 우리들의 고향이 있었다. 짙은 땅과 빛과 햇볕에 그을린 그 모습들 속엔 내가 있는 듯했다.

교수님 왈(日), 그림 속의 모든 인물이 당신이라고 하셨는데 그 말씀 속엔 큰 의미가 있는 듯했다. 나는 교수님의 사인도 정말 마음에 들었고, '봉남 봉남' 성함이 너무나 좋다. 작품, 성함, 얼굴에 매치된 그 순수함이 벅찬 만큼 좋았다.

교수님의 작품을 감상하고 온 지 한참이 지난 지금도 난 가슴이 뛴다. 나도 정말 교수님과 같은 그림을 그리고 싶다. 그러기 위해선 지금 가지고 있는, 아니 조금이나마 남아있는 나의 순수함을 지키고 그것을 간직하는 것이 나의 의무일 것 같은 생각을 했다.

서봉남 교수님의 개인전을 보게 된 것은 나에게 행운이고 나를 깨우쳐 준 계기이며 감사함으로 남아있다. 앞으로도 서봉남 교수님이 더욱더 좋은 작품을 제작하실 수 있기를 나는 기도한다. 〈1992〉

미美에 대한
고귀한 사랑을 꿈꾸는 어린왕자

서수진(화가, 서봉남 화백의 딸)

닮은 구석도 있지만 그닥 똑같지는 않은 딸이, 가족이기 이전에 예술이라는 한곳, 한 지점을 바라보고 있는 동지로서의 시선으로 서봉남 화백의 작품 세계를 둘러보고자 한다. 가장 가까운 곳에서 바라본 작가의 생활과 작품이라는 것은 단순히 작품만을 두고 혹은 작가에 대한 피상적인 모습을 보고 논평을 하는 행위와는 좀 색다른 무언가가 되지 않을까 싶다.

생활의 면면을 속속들이 알고 있다거나 작업과정이나 개인사, 성격 등 그 모든 장단점을 알 수 있을 수도, 또는 오히려 가깝기에 객관화시키기 어려울 수 있다는 양단의 전제를 인지하고 있다.

한 작가가 삼십여 년 동안을 작업하여 일가를 이룬 작품세계를 한 큐에 아우르고 또한 더불어 그 작가를 논하고 평한다는 것은 결코 녹록지 않은 일임에 틀림없다. 작가의 가치관과 영위해온 생활, 가족사, 인생 전체를 조감해야 함은 물론 숱한 작품들이 변화해온 그 줄거리를 간파해 내야 하는 조건을 내

건다면 감히 한 꼭지의 글로 풀어내기 어려울 따름이다. 아니, 어쩌면 작가에 대한 아무런 정보도 없이 한 점의 그림만을 놓고 느껴지는 그대로를 주절거림이 가장 솔직한 평론이 될 수도 있겠다.

나름대로 의미를 담아 이 짤막한 글을 써내려가련다.

어릴 적 유일의 꿈을 현실로

누구나 한두 가지씩은 가슴속에 꿈을 품으며 산다. 필자처럼 잡다구레한 대여섯 가지 꿈을 꾸는 사람도 있거니와 실은 한 가지의 꿈도 평생 이루지 못하는 사람이 대부분이다. 꿈을 이룬다는 것은 조건과 환경이 뒷받침된 승리일 수도, 오로지 인간 집념의 위대한 승리일 수도 있다.

화가 서봉남은 어린 시절부터 품었던 유일의 꿈이 청소년기를 지나 청년기 후반에 들어서야 인생을 뒤바꾼 경험을 한 후자의 경우라고 본다. 한 가지만을 목표로 하여 어려움을 돌파하며 꾸준히 노력해 왔다는 그의 집념에 먼저 경의를 표하게 된다. 위험한 도전, 불가능한 시도로만 느껴졌던 전업화가로의 전환을 시작으로 굵직한 세 가지의 화풍을 거쳐 이제는 어느 정도 일가를 이룬 작가의 작품세계를 떠올려 훑어 내려가다 보니 육중한 분량의 에피소드들이 머릿속에서 복잡하게 교차 편집된다.

주변인에서 창작자로의 투신

그의 나이 33세, 망설임이나 주저함 없는 본격적인 투신이 있었다. 미술을 감상하고 연구하고 취재하던 관찰자, 즉 예술에 대한 주변인에 불과했던 그가 직접 창작활동의 최전선에 서는 작가로 투신한 것이다. 유일한 꿈, 취미이자 특기로 여전히 그림그리기를 고수하고 있던 기자는 결국 미술 전문잡지를 창간, 발간했고, 미술가를 만나 취재하고 미술을 연구하는 것으로 자위할 무렵 인생을 바꾼 꿈을 계기로 드디어 전업화가의 문턱을 넘어서게 된다.

남에게 배우고 전수받기보다는 직접 대상이 될 수 있는 아이들을 만나 관찰하고 스케치하고 화폭에 옮기는 작업을 독자적으로 하기 시작한다. 의미가 담긴 색감의 선택, 형태의 근거, 자신만의 양식, 독창적인 내용과 형식을 얻기 위해 실험적인 시도를 거듭하며 그의 최초의 그림화풍인 동심화를 완성해가고 있었다.

억세게 운 좋은 사나이

억세게 운 좋은 사나이라고나 할까. 동서양의 기독교미술의 역사를 아우르는 첫 저서, 15년 동안 자료를 수집하고 분석하여 집필한 『기독교미술사(基督敎美術史)』(집문당)는 그야말로 흐르는 물에 몸을 맡겨 보니 어느새 너른 바다에 다다른 것 같이 완성한 저서이다. 해내고야 말겠다는 욕심보다 공부하고자 하는 마음으로 완성한 책이다. 이런 책이 없었음을 깨닫고 필요성과 사명감을 가지고 시작한 집필 작업은 글쓰기 재료와 역사자료들을 구하기 막막한 순간들마다 타국, 타지에서 우연하지만 필연적으로 시의적절한 자료들을 수집할 수 있었다고 한다.

미술의 역사를 공부하고 집필하는 일련의 과정들을 변화, 발전해온 예술의 역사, 인간사, 문화사 측면에서 깊이 사색하며 거시적인 안목을 가질 수 있는 기회를 만들어 주었다. 또한 미술이라는 거대한 수레바퀴 안의 다양한 개인 예술의 군상을 볼 수 있는 미시적인 세계도 보게 되는데, 예술가 개인의 작품이란 결코 개인만의 것이 아니라 시대를 담고 있는 다양한 스펙트럼 중의 하나이며 시대가 바뀌면 바뀔수록 그 가치가 역사와 결부되어 변천되는 것임을 깨닫는다.

결국 나라와 시대를 포함한 환경요소들이 녹아들어간, 그래서 예술가 개인에게 충실한 작품이야말로 진정한 개성을 갖는 작품이자 시대를 대표하는 작품임을 어렴풋이 인지하게 된 것이다.

영민한 작가로서의 기질

20대에 뛰어든 미술가로서의 지나온 반평생의 궤적을 뒤돌아보다 보면 또다른 재미있는 점을 발견할 수 있다. 그의 작품세계를 들여다볼라치면 시기별로 화풍으로도 확연히 구분이 되는 동심화, 종교화, 풍경화의 세 가지 대표적인 화풍, 기념비적인 종교화의 제작, 각 화풍별 변천사가 일목요연하게 다가옴을 느낄 수 있다.

흡사 태초의 혼돈은 잠시요, 곧 질서정연하게 자리 잡은 우주와도 같다. 한국적인, 그래서 세계적인 독창성의 확보, 작가만의 고유한 심상이 내재된 색채와 형태의 철학, 뚜렷한 특징이 있어 확연히 구분되는 화풍 간의 차별성, 의미 있는 실험정신 등 철학적인 사고가 끊임없이 샘솟는 작가의 기질을 추측하게 한다.

우직하게 한 직업만을 반복해온 것으로 보이는 그 집념이 작품의 내용 면에서 보았을 때는 부지런한 시도들과 현명한 사고로 수태된 숱한 실험을 통해 자기만의 삼색 화풍을 잘 정리정돈한 간결한 모습인 것이다.

철학적 사색의 결과, 절제된 색채와 구성

그가 사용하는 동심화의 주조 색에는 철학적인 이유가 있다. 그냥 화면에 이것저것 몽땅 때려 집어넣은 것 같은 풍경화의 엉뚱생뚱한 물건들도 반드시 하나하나에 나름대로의 재미있는 이유가 있다.

어렴풋이 떠오르는 어린 시절 심상의 스케치에 다름 아닌 동심화, 의도된 뚜렷하지 못한 사물이나 배경은 아련한 기억 속의 풍광이며 선험적인 기억들이 녹아든 기시감을 표현한다. 황금색 황토는 생명의 터, 땅을 대표하며, 하얀 무명옷의 서민을 떠올리며 민족의 색 흰색을, 자연과 조화를 이루며 살던 옛 시절을 상징하는 짙은 나무색을 주요한 세 가지 색으로 하여, 절제된 색채를 그 특징으로 볼 수 있다.

이는 종교화에도 종종 사용되는 주조색인데 그 색채와 형태로 인해 한국적인 종교화로 체화된 모습을 보여준다. 반질반질하고 매끈한 아크릴이 아니라 투박한 질그릇 같은 질감의 황토빛 물감으로 대지가 표현되고 하얀 무명한복을 입은 듯한 예수가 우리네 구릿빛 피부의 아이들과 어우러져 있다. 온전한 입체감을 주기보다는 강렬한 명암대비와 색상대비로 단순하지만 뚜렷한 형태들을 만들어내고 이런 형태들을 평면적으로 구성하여 그 상징적인 이야기들을 화면에 채워나가는 것이다.

화려한 색상의 향연, 형태의 역동성

동심화들이 토속적이면서 정적인 절제미를 보여준다면 풍경화의 일부 종교화들은 보다 동적이고 화려한 양상을 보인다. 평면적인 동심화에 비하여 거리와 공간 개념이 들어간 풍경화에는 명암의 대비 혹은 색상의 대비로 공간감을 표현하고 있다. 간간이 보색 대비를 사용하여 강렬함을 부여하고, 자유로

우나 역동적인 구도를 실험적으로 많이 사용함을 알 수 있다.

동심화의 주조색의 배색이 편안하나 전체적으로 무거워 보이는 데 반해 풍경화의 색감들은 원색을 사용하여 화사하고 밝아 상대적으로 가볍고 화려한 느낌을 주는 경우가 많다. 그러나 그 화려하고 강렬한 색채 또한 한 작품 내에서 보았을 때 절제되어진 색으로서 모노톤이나 듀오톤으로 그 강한 인상을 더해주고 있다.

미술사에 언급된 주류의 경향과 비교해 본다면 형태나 색채의 측면에서 보면 인상주의나 야수파의 경향과 비슷하나 올망졸망 아기자기 때로는 원대하고 뚜렷한 주제를 담은 내용으로 보자면 초현실주의와 부분적으로 닮았다고 하겠다. 세 가지 화풍이 안정화된 이후 최근의 작품들은 전과는 달리 단순하고 단정한 색조의 면과 선으로 구별되는 미니멀리즘으로 조금씩 회귀하고 있다. 그러나 이러한 미술사의 닮은꼴 비교에도 불구하고 그의 작품은 어디까지나 서봉남 표, 서봉남 식 작품으로 자리매김 시켜야 속이 시원한 것은 왜일까.

삶을 아름답게 그려낸다는 것

작품들의 색채와 형태와 구성이 이렇게 특징 지어질 진대 마지막으로 가장 우선되는 작품의 핵심, 중심 주제에 주목하고자 한다. '나 하늘로 돌아가 지난 삶이 아름다웠노라고 말하겠다'는 시인 천상병, 장미꽃에 대한 고귀한 사랑을 희망이자 책임으로 갖고 사는 외로운 별의 어린왕자와 작가의 창작 기저가 서로 닮아 있음을 본다.

그것은 작가의 수필집을 통해서도 알 수 있는 것이지만 존재하는 모든 것들에게 애정을 가지고 아름답게 보고, 아름답게 생각하여, 아름답게 그려내는 것을 평생의 화두로 삼고 있다는 점이다. 미(美)에 대한 고귀한 사랑을 희망이

자 책임으로 갖고 사는 어린왕자, 서봉남 화백은 바로 아름다운 삶을 아름답
게 그려내고자 애쓰는 천상 화가인 셈이다. 〈2004〉

A Little Prince Dreaming of
a Noble Love for Beauty

Soojin Suh (Fine Artist)

A daughter with some resemblance, and yet not so similar, observes
the art world of Bongnam Suh, through the eyes of a colleague who
eyes the one place, the one spot called art. 쏙 life and work of an artist
seen from the closest perspective is bound to be something different
from the work or view the artist superficially. I am well aware of the fact
that my position can enable me to know every little detail of the artist's
life and all the virtues and vices of his work, personality, etc. On the other
hand, there is the fact that it is difficult to leep an objective perspective
because of this closeness.

Referring to the art world of an artist who has spent more than 30
years to achieve what he has in a few pages as well as reviewing the
artist is clearly not an easy task. If a bird,s-eye-view of the artist's values,
everyday life, family history, and his life as a whole is a precondition
along with an outline of the story behind all the developments of his

numerous artworks, then it would indeed be too difficult towhite about everything in a few words.

On the contrary, perhaps writing about one's feelings after observing a painting without any other information about the artist may be the most honest critique. It may be incoherent and coarse, but I will write words that have some meaning of my own.

One Childhood Dream Comes True

Everyone has one or two dreams in their hearts. Some may have five or six small dreams and most never realize even one dream in their lives. Making one's dream come true can be a victory supported by one's environment and conditions or can be a great victory of one's perseverance.

Bongnam Suh is one of the latter cases for he made his dream come true through a life-changing experience in his later years. You find yourself respecting his perse-verance, which helped him overcome the difficulties and work towards the one goal.

As I recall how the artist started out as a full-time professional artist, which seemed like an impossible attempt and a very risky challenge, and the art world that the artist established after three different styles, numerous episodes intricately overlap in my mind.

From an Outsider to a Creator

At the age of 33, the artist seriously engaged himself into art with no hesitation, no doubts. From an outsider, an observer appreciating, studying and reporting on art, he had now become an artist at the frontline of creating his own work.

The reporter who continued to paint as a hobby eventually became a full-time professional artist through a dream that changed his life. By that time, he had founded and published a professional art magazine and had to be satisfied with reporting on artists and studying art.

Instead of learning from and studying under others, he met, observed and sketched children, his object and started recreating them on the canvas. As he continued to experiment in order to find his unique content and form, select meaningful colors, and find the basis of shape and his own style, he slowly perfected his first artistic style, the child's heart style.

A Very Lucky Man

Maybe we can call him a very lucky man. The first book discussing the history of Western and Eastern art, a history of Christian art written after 15 years of collecting and analyzing the information, was completed as one reaches the vast completed as one reaches the vast ocean after giving oneself up to the flow of the river. This was a work that started out by realizing the need for something that had yet to exist and with a sense of purpose.

Whenever he had difficulty finding the material to write, or lacked historical documents he was able to collect the needed materials at the right time through some kind of coincidence in some other country.

The process of studying and writing about art history gave him an opportunity to look at the world through a macro perspective for it required in-depth consideration in terms of change, the development of the history of art, the history of man, and cultural history. It also enabled him to see a micro world where groups of individual art works construct a grand wheel called art. From this he realized that the works of individual artists are not the property of the individual, but a part of a various spectrum holding the times change the value of the work changes along with history. Ultimately, the artist realized that a work that is faithful to the individual artist because it contains the environmental factors including country and the times, is a work with true personality and representative of the times.

So Talented as an Artist that One May Even Be Jealous

When I look back at the trace of half a lifetime of the artist, who started out in this profession later than others, I find another interesting fact. When you look at his art world, you can see how distinct the three representative styles, child's heart paintings, religious paintings, landscapes, are and get a clear picture of his styles, the making of his monumental religious painting, and the development of each style. It is like the universe that soon came to order after the initial chaos.

Korean, therefore unique in the world, the philosophy of the colors and forms that hold the unique image of the artist, the distinct styles, meaningful experimentation all gives us an estimate of the painters nature of endless philosophical thought.

His perseverance in repeating one work, seen from the perspective of the contents of his work, show the artist's three-color style that hive developed through diligent attempts and numerous experiments born from wise thoughts, in an orderly and simple fashion.

Results of Philosophical Thinking, Restrained Colors and Composition

There is a philosophical reason behind the main colors the artist uses in his child's heart paintings. The objects in his landscapes that look as if he just put this and that all on the canvas also have a reason of their own.

The child's heart paintings are sketches of the images of childhood that one can dimly recall. The intentionally vague objects or backgrounds are faint views of one's memory and express the dejavu of transcendental memories.

A Banquet of Splendid Colors, Dynamic Shapes

If the child's painting's paintings show a folk beauty that is silent and modest, the landscapes and some religious paintings are more dynamic and splendid. Unlike the two-dimensional child's heart paintings, the landscapes have more of the distance and space concept and the sense of space is expressed through the contrast of light of light and shade or colors. The occasional of complementary colors is used to give intensity and the artist experiments with liberal yet dynamic composition. Contrary to the main colors of the child's heart paintings that give a sense of comfort, but also give a sense of weight, the colors in the landscapes use mostly primary colors, making them bright and splendid, which gives a relatively light feeling.

However, the splendid and intense colors within one art work, is also restrained in monotone of duotone giving the observer a strong impression.

Compared to the main trends in art history, the shapes and colors are similar to the Impressionists and Fauvists, but the attention to details and the grand and distinct theme partially resemble the Surrealists. After the three styles were securely established, the recent works are slowly turing to minimalism with the simple and clear color surface and lines. Yet, despite the comparison with the main trends in art history, why is it that I feel the work of this artist should be labeled Bongnam Suh brand, Bongnam Suh style?

Beautifully Painting a Beautiful Life

The colors, shapes and composition of the art work can be described as above ,but finally I would like to focus on the most important aspect, the core of the artwork, the main theme. I see resemblances between the artist's creative and the poet Sangbyeong Cheon who said that he would return to heaven and say that the past life was beautiful and also the little prince on his lonely planet living with the hope and responsibility of the noble love for his rose.

This can be seen in the artist's essays, but also by the fact that the artist lives with a lifetime purpose to look, think, and paint beautifully, everything with affection.

The little prince that lives with the hope and responsibility of the noble love for beauty, Bongnam Suh is a heavenly artist trying to create beautifully the beautiful life.

풍경(스토리텔링) 작품 평론:

연속적인 주제의
화가

최두현(작가)

서봉남의 작품은 표현주의의 양식과 기법을 재생시킨 듯한 것으로 그의 작품은 율동적, 미래주의적이며 신비롭고 상징적이다. 그의 화폭은 마치 미래 우주의 비전을 제시하려는 듯, 무수한 색채와 선의 터치에서 몸짓이나 환상적 율동과 속도감, 또 이들을 제어하듯, 방해하듯, 또는 한정하듯, 꿈틀거리는 소용돌이 형태들은 화면을 끊임없는 신비로 이끌어 간다. 이러한 서봉남 특유의 새로운 표현기법은 물론 하루아침에 성취된 것은 아니다. 그의 작가로서의 부상은 1977년 종교화 시리즈에서부터 보여주고 있다.

신과 인간

그는 당시 조르주 루오의 진갈색과 육중한 마띠에르에서 큰 감동을 받았다고 한다. 아울러 그는 어린 시절의 황토색 어린 꿈의 세계에 깊이 젖어들었고, 활기 넘치는 생동감, 인간적인 소박함, 또 긍정적 유희성에 매료되었고 이때의 감흥이 1979년 개구쟁이 전으로 나타난다. 그가 새로 전향한 몸짓은 그림의 모든 것을 보여주고 있는 바, 그는 이렇게 말한다.

"나의 그림들은 자화상들입니다. 저에게 삶이란 흥분이며 기상과 발견입니다."

1980년대부터 그는 어린이에게서 어머니를 보기 시작한다. 이것은 순수하게 자연현상에 의해 관심이 부모로 연결되어지고 있었다. 그의 신과 인간에 대한 관심은 유년시절부터 지속되어 온 기독교 가정에서 신학으로 연결되어 온 관심의 표증이라 볼 수 있다.

인간 주제에서 자연으로

동심작가로 명성을 굳혀가던 그는 갑자기 1981년에 들어오면서 신과 인간 주제에서 자연으로 시선이 집중되기 시작한다. 하늘과 땅이 맞닿는 경계선에서 시선이 멈춘다. 신표현주의적인 강렬한 원색과 터치가 운동감과 속도에 압도당하고 붓질, 흘림, 나선형의 형태들이 용솟음치고 있는 것 같은 착각을 느끼게 된다. 자연의 물체들이 어떤 불가지적 힘에 의해 폭발하여 끊임없이 요동치는 것을 한정 짓는 듯하여 전체에 긴박감을 더해주고 있다. 이런 관점에서 그의 회화의 세계를 통해 신과 인간과의 자연에 새로운 방향이 설정된 듯싶다. 이 새로운 방향, 곧 신적인 것에서 개인적인 것으로의 첫 시도가 제시되고 있다.

그는 곧 자연으로 시선이 내려오면서 색채의 소용돌이에 말려든다. 사실주의풍의 이미지가 형태 안에 결합되고 반 추상주의로부터 이탈되어 꽃과 아이들로 이어진다. 아이들의 동심의 세계가 멀리 밀려나고, 구상적 이미지를 환기시키는 중심부에 꽃들이 주축으로 세워지고, 멀리 아득한 신비의 세계로 동심을 불어넣는다. 강렬한 붓 터치는 부드러움으로 바뀌고, 확산적 운동감은 있으나 우주적인 신비감으로 특성을 상정시키고 있는 듯하다.

자연과 과학

1984년 초반부터 그는 스케일과 범위를 확대해 가기 시작한다. 신과 인간 주제에서 자연과 과학 주제로 지속적인 방향이 제시된다. 그의 그림 속에는 자연, 인간, 과학 등 잡동사니들이 혼합되어 의미 있는 예술의 경지로 승화시켜져 신비스러운 이면을 우리에게 환기시켜주고 있다. 그의 작품들은 외관상의 상이함에도 불구하고 테마라든가 기법 또는 집념에 있어 어떤 일관성을 지녀왔다. 그의 작품 전 과정을 통해 전율하고 있는 에너지는 스케일은 다르지만 지속적으로 나타나고 있음을 알 수 있다. 가령, 최초의 종교 시리즈와 동심 시리즈의 연작은 주제를 이해하기 쉬웠으나 산 시리즈에서는 다른 것 같은 착각을 주었다.

최근 동서 시리즈에서 발표한 작품이 또 특이하게 달라져 왔다. 그러나 전체적인 연속성은 신과 인간, 자연과 과학이 크게 둘로 나누어진 이중성의 주제와 맥을 같이한다. 또 다른 하나의 연속적인 주제는 서봉남의 몸짓에 대한 감각이다. 신과 인간 주제에서는 실내의 몸짓이었고, 자연과 과학 주제에서는 밖으로 발산된 몸짓인 것이다.

서봉남의 작품세계는 변화해 가면서도 일관성 있는 지속적인 것으로 잘 나타나 있다.〈1986〉

원초적 상징 언어와
동심의 세계

김영재(미술평론가)

서봉남은 화단에서 동심화가로 알려져 있다. 그러나 그것은 서봉남이 동심에 젖어 있다거나 어린아이의 화법을 흉내 낸다거나 하는데서 오는 것이 아니다. 표상되는 바에서 동심이나 환상적 현실이거나로 분석되는 배경에는 서봉남이 쓰고 있는 이미지의 몽따쥬, 원초적인 상징 언어, 그리고 갈등에 의한 위기의식을 회화화하는 숨은 의식이 있는 것으로 보여지는 것이다. 먼저 서봉남의 작품을 서봉남의 것으로 만드는 요소, 이를테면 기명성(記名性)을 찾아보자.

기명성

기명성은 익명성에 반대되는 개념이다. 말하자면 어느 누가 그려도 사인만 없으면 구분할 수 없을 평범한 풍경화를 익명성의 풍경화라고 부를 수 있을 것이다.

서봉남의 작품을 보면 우선 화면을 살펴보아 두 개의 징표를 찾아내야 마음이 놓인다. 하나는 사인이고, 또 하나는 어린아이들이다. 서봉남의 화면에 나타나는 아이들은 바로 서봉남의 분신이자 심적 상태이며, 나아가서는 식별 표지(Identification Sign)이기도 하다. 아이들이 등장하는 화면은 결과적으로 환희의 강도를 재는 바로미터의 역할을 하고 있으며, 어린아이들의 존재와 더

붙어 서봉남의 사인은 사실 화가들이 일반적으로 빠지기 쉬운 익명성에서 구분해 주는 징표이기도 한 것이다.

여자아이는 앉아서 턱을 괴고, 서 있는 남자아이는 팔을 올리고 있다. 이 형체들의 포즈를 보면 남녀, 또는 음과 양을 상징으로 하고 여러 명의 남자아이들이 신나게 달려오는 장면들은 작가 개인의 즐거움을 표현하고 있다. 이러한 양상의 사인들은 모든 작품들의 분위기를 하나로 통일시켜주는 맞쇠가 되고 있다고 보여진다. 그러나 이들의 요소들이 화면 구성의 배경일지라도 사실상 화면은 그러한 요소들의 총화가 내어 보일 수 없는 은밀한 기록이 담겨있다. 이를테면 서봉남 회화의 식별표지인 아이들은 풍경 속에 녹아들어가는 기본적인 구성요소와 별개로 존재하면서도 무개성한 익명성에서 떨어져 나오게 하는 화면의 중요한 포인트가 되고 있는 것이다.

식별표지가 보이지 않을 때 불안하게 두리번거리다가 화면의 강한 포인트 뒤에 숨은그림찾기 퀴즈에서처럼 콩알 같은 두 어린이를 발견했을 때의 작은 충격이란-.

그리고 서봉남의 식별표지 외에 분명히 보이는 기명성도 있다. 풍경이 아닌 동심작품들에서는 이들의 의상과 표현적인 날렵한 터치와 색면, 색채의 균제와 균형, 그리고 중성화된 화면 질서가 기명성의 요소로서 서봉남의 화면에 깔려있는 것이다.
또 하나, 서봉남 회화의 기명성을 색채처리에서도 볼 수가 있다. 그리하여 화면의 익명성이 기명성으로, 즉 평범한 자연풍광이 서봉남의 심상풍경으로 탈바꿈하게 되는 것이다.

동심

서봉남은 동심의 화가로 알려져 왔다. 이것은 서봉남이 어린이들을 즐겨 다루어왔기 때문이기도 하지만 사실상 그러한 소재의 문제에서보다 서봉남이 쓰고 있는 상징 언어의 원초성에 기인하는 것으로 분석된다.

서봉남이 대상을 대하는 태도는 마치 아이스크림을 사달라고 여름부터 겨울까지 떼를 쓰는 어린아이를 닮았다. 아이에게 아이스크림이란 꼭 여름의 더위를 식히기 위해서라거나 여름을 절실히 느끼기 위해 필요한 것이 아닐 수도 있다. 그저 아이스크림이라는 것을 통해 떼를 쓰고, 그 떼를 쓴다는 사실 자체가 자신의 생존의 이유인 것처럼 중대성을 부여하는 식이란 말이다. 그리하여 서봉남의 화면에 나타나는 형체들이 어떠한 연상을 가지고 어떠한 사색을 통해 어떻게 표현되든 간에 서봉남 자신에게 큰 의미가 있는 것은 아니다.

서봉남의 화면에 자신이 생각하는 세계를 깔아놓고 그것이 관철되든 안 되든, '홍도인상'에서처럼 해바라기는 여름이라는 생각을 깔아놓았다는 것만으로 만족할 수 있는 그런 화면을 만들어 나가고 '계룡산의 여름'에서는 치기어린 발상과 어린아이 장난과 같은 배치, 계곡에서 바람이 불어온다는 선풍기며, 갑자기 과일이 먹고 싶어서 정물이 들어선다든지 어린아이들이 아무렇게나 환칠한 듯한 붓 터치들이 화면을 종횡무진 휩쓸고 다니고 크기가 왜곡된-의도적으로 강조되었거나 비현실적인 포치(布置)가 돋보이건- 정물들이 사실적인 화면에 마치 풍경의 일부분처럼 자리 잡고 있는 이러한 작품에서 동심의 화가라는 명명이 자연스럽게 붙게 되었을 것이다.

작품 '탈춤'에서 보듯이 서봉남의 화면에서 주제가 화면의 대각선 중앙에 머무는 경우는 없다. 만약 있다면 최소한 시각적으로 중심의 교차점을 벗어난 위치에서 조심스레 자리 잡을 따름이다. 이러한 조심스런 화면을 대하는 태도가 화면에서 결과적으로 보여주는 것은 화면 안으로 시선을 끌어들이되 전혀 부담스럽지 않게 보는 시각을 파고드는 밀집된 구조이며 이것은 서봉남 회화를 동심화라고 부르는 이유에 대한 하나의 해명이 될 수 있다. 즉, 화면은 어떠한 형태든 간에 아기자기한 동화적인 톤을 가져 듣는 이의 귀를, 눈을 그리고 마음을 즐겁게 해준다는 것이다.

현실적 환상

서봉남이 보여주는 동심의 세계란 현실에 뿌리박은 환상적인 동심의 세계임을 잘 보여주고 있다. 서봉남의 동심작품에서는 현실적인 무대이면서도 꿈의 동화 속에 있는 환상적인 풍경이 전개되고 있다는 것이다.

작품 '동심'은 아이 둘이 앉아 턱을 괴거나 또는 팔을 올리고서 이야기에 열중하고 있는 모습을 그리고 있다. 이 아이들의 기다림으로 화면은 앞과 뒤가 분리되는데 뒤쪽의 화면은 환상적인 숲에 둘러싸여 있는 집들이 보이고 앞부분의 화면을 보면 거기에는 환상적인 풍경이 전개되어지고 있다. 백조가 놀고 있는 개울-그 자체로는 어쩌면 환상적이라는 말이 어울리지 않을지 모른다. 그러나 이러한 상황설정은 꼭 히 백조가 놀고 있는 호수가 아니더라도 환상적일 수 있는 풍경이 되고 있다. 이것은 아이들이 중간 풍경으로 물러나고 백조들을 전경에 크게 부각시킨 구도와 기본구도와의 모든 주변 풍경을 흐릿하게 처리하면서 형체를 흐트러트림으로써 예의 환상적인 화면이 창출되고 있는 것이다. 또 '극낙조'라는 작품에는 화면 중앙의 위쪽에 천국의 새, 'Bird of Pardise'라고 불리우는 꽃으로서 이 꽃에서 연상되어지는 누워있는 누드로 표상되어지는 듯이 보인다. 어쨌든 서봉남의 극낙조는 사실상의 모습이 어떠하든 환상적인 것으로 나타나고 있고 그러면서도 그 앞쪽으로 가장 현실적인 대상인 꽃다발이라는 현실의 사이에서 극낙의 문, 혹은 천국의 문으로 머리를 내밀고 있는 작품이다. 이처럼 서봉남의 작품에서는 현실적인 환상의 한 표상으로서 화면에 나타나고 있다고 말할 수도 있을 것이다.

이미지의 몽따쥬

기존의 몽따쥬가 이미지나 상징을 다른 표상의 매체에서 따와서 조립한 형태의 것이었다면 서봉남의 몽따쥬는 이미지 몽따쥬라고 부를 수 있는 것으로서 마음속의 화면에 회화적인 질서를 깨트리지 않으면서 떠오르는 이미지를 적이 편집한다는 형태를 취하고 있는 데서 기존의 몽따쥬와 다르다고 말할 수 있다.

서봉남의 작품 '대흥사의 꽃 잔치'에는 풍경 속에 램프, 주전자, 빵과 과일 등이 숨겨져 있고 작품의 위쪽에는 마치 구름 위나 꽃동산에서 환희에 차서 뛰어오는 어린이들이 이 화면에 편집되어진 이미지들이다. 이 이미지들은 근본적으로 이미지가 구체물을 통해 표상되었을 따름이지 그 자체로서 화면을 구성하는 뼈대가 되는 것은 아니다. 대흥사 꽃 잔치는 이러한 구성 위에 현실과 비현실, 표상과 이미지라는 상반된 요소들이 날줄과 씨줄처럼 누비어지고 있다. 여기에서 현실과 표상은 화면의 주조를 이루고 있고, 비현실과 이미지는 현실과 표상을 보좌하고 있는 형태이다. 여기에서 편집효과가 묘한 환상을 불러일으키고 있다. 즉, 표상과 현실이 화면상의 구조이면서 해석과 향수의 문제에서는 아이들이 뒤로 물러나는 한편, 이미지와 비현실적인 상징이 앞으로 나선다는 점이다.

'경주인상' 작품에서도 구체적인 경주의 구조물들-불국사, 다보탑, 첨성대, 왕릉, 계림들이 서봉남의 마음이라는 화면에 큰 인상으로서 자리 잡고서 밀치거니 당기거니 서로의 영역을 주장하게 되는 작품이다.

이러한 화면구성이 철저한 에스키스에 의해 이루어진다는 것이다. 이를테면 보이는 대로의 풍경을 가장 평범할 수도 있는 친숙한 이미지로 그리고 있다.

상징체계

서봉남의 상징체계는 양의성을 가진 원초적인 언어로 분석되어질 수 있다. 먼저 상징체계를 보자.

'오봉산의 가을'은 화면 자체가 가을을 보여주고 있지는 않다. 그 가을은 노란색 잔디나 국화꽃에 있고 노랗게 물든 나무에 있고 파란산 뒤로 노랗게 이어가는 하늘에 있고 그리고 (오봉산 가을)이라는 제목이 있을 뿐 시각적 인상 징물을 내세워 보여주는 것이 아닌 가을이 있을 따름이다.

이것은 서봉남의 상징체계가 대상이 가지는 상징적 의미에 의한 것이 아니고 어떤 다른 것에 의해 움직이고 있다는 것을 보여주는 것이다. 그 어떤 다른 것이란 작가에 의하면 종교적인 것이고 특히 기독교적인 것이다.

서봉남의 작품 화면에 나타나는 교회건물은 서봉남이 의도적으로 배치한 종교적 신념의 표상이라고 말할 수도 있다. 그러나 이러한 의도적 배치가 결코 종교화로 떨어지도록 화면이 유도되지 않는다는 데에 서봉남 회화의 특징이 있다고 말할 수 있다.

'봄소식=봄-소식-환희=꽃-전화-사슴=화사함-메시지-도약'이라는 등식이 성립할 수 있을 만치 이 작품은 분명한 도식화의 과정을 보여주고 있다. 이

엉뚱한 도식화를 강조하는 것으로서 색채의 상징성을 들 수 있다. 화면에서의 흰색은 겨울이고 붉은색은 봄이다. 설원에 사슴이 뛰어놀고 있는 것은 봄을 기다림(待春)의 상징화, 화분은 봄이 오고 있음의 상징화다.

'고려청자의 고향'은 평범한 자연풍경-청자매병-신비의 새-싸인-식별표지로 구성된 작품이지만 여기서 서봉남의 은유법을 엿볼 수 있는 것은 실제 모든 것의 초점이 되어야 할 청자가 비록 전경에 나와 있기는 하지만 새의 날개와 날갯짓에 가려져 있고 또 주변에는 파편으로 있다는 점을 들 수 있을 것이다. 그러나 마치 불 속에서 구워짐으로서 투명한 비색을 자랑하는 청자나 불속에 몸을 던짐으로서 새로운 생명을 얻는 불사조처럼 서봉남의 은유는 가림으로써 더욱 강한 상징성을 띄는 그러한 것이라고 말할 수 있을 것이다.

작품 '마이산의 신비'는 '남과 여'라는 이미지, 마이산은 누워있는 여체와 쌓아올린 돌탑으로서, 그것들의 결합의 결과는 꽃으로 또는 이윽고 맺어질 씨앗으로 그리고 환희에 찬 어린이들의 질주로 나타나고 있다.

상징적인 비의(秘儀)-서봉남의 화면에는 이러한 은밀한 의식이 가장 노골적인 구체물로서 나타난다. 그것이 보는 이에게 가장 노골적이지 않은 것으로 보여지게 하는 포인트가 있다. 바로 화면 전체를 일관하는 표현적인 터치와 색감이다.

서봉남은 환희의 심경을 표현할 때 수도자적인 수행보다 가장 환희스러운 마음의 움직임을 통해 그 심경을 훼손하지 않고 옮길 수 있는 화가다.

원초적 상징 언어

서봉남의 언어는 어린이들이 쓸 수도 있을, 아니 더 나아가서 이제 말을 배우는 철부지들이 대상과 그것이 가지는 개념을 분별할 수 없을 때 쓰는 이른바 개념 이전의 식별언어 내지는 지시 언어와 비슷한 바 있다. 이것을 원초적 상징 언어라고 부를 때 연륜과 무관히 이러한 언어를 구사하는 서봉남에게 느낄 수 있는 것은 일러 자그마한, 그러나 신선한 큰 충격이라고나 할까.

'설악산 커피'는 우아한 커피이다. 그것은 우아한 커피포트에 담겨 있는 것처럼 보이기 때문이다. 그런데 이 커피는 설악산의 풍경 속에서 있어야 할 커피일망정 설악산의 풍경을 완성하면서 코와 입을 즐겁게 하는 커피는 아니고 그림의 풍경 속에서 마실 수 없는 커피, 그림 그리면서 커피가 먹고 싶었으나 마실 수 없어서 아쉬웠던 커피, 이것이 서봉남의 상징 언어이다.

가장 현실적인 상징물을 써서 심적인 동경의 상태를 이끌어내는 서봉남의 상징 언어는 그러므로 원초적인 발상과 표현, 나아가서는 보는 사람의 상식적인 언어체계를 교란하여 충격을 주고 어느 날 갑자기 머리에 떠오른 잊혀진 여인의 얼굴처럼 아른한 어린 시절의 추억에로 접맥시켜주는 기폭제의 역할을 하는 것이다.

'성산일출봉'은 해안선을 따라 연결되어 있으며 신록과 해안선이 맞닿는 곳에 호텔이라고 짐작되는 빌딩과 몇 채의 집이 도식화하여 세워져 있다. 이들이 실제의 풍경이지 않아도 좋은 이른바 이미지화한 표상인 것과 마찬가지로 화면의 왼쪽 위 하늘에 돌하르방과 램프가 그려지고 그 아래 식별표지와 사인이 있는데, 램프는 그림에서 태양을 상징하고 있다.

여기서 다시 서봉남의 작품을 엿볼 수 있는데, 태양 대신 램프로 상징하고 있다는 것과 돌하르방은 제주도를 상징하는 것으로 빛과 마음이 제주도를 보호한다는 원초적인 상징 언어에 속한다고 볼 수 있다.

'계룡산의 여름'에 그려진 선풍기는 시원한 계곡의 바람을, 식탁 위의 과일은 싱싱한 여름의 풋내음을 표현, 여기에서 쓰이는 언어는 한층 유아기적인 지시 언어와 결부되고 있다. 우스꽝스럽게도 이것은 창세기의 한 구절을 연상시킨다. 말하자면 "빛이 있으라 하매 빛이 있었다."고 바꿀 수 있다면 이야기가 되겠지만 그 이야기는 일차적인 비유 언어라서 상징을 상징화하기 위한 것으로 보여지지는 않게 된다는 것이다.

'대흥사의 꽃잔치'에 등장하고 있는 램프는 불을 밝히는 것, 주전자는 잔치와 그 분위기, 광주리의 빵은 풍성함을 상징한다고 작가는 밝히고 있다. 이것은 언어에서 의미를 제거한 순수한 언어를 추구한다거나 언어가 가진 많은 뜻과 상징에서 가장 근접하는 언어를 선택하려거나의 입장에서 볼 때는 하나의 충격일 수 있을 것이다.

충격-그 원초적인 발상의 충격, 언어가 표상하는 사물이 가지는 가장 원초적인 의미가 의미와 상징을 은폐하지 않고 그대로 시각화하는 데서 오는 충격, 온갖 세파를 거쳐 불혹의 나이에 들 때까지 언어의 원초적인 용법을 상실하지 않고 간직하고 있다는 데 대한 큰 충격- 이것이 서봉남 회화가 주는 충격일 수 있을 것이며, 이것은 동심을 표방한 다른 작가들과 대조해 보면 쉽게 해석될 수 있는 부분이기도 하다.

이를테면 어린이를 위한 그림전(1988년 5월 2일-5월 12일/장소:서림화랑)에 출품한 작가들-조병덕, 황유엽, 홍종명, 강우문, 오승우, 오태학, 이만익 등의 작품에는 어린이라는 현실이 그려져 있기는 하지만 어른의 눈으로 본 어린이요 위드위즈의 어린 시절을 추억하고 어른의 감성을 통한 어린이의 세계일망정 어린이들의 감성과 세계를 보는 눈, 또는 언어체계가 그들 작품의 동인과 결과로서 나타나고 있지 않다는 것이다.

위기의식

서봉남이 동심의 화가라 불리우고 식별표지로서 어린이를 화면에 그려 넣는다고 해서, 또 유아기적 지시언어를 원초적 상징 언어로 쓴다고 해서 그의 작품 자체가 의도적인 퇴행의 결과를 보여준다고 말할 수는 없다. 그것은 서봉남의 화면이 천진난만한 꿈과 동심의 세계를 내걸고 있지만 때로는 그 바탕에 위기의식이 깔려있고 화면상의 조형요소들이 갈등과 대립을 첨예화하고 있으며, 반어법이라고 부를 수 있을 어법을 통해 회화화하기 때문이다.

작품 '건널목'에서 보여지는 위기의식, 천하대장군처럼 보이는 전신주와 위험 표지판, 나무들은 사실상 철로가 보이지 않는 실제의 상황이라는 데서 더욱 위기의식을 고취하고 있다. 화면에서 위기의식을 유발하는 대상은 상대적으로 어둡게 또는 찬색으로 표현되고 길 건너편에는 위험에서 안전한 휴식의 파라솔이 있고 위쪽에는 식별표지인 어린이를 포함한 이미지가 밝고 화사하게 따뜻한 색으로 표상되고 있어 이 작품은 종교적인 분위기를 주는 작품이다.

'종소리'는 밀레의 만종을 생각하게 하는 작품이다. 교회가 보이는 풍경 안에 큰 나무가 있고 나무그늘에는 아이들이 짝을 짓고 서 있다. 한가운데 우뚝

솟은 교회의 십자가, 교회의 종소리가 붉은 하늘에 울려 퍼지고 오른쪽 위에는 노란색의 다 익은 보리와 식별표지인 어린이들의 환희, 일용할 양식의 의미로서 보리라는 상징적 의미와 단순하고 도식화한 사물의 처리가 위기의식을 이 화면에 나타나고 있다고 말할 수 있다.

'보라색 풍경'은 부여 백마강의 풍경으로 일렁이는 포름과 방사상 혹은 방향 지워지지 아니한 붓 터치에 의해 격동적인 화면이 만들어지며, 보라색과 노란색의 보색대비, 그 보라색대비를 찬찬히 눌러주는 시각적 완충지역으로서 푸른 하늘과 강, 그리고 음영의 짙은 갈색으로 된 작품이다.

전체적인 터치가 마치 날아갈 듯한 경쾌한 붓놀림에 의해 구성되어짐으로 화면은 마치 공중을 향해 나래를 펴는 새의 날갯짓을 닮았다. 이것은 보라색대비와 날아갈 듯한 십자가형 화면구성을 차분하게 눌러주는 교회와 아이들과 조화시킴으로서 갈등을 통한 질서에의 추구라고 말할 수 있을 것이다.

서봉남의 화면에서 재빠른 붓의 움직임은 비단 질풍노도와 같이 화면을 휘젓고 꾸물꾸물 화면 위의 이야기에 매달리는 꾀죄죄함에서 해방시켜줄 뿐만 아니라 어떤 환상적인 세계를 암시하는 화면으로 바뀐다는 데에서 그 포인트를 찾을 수 있다.

반어법

서봉남의 화법의 마지막으로 반어법에 의한 화면효과를 보자.

'극낙조'에서 이 꽃은 독살스러운 새가 아니라 이름 그대로 천국의 새로서 묘사되고 있는데, 이를 보조하는 대상들로서는 백합과 누워있는 나부를 들 수 있을 터이다. 여기에서 서봉남의 반어법이 생겨난다. 그것은 표상의 자기 주장력과 자기 제한적인 표제의 사이에서 성립되는 미묘한 표현양식이다. 제목이 말하고자 하는 것은 '극낙조'이지만 사실상 '극낙조'라는 꽃은 위치로 보아서는 가장 포인트가 되는 위치일지언정 전체 화면에서 비례로 보아 아주 작은 부분에 불과하다. 오히려 화면에 강조되고 있는 것은 백합꽃이다. 그러므로 백합은 기독교의 상징적인 꽃이라는 사실과는 무관히 이 상징적인 구성을 보여주고 있다. 그런데 제목은 가장 직설적으로 묘사되어 있으되 비교적 덜 시선을 끌 수 있는 한 송이의 꽃에 맞추어진다.

이것은 서봉남의 체질에서 일관되어 있는 하나의 어법이다. 즉, 가장 강조를 해야 할 부분은 착목성이나 강조를 피한 채 원초적인 어법을 도입하며 반어적으로 상징적인 의미를 강조하는 서봉남의 어법의 하나이며 일러 반어법이라 할 수 있을 것이다.

이런 맥락에서 볼 때 서봉남은 단순한 동심의 화가라고 부르는 것은 그 나타난 바의 표상의 문제임을 알 수 있다. 그러므로 표상의 상징적 언어를 분석하고 화면질서를 구축하는 의지를 파헤치고 화면구성의 기교와 언어를 해석해 볼 때 동심이란 빙산의 일각이라고 말할 수도 있을 터이지만, 빙산의 한쪽 면으로써 빙산 전체를 빙산의 일각처럼 보이게 하는 것보다 고도의 지능이 요구되는 큰 사고라나 할까? 〈1988〉

과거의 궤적을 찾아내어
현재와 접목한 역사적 현장감 표현

−과거 현재 미래가 동시에 존재하는 시간공간의 사유로 새로운 시도

박명인(미술평론가)

모든 미술을 이야기할 때, 내재된 미가 없는 미술은 하나도 있을 수 없다고 말할 수 있겠지만 정도의 차이가 있다. 그럼에도 불구하고 아직 이야기된 적도 없지만, 도대체 '미(美)'라는 것은 이 유형의 세계에 객관적으로 존재하는 것인가 아닌가 말하지 않을 수 없다. 이를 정의하기 위해서는 미를 자연의 미, 인공의 미로 나누어 말하게 되는데, 다시 말해 공간이나 물상을 시각상에 의해 미술로 표현하는 것을 우리는 미술이라고 말하게 된다는 것이다.

그런데 '미'라고 하는 것은 아무리 자연이 아름답다고 해도, 또한 미술품에 나타난 아름다움이라고 해도 보는 사람의 마음 나름이며 극단적으로 말하면, 보는 사람이 없을 때는 아름다움도 없는 것이다. 미술의 아름다움이란 인류의 미에 대한 요구, 본능에 의해 개체의 특수한 형체나 성질을 갖추어 조형화시킨 하나의 현상으로서 인류가 먼 옛날부터 오늘에 이르기까지 미의 세계를 만들어 낸 객체들이기 때문이다. 그러한 역사적 근간에도 불구하고 많은 미술인들이 내용보다는 기교에 치우쳐 있어서 미술적 실체를 상실하고 있는 경우가 많다.

이런 점에서 서봉남의 모든 작품은 내재적인 미를 표출하는 작품이라고 말

할 수 있다. 자연이거나 어떠한 물체를 표현하면서 있는 그대로 표현하지 않고 그 사물에 내재된 이미지를 관찰하고 파악하여 내면에 있는 사실을 입증한 다음 미적 요소를 표현하는 것이다. 그렇기 때문에 서봉남의 작품은 특별한 의미가 있다. 성화와 동심과 풍경으로 자신의 작품세계를 완성해 오고 있는 서봉남은 하나같이 모든 작품에 깊은 의미와 감동을 담고 있고 광범위한 편력에 의해 완성되고 있다.

미술가는 여타 분야와는 달리 많은 편력(遍歷, 이곳 저곳을 돌아다니며 여러 가지 경험을 함)에 의해 결과물을 창출해 낸다. 반면, 아무리 훌륭한 미술가일지라도 보고, 듣고, 판단하고 분석하는 체험적 판단에 의한 사유가 없으면 평생을 자기 안에 갇혀서 산다. 이를 미학에서는 모방, 복제, 반복하는 행위라고 말한다. 그러한 미술가는 100년 동안 그림을 그려도 그 틀을 벗어나지 못한다. 이를 각성하는 미술가는 반복행위를 벗어나기 위해 여행도 하고 스케치도 하고 자연을 가까이하면서 많은 사물을 관찰하며 대상파악에 심혈을 기울이는 것이다.

오랫동안 서봉남과 개인적으로 친분을 쌓아 오면서 나의 인생을 반추해 볼 때가 한두 번이 아니다. 얼마나 많은 시간을 여행도 하고 자신이 쌓은 사유로 작품을 창출해내는지 놀랍지 않을 수 없다.

"저는 어느 미술단체의 창립 일원이었습니다. 그런데 스케치를 가면 선배들이 자연을 자연대로 그리지 않고 엉뚱하게 그린다고 비판을 해서 저와는 컨셉이 맞지 않아 결국 그 단체를 떠나게 되었지요. 말하자면, 저는 사물을 있는 그대로 그리는 것이 아니라 그 대상에서 이야기를 찾아내어 그 내용을 그림으로 완성하고 있습니다. 자연과 똑같이 그린다면 학교에서 배운 기술로 무엇이든 할 수 있겠지만 그것은 누구나 하는 것이고 미술가답게 무엇인가 자신의 생각을 표현한다는 것이 중요하지 않겠어요."

자연을 그대로 그리지 않았다는 힐난으로 탈퇴할 수밖에 없었다는 것은 어불성설이다. 미술가는 창의성이 표출되어야 한다. 많은 미술가들이 표현하고 있는 방법에서 자신의 작품을 반복하는 것은 천 점 만 점을 그려도 거기서 거기다. 그러나 변화를 추구하고 자신의 사유를 표출하고자 하는 미술가는 언제나 새로운 창작을 해낸다.

또한 서봉남은 세상에 자신을 내세우기를 좋아하지 않는다. 그런 만큼 서봉남에 대해 부분적으로 알고 있는 경향이 짙다. 특히 미술계에서는 서봉남을 동심미술가라고 말한다. 그러나 두 부분의 성과가 가려져 있다.

제일 알려져 있는 동심은 어린 시절부터 미술가가 되겠다는 꿈을 안고 성장했기 때문에 그 때 그 시절을 잊지 않고 있어서 동심을 묘사하는 동기가 되었는데 사유적으로는 시간개념이 핵심이다. 시간은 과거와 현재와 미래로 구분하게 된다. 과거는 지나간 시간으로서 하나의 역사이다. 현재는 말하고 있는 그때의 움직임이나 상태를 나타내는 때매김이다. 또한 미래는 아직 오지 않은 시간으로서 추이나 상상만이 가능하다. 여기에서 서봉남은 지나간 시간을 귀중하게 여긴다. 그것은 자신의 꿈이 실현된 귀중한 시간이고 자신의 궤적이기도 하다. 동심이란 가장 순수한 시간이어서 가장 아름답다고 생각하고 있는 것이다.

급변하는 현대사회에서 그러한 기억들은 가장 순수하고 아름답고 소중한 한국적 이미지이다. 민족적이거나 한국적인 테마를 화폭에 올리는 데 변천한 현대풍물보다는 동심의 세계가 가장 적합하다고 생각한 것이다.

그리고 동심에 가려져 있는 부분 중 하나가 성화이다. 세계적으로 잘 알려져 있는 성화(기독교화)는 3대를 기독교 집안에서 성장하면서 선친의 영향을 받은 것이 계기가 되었다. 그로 인해 1977년부터 시도해 온 종교화는 창세기부터 요한계시록까지 그리는 데 35년이란 기나긴 시간이 지났다고 한다. 그의 일생에서 동심보다 더욱 중요한 업적이기도 하다.

"33살부터 꿈속에서 예수님을 만나고 성경을 그리기 시작했습니다. 성화는 과거, 현재, 미래의 사람들이 보아도 똑같이 느껴져야 한다고 생각했습니다. 종교적인 공통된 인물형상을 그리기보다는 한 인간의 얼굴을 그려야겠다고 생각한 것입니다. 그래서 그때 그때 예수님의 심경과 감정을 반추하면서 표현하려고 노력한 결과입니다."

이러한 서봉남의 사유는 결과적으로 서양적인 인물형상보다 오히려 동양적인 인물형상으로 나타나고 있다. 세상에는 많은 성인들이 있다. 현세의 사람들은 누구도 직접 본 사람이 없다. 그러나 신앙심이 깊고 마음이 다가가면 꿈속에서도 명상 속에서도 자신이 추앙하는 성인의 모습이 보인다는 것이다. 서봉남 종교화에 나타나는 인물이 그의 신앙심에 의해 묘사되었던 것이다.

이같이 일생동안 그려진 종교화는 한국보다는 세계적으로 더욱 알려지기 시작했다. 영국 스코틀랜드 항구도시 스트란래어에는 52점이 상설 전시되어 있는 '봉남성화미술관 (BONGNAM BIBLICAL MUSEUM OF ART)'이 있다. 그리고 2년 6개월에 걸쳐 제작된 '영광'은 프랑스 파리 근교에 위치한 에브리 대성당(Musée Paul Delouvrier)에 영구 소장되어 있다.

서봉남은 이 작품에 대해 다음과 같이 말한다

"2년 6개월 만에 완성된 이 작품도 과거, 현재, 미래로 화폭을 나누어 과거는 조선시대 의상을 입은 순교자로 그렸고, 현재는 남북의 500명의 합창단으로 묘사했습니다. 그리고 미래는 1,200만 명의 신자들이 한국에서 세계로 뻗어 가는 모습을 묘사했습니다."

대작 '영광'뿐 아니라 서봉남의 모든 작품은 시간공간에 존재하는 형상들이 표출되고 있다는 것을 알 수 있다. 잊혀진 과거가 아니며, 무의미한 현재도 아니며, 미지의 세계로서의 미래도 아니다. 서봉남의 사유에는 과거나 현재나 미래나 모두 한 순간에 공존하고 있다. 그렇기 때문에 미래의 먼 훗날에도 서봉남의 작품은 현재로서 존재하게 된다.

여기에서 객관적으로 서봉남의 심미의식을 느끼게 된다. 심미객체는 정신미의 범주를 벗어나지 않고 있다. 그것은 인간미로서의 신뢰성이며 경험주의, 이상주의, 신비주의를 포괄적으로 수용하는 주관성이다. 소크라테스의 유용설(有用說)과 홉베스의 관념 연상설(觀念聯想說, 하나의 관념이 다른 어떤 관념을 불러일으키는 심리작용)에서 그 정의를 찾을 수 있는데 대상물체가 지닌 미적 요소로부터의 연상을 경험에 의해 관념화하는 것이다. 그렇기 때문에 서봉남의 작품에서는 시각적 형상성보다 대상물에 대한 자신의 내재적 요소로부터 사유적인 활동을 가하고 이것을 미로 구성하고 있다.

그동안 동심은 '개구장이들'이란 명제로 화집을 제작하였고, 성화는 '성서미술'이란 명제로 화집을 발간했다. 이번에는 풍경화를 주제로 발간하게 된다.
"나는 풍경화를 보면서 단조롭게 느꼈습니다. 그래서 자연 속에 마을들을 그리면서 마을의 이야기를 한 폭에 담을 수 없을까 생각하면서 현장을 스케치하고 지역의 내력을 마을사람들에게 들으면서 눈에 보이는 선과 색, 과거의 행적과 현재의 현장감 등을 종합해서 '소설 같은 이야기가 있는 풍경그림'을 그리기 시작했습니다."

그의 주장과 같이 서봉남의 풍경화는 모두 이야기가 있다. 그러면서 진일보한 풍경화는 풍경에 존재하는 마을 전체의 과거와 현재 그리고 미래까지 한 폭에 그릴 수 없을까 생각하게 되었다는 것이다. 역시 풍경화도 시간공간의 집합성을 나타낸다. 또한 이러한 이야기가 있는 풍경화는 국내뿐 아니라 세계 각국의 풍경을 담아내면서 다양하게 묘사되고 있다. 이것이 바로 서봉남의 독창적인 사유 활동의 결과로서 그 나라의 전통과 풍습과 의상 등의 내재적 이미지를 투시법적으로 분석하고 배색과 구도 그리고 명암을 그 나라의 풍물에 맞게 표현함으로써 새로운 미술적 가치를 창출해내고 있다.

서봉남의 이야기가 있는 풍경. 과연 어떤 의미가 있는 것일까

미학적으로 풍경화에 대해 많은 석학들이 탐구해 왔으며 근대사회를 접어들면서 급격하게 자연의 변화가 생기고 자연관을 무척 복잡하게 사유하게 되었다. 자연관이 변했다는 것은 미술에 있어서의 풍경화도 변화를 가져왔다는 의미이다. 결론적으로 말하자면, 자연을 예술적으로 묘사한 것이 풍경화이다. 그러나 인간을 포함한 모든 영역이 풍경이라고 말하고 있다.

풍경화 즉, 'Landscape'는 영어로 표기되어 있지만 원래는 독일에서 시작되었다. 독일어의 'Landschaft'는 자연에 의해 주어진 어떤 토지에 대한 특유의 질서를 말로 표현하는 단어였으나 외적 자연만이 아니라 일체의 만들어진 것들을 의미하고 있다. 따라서 민족도 또한 자연이다. 자연(Natur)와 민족(Nation)과는 동일의 어간 'Natus'에서 유래하기 때문에 'Landschaft'는 '土地(Land)'에 살고 있는 사람들의 풍습과 토지의 상태를 의미하는 것이다.

18세기에 간행된 아데룽(Adelung)의 사서(辭書)에서는 'Landschaft'는 본래는 아름다운 매력 있는 풍경, 비유적으로는 농촌의 그 같은 지역을 베낀 그림이라고 규정하고 있지만, 19세기 초두의 Landschaft 초기개념의 범주에서 통일시키고 있었던 것을 세 개의 부분으로 이를테면, 1)사회제도 내지 공공사회, 2)도시에 대한 농촌, 3)과거의 Landschaft로부터 독립된 개인으로 분리하고 있다. 그렇기 때문에 Landschaft가 통일을 구성하는 것은 이미 그 전의 보편적인 자연적, 사회적 질서만이 아니라 개인적 주관으로의 외적 자연에 대한 미적인 관계라고 할 수 있는 것이다. 그렇기 때문에 잔디 위에 가족이 모인 피크닉을 보고도 '아름다운 풍경'이라고 말한다. 그러니까 풍경이란 도시풍경, 사람 사는 모습, 공사장의 트랙터가 아스콘을 쏟는 광경도 모두 풍경에 속하는 것이다.

여기에서 사생을 나가서 자연을 그대로 그리지 않는다고 해서 부정적으로 보고 진실 없는 풍경이라고 했다는 대중적 미술가들과의 견해 차이로 탈퇴하였다는 서봉남의 말은 이러한 풍경화론에서 진실을 뒷받침하게 된다. 말하자면, 서봉남은 풍경화를 그리면서 마을사람들의 이야기를 그림으로 담아내고, 과거의 궤적을 찾아내어 현대와 접목하여 역사적 현장감을 표현하려고 했고, 본질적인 스토리를 그림으로 표현하려고 시도함으로써 여타 미술가들과 차별화된 길을 걸어왔다.

우리는 미술사에서도 풍경화에 대한 많은 견해를 읽을 수 있다

케네스 클락(Kenneth Clark 1903~)은 순수자연 풍경에 사람의 발자국에 의해 자연적으로 만들어진 길을 보면서, "풍경화의 존립조건으로 인간의 감정 즉, 떠들썩한 도회로부터 평화로운 전원으로 달아나고 싶어 하는 인간의 자연에 대한 본능적 욕구를 최초로 표현한 사람"이라고 말했다. 사실 이러한 풍경화는 미술가의 상상력에 의해 만들어진 풍경화인 것이다.

풍경미의 발견이 풍경화의 성립조건이 된다고 생각한 것에 대해, 풍경화의 존재가 풍경미의 예술적인 아름다움이나 감동 따위를 음미하고 즐기는 것을 가능하게 한다고 생각했던 것이다.

또한 알베르티(Alberti, 1404~1472)의 시각 피라미드 개념에 의하면 내감(內感)은 피라미드의 절단면이며 그 면에 있는 물자체(物自體)가 병존(竝存)·전후라는 공간화된 시간형식에 있어서 통일적으로 묘출된다고 말하고 있다. 이 시각 피라미드를 풍경개념에 적용하면 그 정점은 풍경의 관조자 또는 풍경을 묘사해내는 자, 절단면은 풍경이 현상하는 시각 또는 화면이며, 물자체는 외적 자연인 것이다.

이제까지 미학자들의 이론을 열거해 본 결과, 풍경화란 단순히 자연의 산이나 나무나 돌을 그리는 것만이 아니라는 사실을 알 수 있다. 하물며 서봉남의 이야기가 있는 풍경화가 회자된다는 것은 어불성설이다.

이번에 발행되는 풍경화집을 기대하면서 보다 진일보한 서봉남의 풍경화 세계를 한층 깊이 있게 이해하게 되어 기쁘게 생각한다. 〈2017〉

서봉남의 풍경은 대단히
관습적이지 않은, 내러티브 풍경화

－서봉남 히스토리텔링 풍경작품을 보며

서수진(화가)

서봉남의 풍경은 혹자는 야수파로 대표되는 루오의 선 굵은 마티에르와 비교하고, 초현실주의 작가로 분류되기도 하나 어떤 유파에도 속하지 않은 샤갈과 견주기도 한다. 더러는 구성이나 주제, 표현에 있어 아카데미적인 규칙을 지키지 않았던 쿠르베처럼 자유롭기만 하다.

사진으로 찍어낸 듯 찰나의 순간을 담은 한 폭의 풍경, 하나의 장면이 펼쳐진 정물, 사각형의 프레임에 담긴 한정된 풍경이 결코 아니다. 천라만상을 한꺼번에 엮어놓은 대형벽화 같은 웅장함이, 그의 풍경화 속에는 있다.

서봉남의 풍경은 보는 이로 하여금 궁금함을 유발하며 시선을 이리저리 이끌어가는 스토리텔링을 탑재한 '내러티브 풍경화(narrative landscape)'이다.

우리가 흔히 보던 풍경화에는 도저히 찾을 수 없는 그만의 서사구조가 있다. 여느 역사화에서처럼 기승전결 시간을 관통하는 단순서사구조가 아니다. 때론 과거, 현재, 미래를 아우르기도 하고, 동시대이면서 공간을 넘나들기도 하지만, 종국엔 도저히 어울리지 않을 것 같은 오브제(Object)들의 낯선 조합이 자연스럽다.

한마디로, 문학에서의 '낯설게 하기'다. 비일상적, 역설적인 설정, 조금은 어울리지 않을 법한 오브제들의 결합 규칙은 독특한 조합으로 각인된다. 단 하나의 빈틈도 허락치 않는 듯 각 오브제들은 화면에 꽉 차게 채워져 있으며, 더군다나 크기, 원근, 색감, 위치, 시점이 제각각이다. 중심이나 주변이 없어 그림의 모든 부분이 같은 가치를 가지는 평등한 화면에, 원색을 사용한 강렬한 이미지, 세련되지 않고 투박하고 거친 표현을 하며, 극명한 대비효과를 즐겨 사용하였다.

그의 화폭 요소에는 작가가 경험하고 상상하는 인과관계가 알뜰살뜰하게 스며있으며 시시콜콜한 이야깃거리가 숨겨져 있다. 암시된 바를 찾아 하나하나씩 수수께끼를 풀어내다 보면 어느새 복잡한 천라만상이 하나의 실로 꿰어져 커다란 하나의 개념으로 귀착되고야 만다. 관습적이지 않기에 감상자 입장에선 불편할 수 있지만 그의 전체의 풍경화의 면면을 들여다보면 대상을 향한 특유의 은유와 투박한 상징은 언제나 늘 통일감 있고 일관성이 있다.

서봉남의 풍경은 특출한 스토리텔링, '내러티브 풍경화'는 정석보다는 변칙이며, 일상보다는 공상이고, 찰나가 아닌 영원을 꿈꾸는 이야기다. ⟨1999⟩

The landscape paintings of Bong Nam Suh are narrative landscapes for unconventional masterpieces
　-⟨Looking into the historic landscape paintings of Bongnam Suh⟩

Soojin Suh(Painter)

The landscape of Bongnam Suh is compared with the Matiere with bold line for Rouault that is represented by Fauvism or sometimes he is classified as a surrealistic artist, but he is compared to Shagal who has never belonged to any faction. Some would be free like Courbet who failed to keep the academic rules in structure, theme and expression.

As if it is imprinted in photography, it is a landscape containing the moment of time with the static object showing in a view, and this is not the landscape limited in containing in a square shaped frame. The magnificence of major wall painting to contain all things of life at once is shown within the landscape painting.

The landscape of Seo Bong Nam stimulates the curiosity of onlookers and it is the 'narrative landscape' loaded with the story-telling to lead the viewers all throughout.

A landscape painting that we frequently see around us has its own unique narrative structure. It is not just any narrative structure that penetrates in the beginning and ending of time as in any history painting. Sometimes, it embraces past, present and future and come and go beyond time and space, but in the end, it has the natural harmony of the objects that seemed as not familiar to each other.

In a single word, it is the 'unfamiliarity' in literature. The inordinary and orthodox setting, as well as the rules of combining the objects that are not harmonizing to each other are inscribed as unique combination. Each object is fully filled up on the screen as if it would not permit just a single leak, and furthermore, it has different size, distance, color tone, and point of time. There is no center or surrounding to make strong image by using the original color on the equal screen to have the same value in all parts of the painting work with the unsophisticated, simple and coarse expression along with the clearly contrasting effect.

In every element of his canvas, the casual relation experienced and imagined by the artist is smeared in for every part and the stories are concealed in each part thereof. As one searches the implied part to solve the riddle one at a time, all complicated matters in the world is clued onto one large concept. It may be inconvenient for any onlooker for it is not customary, but looking at each aspect of overall landscape paintings, the unique metaphor and simple and plain symbolism toward the subject have the unified sense and consistency at all times.

The landscape of Bongnam Suh is an extraordinary story-telling with the 'narrative landscape' more of conspicuous, rather than trivial pattern, and it is the story of imagination over ordinary and dreaming of perpetuality rather than a single moment event.

성서미술(종교화) 평론:

성서 속의 사건들을 내면화시켜
자신의 감격적 언어로 승화시킨 성화

조향록(목사, 전 한신대학교 학장)

우리나라에서 김기창이 서양사람 얼굴에 한국 한복을 입힌 예수를 그렸고, 이어 김학수도 예수님에게 유대인 옷을 입힌 대신 주변의 인물들은 한국 옷을 그렸다. 이처럼 성화에 있어서 그 인물과 배경 등을 자기의 역사 현장에 토착화 시키려는 표현방법은 작가의 신앙인식의 주체적 발로로서 우리에게 많은 공감을 불러 일으켰으나 위의 두 사람은 주로 식물성 재료인 종이에 수채로 그린 작품이라는 점에서 의미의 표현에 있어서 평면성의 한계를 느끼게 했다. 위의 두 화가는 신약성서 내용인 예수일대기를 그렸지만 서봉남 화백은 구약성서의 창세기부터 신약성서 요한계시록까지 작가의 일생을 걸쳐 세계에서도 드물게 제작했다. 이러한 사실은 기념될 만하다.

그리고 서봉남의 성서화는 그가 캔버스에 광물성 재료인 유채로 그린 작품이라는 전제도 있지만 그 인물, 사건 등의 표현에 있어서 동, 서의 구분함이 없이, 오히려 동, 서를 포함한, 그의 예수, 그의 성서사건들을 추상화시킴으로써 보편적 시각에서 자유분방하게 화면에 담고 있다는 점과 그 성서사건들을 자기 속에 깊이 내면화시킴으로써 거시에서 작가 자신의 감격적 언어를 찾아 그것을 극화적(메타포)으로 고백해 보려는 부단한 정열을 쏟고 있다는 점에서 그 특징을 볼 수 있다.

때문에 서봉남의 성서화에서는 예수사건의 문화적 공간과 시간적 사실성 등은 색조로써 표현해 낼 수 없는 무한한 신비 속에 감추인 듯 추상적으로 압축시켜 놓고, 시간과 영원의 만남을 통한 '당신과 나의 대화'를 소박한 동화로서 가시화 시키려는 데 혼신의 정열을 담고 있는 것이다.

그러므로 서봉남의 성서화에서는 제목을 예수의 일생이라 했으나 그의 예수는 극단적인 추상 속에서 부호로서만 화폭에서만 존재하여 다른 누구라도 또 다른 모습의 예수로서 만나고 그려볼 수 있는 넉넉한 여백을 남겨두고 있는 대신 그와는 달리 서봉남은 예수를 만난, 그리고 예수 앞에 서 있는 자기 자신을 그리는 데 있어서 너무도 솔직하게 사실성(리얼리즘)을 보이고 있다.

그의 작품 '부름 받은 베드로', '돌아온 탕자', '사울의 회심'에서는 스스로 하늘인 냥 쳐들고 다니던 뻔뻔스럽게 오만한 얼굴을 완전히 땅에 파묻고, 땅을 밟고 서 있던 그 커다란 발바닥까지를 완전히 그이 앞에 뒤집어 보인 철저한 자기고백을 담고 있으며, '재판장에 선 예수'에서는 예수가 죄수이기보다는 오히려 누구도 항변할 수 없는 근엄한 재판장으로서 화가 자기 앞에 높이 서 있는 그리하여 그의 심판 앞에서는 자기의 존재는 존재할 수 있는 여지조차도 없는 무(無)임을 고백하고 있는 것이다.

서봉남의 예수의 일생 작품에서 예수와 예수사건을 그렸다기보다는 오히려 예수와 예수사건을 그의 현장에서 조우(遭遇)한, 그리고 그것이 자기에게 내면화된 일연의 자기진장을 담고 있다고 할 수 있겠다. 서봉남의 작품은 추상적 표현, 그리고 그 개체와 자기 자신의 현장성이란 이중성을 한 폭의 화면에 입체적으로 담고 있다.

성서에 하나님께서는 형상화시켜서는 안 된다는 제2계명이 있어서 형상화시켜서도 안 되지만, 그럼에도 불구하고 형상화해야만 한다면 그것은 자기에게 내면화된 그의 하나님을 추상적 부호로서밖에 표현할 수 없기 때문에 결국 성서화가는 하는 수 없이 고백된 자기 자신을 그리게 된다는 점이다.

서봉남은 그 화법에서 조르즈 루오를 닮고 있다. 그러나 그와 판이하게 다른 점은 루오가 그린 예수는 "엘리 엘리 라마사박다니" 한 인간의 극한 상황, 시간의 종점에서 처참하게 절규하는 무한한 고난의 '종'인 반면 서봉남 화백의 예수 작품은 벌써 보장받은 승리의 환희를 안고 있는 영원자, 비안의 희비애락(喜悲哀樂)을 모두 익히고 파안(波岸)에 서 있는 완전자다. "다 이루었도다."의 예수를 그리고 있다는 차이다.

서봉남의 성화에서는 라틴성화와 비잔틴성화의 대비를 보게 한다. 이 점은 이제부터 작가 자신이 지극히 아픈 십자가와 영원히 침묵하고만 있는 캄캄한 무덤의 터널을 몇 번이고 통과해가는 삶의 반복과정 속에서 또 다른 예수를 그리게 될 것인지 미지수다. 그러나 매우 흥미 있는 점은 동방기독교 이해를 전수받은 우리들이 다시 동방기독교 이해를 접하게 될 때 거기서 표현양식의 체질적 공통성을 확인하게 된다면 우리 자신들의 기독교 표현양식의 지평이 예감된다는 점이다. 〈1996〉

기존 성화의 개념에서 탈피,
새로운 시각으로 성서미술 제작

신항섭(미술평론가)

성화(聖畵)는 그리스도에 대한 경모와 찬양 그리고 같은 종교적 체험, 즉 감동을 주는 데에 그 목적이 있으며, 내용적으로는 성서에 준한 그리스도의 행적에 맞추어진다. 초자연적이고, 초감각적인 그리스도의 모습과 그 행적의 형상화를 통해 깊은 신심과 더불어 종교적 감정을 고양시키는 데 성화의 존재 가치를 찾을 수 있다. 그러나 성화는 이 같은 종교적 목적 이외에도 회화의 한 장르로서 예술적인 격조를 실현해야 한다. 또한 신도들에게 보다 실질적인 신 앙적 체험의 동기부여에도 가능해야 한다는 양면성이 요구된다. 즉, 보는 사람의 종교적 감정에 직접적으로 호소할 수 있어야 함과 동시에 예술적인 가치를 획득해야만 하는 것이다.

서봉남은 이미 1976년부터 성화를 그리기 시작하였다. 1977년 새로나 화랑에서 종교화 시리즈로 첫 개인전을 가진 이래, 지속적으로 성화를 제작함으로써 그 자신의 믿음에 대한 확인과 함께 예술적인 성과를 높이기 위해 노력해 왔다. 그 결과의 하나로서 1991년 예수의 일대기를 발표하기도 했고 2004년에는 프랑스 국립 에브리미술관에서 영광작품과 성화를 발표해왔고 오늘에 이르러서는 그의 창작생활 35년에 걸쳐 신, 구약 성서 전체를 유화로 제작한 것은 국내는 물론 세계에서 처음 있는 일이며 그 작품들은 한국적인 성화의 맛을 주어 화제가 되고 있다.

화가로서, 그리고 신앙인으로서 참 사랑으로 일관한 그리스도의 일대기를 그린다는 것은 어쩌면 의당 있을 수 있는 일처럼 여겨질 수도 있으리라. 하지만 이러한 일은 신심이나 의욕만으로 되는 일이 아니다. 무엇보다도 신념이 필요한 일이다. 왜냐하면 자칫 그리스도의 행적을 그대로 충실히 재현해내는 데만 치우치다 보면 예술적 가치가 소홀해질 수 있기 때문이다. 반면에 예술적인 형식에만 집착하다 보면 그리스도의 무한한 사상적 깊이를 조명할 수 없는 경우도 생길 수 있는 것이다.

따라서 독실한 신자의 경우에도 그리스도 상을 그리는 데만 국한되는 경우가 대부분이다. 이 같은 어려운 점을 감안하고서도 서봉남은 그리스도의 일대기를 작가적인 뚜렷한 신념이 뒷받침되어 한쪽으로 기울지 않고 서봉남적인 성화를 제작했다. 실제로 그는 성화에 대한 일반적 인색에서 벗어나 보다 자유로운 시각을 보여주고자 애쓴 흔적이 역력하다.

서봉남의 성화 속 신성(神性)과 인성(人性), 영성(靈性)과 물질성, 초자연성과 자연이 함께 하는 성화에 접근하고자 하는 태도가 그것이다. 신비적인 효과를 우선했던 기존 성화의 개념에서 탈피하여 서봉남 그 자신의 작가적 감각과, 현재를 살고 있는 신앙인으로서의 의식을 담고자 한 것이다. 이 같은 현재성은 그 자신의 신앙생활과 밀접하게 관련된 것으로서 시대적인 감각을 반영하는 것이라고 볼 수 있다. 다시 말하면 종교적 가치규범의 변화와 개별적인 신앙적인 체험과 결부됨으로써 성서에 대한 이해 및 해석이 주관적인 성향을 나타내게 되는 것이다. 그러기에 성서의 내용을 형상화하는 과정에서도 주관성이 많이 개재된다고 보아야 한다.

그리스도 상에 대한 그 자신의 해석 또한 기존의 도상(圖像)과 다르게 나타나는 것은 피할 수 없는 일이다. 그리스도 상은 성서를 근거로 하되, 화가 자신의 상상력에 의존하는 수밖에 없다. 물론 기존의 그리스도 상에 대한 이미지를 전혀 배제할 수는 없는 일이다. 직접 또는 인쇄물에 의한 간접적인 그리스도 상에의 친숙에 따른 영향은 은연중에 그 자신의 잠재의식을 불러낼 것이겠기에 말이다.

초기의 도상, 즉 교회의 모자이크, 벽화, 부조, 스테인드글라스 등에 묘사된 그리스도 상을 통한 시각적인 감동(경이, 신비, 경모, 숭고 등)을 체험하여서 그 같은 인상이 그 자신의 상상에 개입할 여지는 배제할 수 없는 일이다. 이 같은 사실을 인정한다고 하더라도 서봉남은 새로운 시각으로 그리스도의 일대를 조명해 보는 의지에 이끌리고 있는 것이다. 그는 작품의 중심적 인물인 그리스도에 대한 인물의 정면성 및 중심성 등을 개의치 않고 자의적인 화면 구성을 통해 새로운 감각의 성화를 보여주고자 노력한다.

가령 그리스도를 다른 인물들에 비해 현저하게 작게 설정한다든지 또는 정면이 아닌 후면에 배치하는 등의 새로운 구도적인 해석을 가하고 있는 것이다. 그렇다고 해서 그리스도의 존재적 원칙성 및 통일성을 무시하는 것은 아니다. 오히려 성화 속의 중심적 표현대상이어야 할 그리스도의 존재를 다양한 시각에서 접근할 수 있게 함으로써 한층 친숙하고 실질적인 경모의 대상으로 다가서게 하자는 의도가 깔려있는 것은 아닐까.

서봉남의 작품은 초기에는 색채를 극히 절제했다. 황갈색을 기조색으로 한 단순하고, 절제된 표현 언어로 고색적이고 다소 신비적인 분위기를 그려내는

데 어느 정도 성공했었다. 그리고 간결하며 생략적이고, 강직한 선묘로써 강렬한 이미지를 그려내는 데 중점을 두었다. 이 같은 작의는 무리 없이 소화되었다. 굵고, 단순하며, 명확하고 강요적인 선묘를 사용했었으나 그의 최근에는 현실감과 생생한 느낌을 주기 위해 많은 색채의 사용을 거의 제한하지 않고 있다.

색채가 보다 다양해졌는가 하면, 기법에서도 반구상적으로 변하는 등 개별적인 조형언어에 대한 모색을 활발히 전개하고 있다. 특히 성서를 재해석한 경우의 작품에서는 현실성에 한 걸음 가까이 접근시키고자 하는 의도가 내포되어 있음을 알 수 있다. '애굽으로의 도피B', '십자가상의 예수', '세례요한', '창조', '바벨탑' 등의 작품에는 이러한 그의 생각이 잘 나타나 있다.

외로운 일이라고 할 수 있는 성화에 대한 그의 열정과 그에 따른 결과는 한국미술의 영역을 넓혀줄 수 있는 계기가 될 수 있기를 바란다. 〈1996〉

서봉남, 평생을 진력해온 성경 그림

서성록 (미술평론가)

현대의 문인화가

조선시대에는 서기권(書卷氣)와 문자향(文字香)이 나는 문인화(文人畵)가

성행하였다. 그때에는 인격을 수양한다는 의미에서 그림과 글씨를 갖추는 것을 덕목으로 삼았다. 인품을 고매하게 만드는 시화일치(詩畵一致)를 바탕으로 교양과 예술의 조화를 도모한 것이다.

서봉남(1944-)은 글쓰기와 그리기의 시화일치를 몸소 실현한 '현대판 문인화가'로 부를 수 있을 것이다. 그는 수십 회의 개인전을 가졌을 뿐만 아니라 여러 권의 책을 저술하기도 했다. 『기독교미술』, 『기독교미술사』, 수필집 『아름다운 삶의 빛깔들』, 『화가가 본 인문학』, 『Biblical Art』, 『서봉남 동심작품집』, 『성서미술작품집』들 등등 특히 그가 저술한 기독교미술사(집문당,1994)는 우리나라 기독교미술을 정리한 연구서로 손꼽힌다. 이 책은 한국교회의 비약적인 성장에도 불구하고 기독교미술에 관한 저술이 없다는 사실을 깨닫고 전국의 교회방문과 해외 32개국을 탐방하는 등 14년간의 자료조사를 통해 발간한 것이다. 이 책은 명료한 논리로 기독교미술에 대한 흐름과 동료 미술가들의 면면을 자세히 분석하고 있어 우리나라 초기기독교미술에 대한 길잡이 역할을 하고 있다.

향토적인 동심화

여러 권의 저술을 출간했지만 그가 주력해온 것은 역시 화가로서의 작품활동이다. 국내 각종 전시회에 400여 회 출품한 것을 비롯하여 세계 각국의 전시회에도 참여해 왔는데 프랑스, 독일, 영국, 스페인, 스위스, 이탈리아, 러시아, 헝가리, 미국, 캐나다, 터키, 인도, 우즈베키스탄, 몽골, 중국, 일본, 대만, 베트남, 말레이시아, 싱가포르, 홍콩, 인도네시아, 필리핀 등 수십여 나라에서 작품을 선보인 바 있다.

서봉남의 작품세계는 크게 세 가지 유형으로 나누어진다.

어린 시절을 그린 '동심화'와 신구약을 아우르는 '성경그림'(구약은 그림 그리는 동안 필사도 같이 쓰고 그렸다.)이 그것이다. 두 파트는 서로 밀접한 관계를 지니지만 인물작품이지만 성격상 지향점이 다르기에 따로따로 설명하는 것이 작품을 이해하는 데 도움이 될 것으로 보인다.

먼저 서봉남의 '동심화'는 어른이 순수한 어린 시절로 돌아가 어린이의 눈으로 보는 데에서 유래한 것이다. 전체 24회 개인전 중에서 12번을 어린이를 주제로 한 작품으로 꾸몄으니 그가 얼마나 이것에 비중을 두었는지 짐작할 수 있다. '동심화' 전시회를 1979년 UN에서 정한 '세계아동의 해' 기념으로 서울 엘칸토미술관과 부산 로타리미술관에서 처음으로 가진 이후, 1980년, 92년, 94, 95, 96, 98, 2001, 2006, 2008, 2012년에 잇따라 발표하였고, 국내는 물론이고 스위스 제네바 카라갤러리, 독일 프랑크프루트 괴테미술관, 몽골 울란바토르 국립미술관 등 해외에서도 개최하였다.

서봉남은 그의 생각 역시 동심의 무늬로 직조되어 있다. "내 마음속의 동화공장에서 그림을 그려낼 때에는 내가 어딘지 철학자 같기도 하고, 마술사 같기도 하고, 또 예언자 같기도 한 그런 생각에 행복해진다." 세상에서 새로운 경험과 마주할 때마다 작가는 그것을 신비와 경탄의 시선으로 바라보아왔던 것이다. '반달'의 작사자 윤극영이 그를 '동심의 사나이'로 부른 이유를 알만하다. 작가가 쓴 '이른 봄'은 그의 심경을 읽게 해준다. "아기 풀이 주변을 한 바퀴 돌아 봤더니 내가 제일 먼저 세상에 나왔나 봅니다. 모두들 잠을 자고 있고 아무도 없으니 혼자서 무섭기도 하지만 주변에는 잠자고 있는 식물이 아닌 다른 이웃들이 나를 보호하고 있어서 안심이 되었습니다. 연약한 아기 풀은 주변의 사랑을 독차지하면서 무럭무럭 자랍니다."

『화가가 본 인문학』에서

그가 '동심화'에 주력하는 것은 그 자신이 동심을 지니고 있기도 하지만 이에 못지않게 아이들에 대한 각별한 애정이 담겨 있기 때문이다. 서봉남은 길을 가다가도 어린아이를 보면 그냥 지나치지 못한다. 유치원이나, 초등학교 같은 곳을 지나갈 때면 발걸음을 멈추고 아이들에게 껌이나 사탕 같은 것을 건네주는 것이 습관화되었을 정도이다.

개구쟁이 전시회를 할 때는 전시장 입구에 수십 개의 풍선을 달아놓고 찾아오는 아이들에게 한 개씩 나누어 주고 조금 큰 아이들에게는 '개구쟁이 전'이라고 찍힌 미술 연필을 한 자루씩 나누어 주었다. 천진난만한 아이들을 보면서 서봉남 자신이 행복감을 느낀 것이 그가 '동심화'를 제작하고 이런 전시회를 갖게 된 배경이 되기도 했다.

그의 그림에는 아이들이 매미채를 들고 뒷동산을 뛰놀며, 시냇물에서 피라미, 올챙이, 방개들을 잡는 정겨운 광경들이 펼쳐진다. 장독대가 있는 초가집 아래에선 엄마가 자장가를 부르고 동네아이들은 지칠 줄 모르고 뛰어 다니고 노는 모습이 어릴 적 동심을 떠올리게 한다. '동심화'는 작가의 생각을 펼쳐내는 데 있어 요긴한 통로였던 셈이다. 작가는 "나는 어린 시절, 하나님의 사랑을 받으면서 꿈 많은 무지갯빛 동심의 세계 속에서 성장했다."고 밝힌 바 있는데 인생의 고개를 넘고 해와 달이 수없이 지나갔지만 동심만은 여전히 그의 가슴 한편을 지키고 있다,

성경그림

그의 작품세계를 이루는 또 다른 축은 성경그림이다. 서봉남처럼 전 생애에 걸쳐 자신의 달란트를 하나님 나라를 위해 바친 화가도 드물 것이다. 작가는 성경그림을 그리게 된 경위를 1976년 신령한 꿈을 꾸면서부터였다고 말

한다. 그는 꿈속에서 만난 예수님은 은은한 광채를 발하며 서봉남에게 "이제 너의 달란트를 사용하여라"고 말씀하셨다고 한다. 꿈을 꾼 후 자신의 달란트가 무엇인가 고민하다가 일주일이 되던 날 그는 새벽기도회에서 드디어 자신의 달란트가 '기독교미술'이라는 확신을 얻게 되면서 다니던 직장에 사표 내고 성경그림에 착수하게 되었다고 한다.

그가 먼저 한 일은 기독교미술사를 펴낸 것이었고, 그 연구 작업이 끝나고 신약의 예수 생애를 그렸다. 물론 예수의 일대기는 동양화가 김기창과 김학수에 의해 한국의 풍속화적으로 시도된 적이 있지만, 유화로 제작된 것은 서봉남이 처음이었다.

서봉남은 성경의 감동적인 이야기를 시각적으로 나타내는 데 주력하였다. 이 연작은 예수님의 탄생에서 애굽으로의 피난, 세례 장면, 설교하시는 예수님, 병 고치심, 성만찬, 겟세마네의 기도, 십자가에 달리시고 부활까지의 장면, 사도바울의 회개 등을 완성하는 데 10년이 걸리고, 이어서 구약을 그리기 시작할 때는 사천 년 전 이야기로 등장인물이 너무 광범위해서 스토리가 확실한 등장인물만 작가가 선정해서 작품 한 폭 안에 그의 일대기를 그려 넣었다.

그의 작품은 사실적인 묘사로 되어 있기보다는 과감한 생략과 변용으로 이루어져서 조르주 루오(Georges Henri Rouault)를 연상시키는 검은 필선들이 형태를 떠받치고 있고 인물표정이나 세부에 초점을 맞추기보다 전체의 동세를 강조하는 특색이 있다. 아마도 이런 필선 위주의 작업을 하게 된 것은 그리스도의 사역을 강조하는 데서 비롯된 것으로 파악된다. 즉 부분묘사에 얽매이기보다 전체의 동세를 강조함으로써 그리스도가 지상에서 어떤 일을 행하셨으며, 어떤 말씀을 선포했는지에 주안점을 둔 것으로 보인다. 또 한 가지 그의 회화에서는 한국의 상징색인 흰색과 황토색이 자주 목격된다.

이것은 작가가 한국적인 체취와 훈향(熏香)을 성서그림에 접목시키려는 의도에서 비롯된 것이다. 흰색은 순결 색과 의로움을, 구릿빛 황토색은 우리나라 강토를 상징하는 것이기도 하다. 이렇게 작가는 하얀 무명한복을 입은 듯한 예수님으로 이 땅에 오신 메시아를 해석하고자 했다. 미술에서 이런 토착화의 시도는 최영림, 장리석, 황유엽, 박수근 등 주로 월남 작가들에게서 발견되는데 서울 출신인 작가의 고향 경기도 이천지역의 색을 보아 와서일 것이다. 대부분의 성경그림이 유럽에서 발전해온 점을 감안할 때 그의 예수일대기는 향토적인 색조를 빌어 한국의 문화적 콘텍스트 안에서 재해석하려고 했다는 점이 이채롭다.

서봉남이 성경그림을 완성하는 데에는 오랜 세월이 소요되었다. 1976년 첫 작품을 제작한 이래 신약성경을 1996년에 완성하였고, 이래서 2012년까지 35년의 긴 세월을 구약의 장면을 완성시키는 데 쏟았다.

봉남성화미술관

그의 작품들은 국내에 여러 차례 소개되었으나 주인을 만나지 못하다가 마침내 영국 스트란래어(Stranraer)교회에 기증되었다. 한국교회가 스트란래어 교회를 인수한 2012년 5월 30일 이곳을 '봉남성화미술관(Bongnam Biblical Museum of Art)'으로 명명하고 그의 작품 52점을 상설전시하게 된 것이다. 그의 작품을 소장하게 된 이 영국교회는 사실 한국교회와 특별한 사연을 갖고 있다. 즉 작은 항구도시인 스트란래어 장로교회는 구한말 땅 끝인 한국에 복음 전하기 위해 토마스(Robert Jermain Thomas, 1939-1866) 선교사를 파송한 곳이다. 그는 26세의 젊은 나이에 평양 대동강에서 조선관군에 의해 한국에서 순교했지만 그가 순교한 150여 년 만에 한국인 화가 서봉남 작품이 전시되는 역사적인 순간이 되었다.

작가는 모진 가난과 고독 속에서 제작한 성경그림이 이렇게 뜻있게 사용될 줄 몰랐을 것이다. 35년의 대장정을 완주하면서 작가는 자신의 심경을 다음과 같이 표현하였다. "주님께서는 제 달란트가 촛불같이 녹아내리던 35년 동안 하루도 굶기시지 않으셨고, 제 가족을 지키시고 제 눈물을 닦아주셨습니다.– 당신은 나의 목자이시니 내게 부족함이 없습니다."

영광작품 탄생

한국교회 1백주년을 축하하기 위해 제작한 '영광' 작품은 그의 예술세계를 가장 잘 집약시킨 작품이다. 제작기간 2년 6개월이 소요된 이 작품은 가로 8미터 세로 4미터(4천 호) 대작이다.

한국교회의 괄목할 만한 발전과 부흥을 상징적으로 보여주는 작품이다. 화면은 세 파트로 나누어 있는데 화면 좌측은 한국교회의 어제, 중앙은 현재, 우측은 미래를 각각 나타낸다. 한국교회의 어제는 고문과 총살 핍박을 당하는 초기 기독교의 순교사를 그려내고 있다. 수많은 성도들이 쓰러져가는 모습을 짙은 청색으로 처리하였다. 그런가 하면 우측의 미래는 희망에 차 있다. 한반도의 성도들이 불을 들고 세계로 뻗어 나가는 행렬들이다. 중앙의 현재는 가장 눈길을 끄는 젊은 청년들이 십자가를 중심으로 생기 넘치는 장면과 성경 속에 나오는 한국의 슬기로운 처녀들이 십자가를 들어 올리고 하늘에서 천사들이 내려오면서 화답하고 500명의 합창단(그림 그릴 당시 남북인구 5천만을 생각하며)이 찬양하는 장면이다. 합창단 5백 명은 학생 한 사람 한 사람 모두 스케치하여 그린 것이다.

그러나 작가가 하나밖에 없는 집을 팔아서 야심차게 제작한 작품을 전시할 전시장이 없어서 언론에서 촬영해서 발표하고 20년 동안 창고에서 잠자고 있었다. 그러나 20년 후, 작품에 관한 소식을 어떻게 알았는지 프랑스 에브리 시에서 손님이 왔다. 영광작품을 1년간 전시하자고, 그리하여 시에서 작품을 싣고 가서 에브리 시에서 운영하는 폴 들루리브에 미술관(에브리국립미술관)(Musee Paul Delouveier)에서 1년 전시하고 결국 그곳에 영구소장하게 되었다. 작가는 기독교선교 100주년을 기념하며 제작한 작품을 끝내 국내의 소장처를 찾지 못하고 프랑스에 보낸 것을 안타깝게 생각하고 있었다.

기독교 미술의 외길

서봉남은 평생 전업화가로서 기독교미술의 외길을 걸어왔다. 소명을 받은 문화적 청지기로서 자신의 예술적 달란트를 하나님 나라를 위해 사용해 온 것이다.

서봉남만큼 신앙인으로서 뚜렷한 정체성을 지키며 살아온 사람도 드물 것이다. 매해 자신의 작품을 불우이웃에게 기부하며 나지막이 사회봉사에 참여해왔다.

김동길 교수는 그를 향해 "이 시대의 표상으로 한국인임이 자랑스럽다"고 칭찬을 아끼지 않았다. 또한 후배 미술인들은 힘겨운 현실 속에서도 외길을 걸어온 그에게 2014년 '대한민국기독교미술상'을 주어 그에 대한 존경심을 표하기도 했다.

기독교미술을 하면서 그가 남몰래 흘렸던 수많은 눈물과 고난을 우리는 잘 알지 못한다. 시각예술에 대한 오해와 편견으로 주위로부터 쏟아지는 차가운 눈초리도 견디기 힘들었을 것이다. 그것도 한두 해가 아니고 수십 년 동안…

그럼에도 그가 창작을 거둘 수 없었던 것은 누군가 씨앗을 뿌리는 사람이 있어야 백 년 후 '기독교문화유산'이 나올 것이란 기대감 때문이었다. 팔팔한 30대에 문화사역을 시작하여 50년이 흐르는 동안 어느덧 그는 노경(老境)의 화가가 되었다.

서봉남은 수수께끼 같은 인간 존재와 예술의 의미를 하나님 안에서 찾고, 그분께서 주신 달란트를 자신의 영달보다는 하나님의 나라를 위해 사용한 화가, 자신의 직업을 참다운 의미에서 소명으로 받아들인 그리스도인이다.

성서미술로
영적 성숙에 힘쓰시기를

이영훈(여의도순복음교회 담임목사)

할렐루야!

주님의 사랑 안에서 반세기가 넘는 동안 세계교회로 성장해온 여의도 순복음교회 창립 55주년을 기념하면서 대한민국 미술대전 심사위원장을 역임한 성서화가 서봉남 화백(70세 연동교회 안수집사)이 평생토록 35년간 창세기부터 요한계시록까지의 성경말씀을 77점으로 완성한 세계 최초의 성화를 특별초대 전시하게 된 것을 감사하고 이 전시로 하여금 하나님께 영광 돌리게 되었습니다.

서봉남 화백은 이미 1982년에 그린 세계적인 걸작 성화 '영광(4000호)' 작품이 프랑스 국립 에브리미술관에 소장되었습니다. 30년 동안 세계 사람들의 사랑을 받고 있는 그 명작을 축소한 작품도 이번 전시회에서 같이 선보이게 되어 크게 은혜 받을 수 있는 귀중한 시간이 될 것으로 믿습니다.

교회 창립 55주년을 맞으며 하나님께 모든 감사와 영광을 올려드리는 뜻 깊은 자리에 하나님의 말씀인 성화로 성령감화 은혜 받으시고 교회가 영적으로 보다 성숙되고 발전할 수 있는 계기가 되기를 바라면서 성서미술 전시회를 관람하시어 큰 은혜를 받으시길 바랍니다.

〈2013. 05. 01〉

미묘한 생명력을 주는 성화

김현동(미술등록협회 회장)

고뇌와 인내를 머금고 창작활동에 매진해온 서봉남 화백은 묵묵히 35년 동안 성서미술을 완성시키시어 이제 완성된 작품들을 선보이게 된 것을 진심으로 축하드립니다. 이 작품들은 위대한 창조의 과정이었다고 생각하며 서봉남 화백에게 존경의 박수를 보냅니다.

서봉남 화백은 이미 한국화단에 민족을 사랑하는 향토작가로 또는 동심작가로 알려져 있고 한편 유럽에서는 종교화가로 알려져 있는 화백입니다. 그의 대표적인 '영광(4000호 크기)' 작품이 프랑스 에브리 국립미술관에 소장되어 있고, 영국 스코틀랜드 스트란래어에 500년 된 고딕건물에 '봉남성화미술관'이 개관되어 영구미술관으로 세계의 크리스천들이 감상하고 있습니다.

서봉남의 성서 작품들은 평소에 보아오던 사진같이 사실적인 그림이 아닌 실제의 현장감을 주는 작품들로서 하나님이 인간에게 향하신 위대한 사랑과 섭리, 성서에 기록된 내용들을 쉽게 우리들이 이해하도록 돕기 위해 반 추상적으로 그려서 이 작품들은 영혼과 아름다운 신앙생활에 도움을 줄 것이며 미묘한 생명력을 주는 다른 유형을 창조했다는 평가를 받기에 충분할 것입니다. 〈2012〉

놀랍고 반가운
감동의 성화

박종석(아레아아트(주)대표이사)

한 폭의 그림으로 다가오는 2013년 5월, 아름다운 생명이 소생하는 계절에 아레아아트의 첫 사업으로 숭고한 창작활동을 하시는 서봉남 화백의 작품들을 보며 서봉남 화백을 후원을 하게 된 것을 영광으로 생각합니다.

생명의 근원이 되는 창작세계, 무한의 예술세계를 아름다움으로 창조해 내는 서봉남 화백은 이미 향토작가 동심작가로 알려져 왔고 이번 종교화로 장장

35년의 기간을 걸쳐 혼신의 정열을 쏟아 놀랍고 반가운 감동의 성화를 완성한 것을 축하드립니다.

이번 전시 작품들은 구약성서 창세기부터 신약성서 요한계시록까지의 위대한 말씀을 표현한 대작들로서 성경시대의 연대별 구약시대, 신약시대, 사도시대, 현대 등 4부로 이루어져 있고 인물별 아담, 노아, 아브라함, 이삭, 야곱, 요셉, 모세 순으로 그들의 발자취, 역사적인 고찰, 생생한 현장감을 주는 작품이 마침내 국내에서 처음으로 소개되는 걸작들입니다.

성화작품을 감상함으로써 신앙생활이 살아있는 풍요로운 삶이 되시면 좋겠습니다. 〈2013.05.01〉

또 다른 성령강림의
통로가 된 서봉남 성화작품들

양인평(장로, 변호사, 전 판사)

여의도순복음교회 창립 55주년 기념으로 '서봉남 성화초대전' 개막식에 참석했습니다. 서봉남 화백은 대한민국미술대전 심사위원장을 역임하고 정부에서 산업(예술부문) 훈장을 받은 화가로 주님이 주신 달란트를 가지고 세계 최초로 창세기부터 요한계시록까지의 내용을 작품으로 완성하신 분입니다. 조용기 원로목사님의 축하말씀과 이영훈 담임목사님의 초대말씀이 있어 그 뜻이 깊다고 생각했습니다.

서봉남 화백 성화작품들 한 편 한 편 또한 보는 이로 하여금 새로운 감동과
영감으로 우리의 심령을 일깨워주었습니다. 그가 33세에 하나님의 계시와 감
동을 받아 성서의 내용들을 감동의 그림으로 그려온 이래 35년간 77점의 놀
랍도록 은혜로운 작품을 일구어 냈습니다. 같이 나온 성화집 책에도 창세기부
터 요한계시록까지 연대별 인물별로 기도와 묵상 속에서 받은 영감을 캔버스
에 구현해냈습니다. 그의 작품마다 곧 기도이고 묵상이며, 간증이고 찬양이
며, 은혜이고 영광이었습니다. 마치 하나님의 인간에 대한 사랑과 그 사랑으
로 말미암은 구원을 성취해가는 놀랍고도 성스러운 감동 있는 드라마를 보는
것과 같았습니다.

서봉남의 성화를 통한 드라마는 하나님의 놀라운 사랑과 은혜로 가득차고
있었습니다. 천지창조, 인간의 타락, 구원자로 오신 예수님, 속죄의 피를 흘리
시는 예수님의 처절한 고통과 희생이 있고 이 모두를 아우르는 환희, 영광의
작품들은 서봉남 화백의 모든 혼을 쏟아낸 절정의 작품으로 전율처럼 감동으
로 다가왔습니다.

말씀을 듣고, 읽고, 묵상과 기도에 익숙해있던 나에게, 때론 찬송을 듣고 부
르며 은혜를 받던 나에게 그림을 통해서 새로운 감동과 은혜가 될 수 있음을
깨닫게 됨은 하나의 충격이었습니다.

그동안 나는 그림과 조각 등의 형상은 가톨릭교회나 이방종교의 것처럼 소
중하게 생각지 않았습니다. 그런 나에게 서봉남 화백의 성화는 새로운 인식
을 갖는 계기가 되었습니다. 그의 훌륭한 성화는 또 은혜와 성령체험의 통로

가 된다는 발견이었습니다. 이번 '서봉남 성화작품전'을 관람한 성도들은 물론 작품 앞에서 모든 이에게 놀라운 은혜의 순간이 되었을 것으로 생각됩니다. 〈2013.5.16〉

글에 대한 평론:

보다 가치 있는
삶의 모색

김우종(문학평론가)

화가이면서도 수필가

서봉남의 글에는 늘 그 이름 밑에 '화가'라는 직업명이 따라붙는다. '현대문학' 같은 순수문예지도 엄연히 '수필'란으로 밝히고 있는 자리인데 말미에는 그의 직함을 화가라고 적어 놓고 있다. 우리나라엔 화가이면서도 수필가인 사람도 많다. 월북한 한국화가 김용준은 당대의 수필가 4~5명 중의 대표적인 수필가로 평가되고 있다.

생활인은 일을 하는 사람이다. 저마다 가정이든 바깥사회에서든 땀 흘리고 살아가는 것을 글로 담아 나가는 형태로서 수필만큼 적절한 수단은 없는 것이며 화가 서봉남도 그렇게 화가로서의 삶을 글 속에 담아나가는 생활문학의 영역에 속한다. 삶 속에 글을 담아나갈 때 그것 역시 '나'를 표현하는 행위로서 그림과 마찬가지로 나를 탐색하고 나를 끊임없이 재창조해 나가는 직업이므로 그것은 그림을 그리는 행위와 같은 것이다. 단 이 같은 공통성과 함께 본질적인 다른 특성이 있다.

서봉남의 글에는 빛깔을 소재로 한 '찬란한 삶의 빛깔들'이 있다. 화가는 항상 빛깔을 응시하고 빛깔을 통해서 사물을 생각하고 있기 때문에 빛깔을 생각하며 이를 언어로 표현한 행위와 색깔 자체로 표현한 행위는 같은 것일 수 있지만 반드시 차이가 있다. 그림은 시각의 대상으로서 구체적으로 색채를 나타내고 형태도 나타내지만 언어예술은 빛깔에 대하여 백 마디의 말을 해도 관념적인 의미 외에는 아무것도 시각적 구체성을 나타내지 않기 때문이다. 즉, 언어예술로서 표현된 빛깔은 어디까지나 작가의 의식 속에 은신해 있을 뿐이다. 보이지 않는 의식의 세계가 곧 그 사람의 캔버스다. 그리고 이것이 독자에 의해서 읽혀지면 그 빛깔과 형태들이 독자의 의식 속에 전달되고 재구성되고 재창조된다.

서봉남 그림 속의 한국색은 어떤가?

서봉남의 그림 속에는 백색, 흑색, 황토색이 주를 이루고 있다. "아름다움은 본성이지만 그 아름다움의 기준도 빛깔로서 시작되기도 한다." 작가는 이렇게 써 놓았지만 수필독자가 생각하는 백색, 흑색, 황토색은 서봉남의 그 빛깔과 동일한 것이 아니다. 왜냐하면 저마다 자기 언어를 따로 지니고 있기 때문이다.

요즘 도시인들, 특히 현대적 유행 감각에 길들여진 사람들은 같은 백색, 흑색이라도 가전제품이나 고급 의상실의 흑백조화를 생각할지 모른다. 그렇지만 농경 사회에서만 오래 살아온 사람들은 시골 장바닥 사람들의 흰옷이나 검은 옷을 연상할 것이다. 그리고 황토색도 다르다. 서봉남은 자신의 그림 속에 등장하는 좀 더 짙은 빛깔의 황토색을 연상할 것이며 백색과 흑색 역시 그 흙먼지 속에서 뒹구는 아이들이나 여인들의 흰 옷 또는 검은 옷이다. 이처럼 전혀 다른 형태를 지닌 사고행위를 반복해 나간다는 것은 화가에게는 매우 소중한 경험이 된다. 왜냐하면 사고의 형태나 방법이 바뀌면 그만큼 사고의 영역이 심화되고 광역화되기 때문이다.

서봉남의 조형예술 세계가 한국적인 순수 동심의 세계이면서 농밀한 문학성으로 더욱 감동적인 호소력을 지니는 이유가 여기에 있다. "물질에서 찾는 행복, 사랑 속에서 찾는 행복도 아름답지만 자기 자신의 정신세계를 발산하는 행복, 나에게 주어진 것에서 최선을 다할 때 마음 속 깊은 곳에서부터 강한 행복이 밀려온다." 이것은 '최선을 다할 때'의 마지막 결론 부분에 해당하는 글이다.

수필은 시나 소설과 달리 큰 욕심 없이 자기 생활을 말하고 그 표현과 정을 통해서 '나'를 다시 발견하고 나의 삶의 의미를 다시 확인해 나가는 것이라고 한다면 이 글은 그 같은 수필 형태의 좋은 예가 된다. 그리고 '화가라는 직업', '동반 외출', '마술사 같은 우리 방', '모티브를 찾아서' 등은 모두 화가라는 생활인이 자기 삶의 영역에서 생각할 수 있는 삶의 의미를 사색과 반추를 거듭하며 표현해 나간 것이다. 아내와 자식과 친구와의 만남과 그 좁은 공간에서 캔버스만을 바라보고 거기서 지쳐 쓰러지도록 몰두하는 작업은 소중한 것이다. 사회도 국가도 그 모든 것은 결국 우리 모두의 개인적인 삶을 위해서 있는 것이니까.

서봉남은 우리가 빼앗긴 고향을 되찾아주고 우리를 그곳으로 안내해 주고 있다.

서봉남의 그림 속에는 우리가 지나온 과거의 역사가 되살아나고 있다. 흙 바닥에 뒹구는 아이들이나 아이를 업은 언니나 엄마, 동네 아저씨들의 모습은 모두 우리의 흘러가버린 과거의 역사다. 그렇지만 우리가 거기서 과거에 대한 강한 향수를 느끼는 것은 오늘의 풍요로운 삶 속에서 어느새 우리가 잃어버리고 다시 찾기 힘든 더 소중한 것이 그 속에 있기 때문이다.

서봉남은 그렇게 우리가 빼앗긴 고향을 되찾아주고 우리를 그곳으로 안내해 주고 있다. 이것은 그 세계가 우리의 향토적인 세계라고 하는 우리 것에 대한 무조건적인 칭찬 때문이 아니다. 오늘의 대한민국에 판치는 천민자본주의와 메마른 삭막한 도시 속에서 바라보면 비록 부족했어도 촉촉한 정들이 오고 가며 마음이 오히려 윤택했던 삶이 그 과거 속에 있기 때문이다.

서봉남, 화가로서의 작업이 글을 통해서도 나타나고 그 글이 그림을 더욱 윤택하게 하고 그럼으로서 다시 더 윤택해지는 글들이 한자리에 모인 것이 이번 수필집 발간이다. 그러므로 화가 서봉남은 좀 더 따뜻하고 윤택한 삶의 의미를 여기서 찾고 그것을 확인해 나가기 위해 이렇게 글을 쓰는 행위를 반복해 나가고 있다. 서봉남은 애써서 문장의 기교를 쫓기보다는 소박한 대로 진실만을 추구해 나가는 정직성이 배어 있기 때문에 더욱 친근감을 느끼게 한다. 〈2000〉

소탈한 삶을
진솔하게 쓰는 문인

―『문학창조』 수필부문 신인상 심사평

심사위원 김정오(수필가)

수필이란 일상적인 삶의 세계에다가 새로운 질서를 부여하는 힘을 가지고 있다. 그리고 소외되고 분자화된 시민들과 길 잃은 사람들과 작은 일에도 충격을 크게 받는 순수한 삶을 살아가는 사람들에게 정신을 추스르게 하거나 올바른 삶을 기쁘게 살아갈 수 있도록 자극을 주고 위안을 주는 문학이다.

서봉남 씨는 서민적이고 소탈한 삶을 진솔한 마음으로 담담하게 노출하고 그려 나가는 솜씨 또한 예사롭지 않다. 아직 덜 다듬은 듯하며 풋풋한 냄새가 깔려 있지만 조금만 노력 여하에 따라 거목으로 성장할 가능성이 엿보인다.

여섯 편의 작품 중 '동반 외출'과 '최선을 다할 때'를 뽑기로 했다. 작은 여행으로 인해 억눌렸던 가슴에 청량한 몇 줄기의 바람이 불어와 생활의 찌꺼기를 날려 보내고 있다는 구절은 신선하다. 그리고 최선을 다할 때 형태의 세계는 밖에서 안으로 들어오는 행복이고 추상의 세계는 안에서 밖으로 나가는 행복이라고 하면서 밖에서 오는 행복이란 물질을 말하고 안에서 밖으로 나가는 행복은 창조라고 정의하는 것도 공감대를 형성하는 대목이다.

아무쪼록 더욱 정진하여 대성하시기를 기대하겠다.

화가 서봉남이
이상과 예술로 본 인문세계

권선복(작가)

인문학 열풍이 거세다. 한번 불붙은 그 열기는 좀체 식을 줄 모른다. 굴지의 대기업 CEO부터 한창 사회 활동 중인 직장인들, 우리 미래를 짊어진 청년과 청소년들, 제2의 인생을 준비하는 중장년층까지 인문학의 세계에 심취해 있다.

인문학은 사전적 의미로 '언어, 문학, 역사, 철학 따위를 연구하는 학문'을 뜻한다. 그동안 부의 축적과 신분 상승에만 초점을 맞춰 삶을 살아온 사람들이, 이제는 '본질'에 대한 열망을 표출하는 것으로 풀이된다. 아이러니하게도 대학가에서는 인문학의 입지가 점점 더 좁아지고 있지만, 일반 사람들 사이에서는 실용적이면서 새로운 자기계발 도구로 인문학을 받아들이고 있다.

다만 우려되는 것은 수박 겉핥기 식의 인문서적들이 난립한다는 데 있다. 그저 외국의 유명 철학자들의 말을 그럴싸하게 인용하고 포장하여 대중을 현혹시키는 것이다. 진정으로, 자신만의 철학과 필생의 연구를 인문학적으로 풀어낸 국내 저자의 서적은 그다지 눈에 띄지 않는다.

화가 서봉남이 이상과 예술로 본 인문 세계

이번에 출간된 서봉남의『화가가 본 인문학』은 다르다.

자신만의 독특한 예술세계를 구축하여 국내외에서 인정을 받아온 서봉남 화백의 이 책은, 자신의 작품 세계를 열거함과 동시에 이를 인문학적 시각으로 풀이, 해석하여 색다른 재미를 독자에게 전한다.

총 5개의 장으로 이루어져 있으며 큰 우주, 생명, 문화라는 키워드를 중심으로 이 세계의 형성과 질서의 정립, 삶의 의미와 인류문화의 비전 등을 종교적, 철학적 관점에서 심도 있게 제시한다.

어려운 전문용어 없이도 충분히 인문학적 논의와 공감이 가능하다는 것을 책을 통해 저자는 증명하고 있으며, 그 어느 독자층이든 쉽게 의미를 받아들이고 자신의 것으로 체득할 수 있다는 것 또한 이 책의 강점이다.

이와 함께 책 곳곳에 펼쳐지는 저자 본인의 미술 작품 세계는 그 빼어난 작품성은 차치하더라도 독자들에게 충분한 흥미와 볼거리를 제시하고 있다. 우리나라의 아름다운 산천과 우리 민족의 생생한 삶의 모습을 담아낸 작품들은 글과 함께 조화를 이루어 여운이 오래, 진하게 남는 감동을 선사하고 있다.

인문학은 어려운 것이 아니다. 사전적 의미에도 나와 있지만 '우리가 늘 쓰는 언어와 이를 통한 소통, 늘 일상에서 접하는 예술 작품들, 지금도 걸음을 멈추지 않는 역사의 흐름' 등에 대한 고민 자체가 바로 인문학이다.

그렇기에 그 누구나 한 명의 고유한 인문학자이며 그들의 머리와 마음에는 하나의 우주가 고스란히 들어 있다. 『화가가 본 인문학』을 통해 수많은 독자들이 '진정한 인문이란 무엇인지, 인문학의 재미는 무엇인지'를 깨닫게 되리라고 생각한다. 〈2016〉

화가의 눈으로 본 세상,
그림 한 점 한 점마다 녹아있는 따스한 인간애가
여러분의 삶에도 녹아들기를 기원합니다

권선복(행복에너지 발행인)

동심화가, 휴머니즘 화가, 성화화가로 살아오면서 대한민국 미술계에 큰 족적을 남긴 원로화가 동붕 서봉남 화백. 그는 2019년에 화업 50주년을 맞이해 그간 향토화, 종교화, 풍경화 등 3가지 화풍을 선보임으로써 전통과 미지의 세계와의 조화를 이루었습니다. 즐겁고 기쁘게 순종하며 걸어가다 보면 알게 되는 바람의 길을 걸어온 서봉남 화백. 신과의 만남이 서봉남 화백의 50년 화력의 출발점이자 작품 세계의 근원이라면, 그 긴 광야의 세월이야말로 축복의 여정일 겁니다.

평범한 회사원이었던 그는 어느 날 하나님의 부름을 받고 미술을 시작합니다. 그의 나이 서른세 살 때의 일입니다. 그때부터 화가로서의 인생이 시작됩니다. 분명 쉽지 않은 선택이었을 텐데, 그는 자신이 가진 달란트를 숭고하게 사용하겠다고 마음먹고 그림의 길로 들어섭니다. 당시 기독교미술을 가르치는 학교도, 관련된 자료도 전무한 국내의 상황에서 본인이 직접 자료를 수집해 가며 맨땅에서 아름다운 열매를 일구었습니다.

이 책 『단 한 번뿐인 삶, 화가로 살아보기』는 그처럼 저자인 서봉남 화백이 살아온 열정적인 삶의 이야기를 그림과 함께 이야기하는 책입니다. 휴머니즘의 화가 서봉남 화백의 작품세계에서는 한국인의 건강한 체취가 느껴집니다. 끊임없이 발전하는 기계화된 사회 안에서 향토성을 잃어가고 있는 요즘, 현대 사회에서 화백의 작품이 가진 의미와 위상이 다시금 재조명받고 있습니다.

일생 동안 기독교미술학에 투신해 온 미술사상가인 서봉남 화백. 그는 한국에 기독교미술을 들인 최초의 화가이기도 합니다.

이 책 『단 한 번뿐인 삶, 화가로 살아보기』는 서봉남 화백의 발자취를 그리고 있는 책입니다. 화백의 작품을 감상하다 보면 각 작품마다 서려 있는 정겨움과 따스한 인간애를 느낄 수 있을 것입니다. 이 책 『단 한 번뿐인 삶, 화가로 살아보기』를 읽는 여러분의 삶에도 따스한 인간애가 깃들기를 기원합니다. 〈2020〉

서봉남이 화가의 길을
갈 수 있도록 용기를 준 멘토들

한 생명이 이 세상에 태어날 확률은 약 1,500억대 1 정도라고 합니다. 그 생명체는 이 땅에서 각 개인에게 주어진 하나밖에 없는 직업을 가지고 100년 미만으로 살아갑니다. 사람이 살아가면서 누구를 만나느냐에 따라 운명이 결정되는데 나는 행운이었는지 좋은 사람들을 헤아릴 수 없이 많이 만나서 행복한 삶을 살았다고 생각하며 감사하고 있습니다.

나에게 고마움으로 남아있는 사랑하는 다섯 분을 여러분에게 소개하고자 합니다.

나의 멘토들

서예가 여용덕
– 종교화가의 길을 갈 수 있도록 자극을 준 선배

율공 여용덕의 첫 만남에서 그는 나에게 자신을 소개할 때 목사이며 서예가 그리고 법학박사라며 자랑을 늘어놓았을 때 마음속으로 절반만 믿었다. 그러나 그것은 나의 잘못된 생각임을 알았다. 율공이야말로 내가 만난 사람 중에 역사와 예악 등 학문을 좋아하고 지모와 능력을 두루 통달한 사람 같았다.

여용덕은 나에게 아호를 지어주고 나의 앞날을 용기 있게 갈 수 있도록 도움을 준 사람이다. 당시 내성적인 나로서는 우물쭈물하고 용기 없는 소인이었고 내 앞의 진로를 정해야 하는 것들을 생각만 했던 시기였을 땐데 나의 이야기를 진정으로 이해하여 주었고 그의 예리한 이론에 감탄을 금치 못했다. 그의 힘찬 말 속에서 나의 할 일들을 실천에 옮길 수 있는 용기를 얻었다. 내가 그를 만난 것은 마치 사춘기에 있는 어린 소년이 느닷없이 절세의 미녀를 만날 때와 같은 심정이라고나 할까.

나는 33세에 예수님을 꿈속에서 만나 세상의 모든 것을 버리고 용감하게 그 일에 (화가, 특히 종교미술) 뛰어드는 계기가 되었다. 그 후에도 그에게 가끔씩 조언을 받으며 세월이 흘러 몇 십 년 오랫동안 친구로 지내보니 세상에서 여용덕은 말이 달변이면서 거리낌 없는 뛰어난 재주꾼으로 그의 철학적인 내용들 속에서 배울 점이 너무나 많았다. 종교인이며 철학자였고, 삼국지의 제갈공명 같은 사람이라고 생각하고 있다.

2011년 12월 7일, 우리는 오랜만에 공원에서 만났다. 율공은 나의 왼팔을 잡더니 옷소매를 올리며 '시계가 없네?'라고 말하며 자기 팔의 시계를 풀어 나에게 채워주는 것이었다. "30년 전 기억나?" 생각해보니 그때 군사정권 시절 율공이 감옥에 잠깐 있었을 때 면회를 갔었다. 그의 팔에 시계가 없어서 필요할 것이라 생각하고 아무 부담 없이 내 시계를 그의 손목에 채워 준 것이 생각났다. 사실 그 시계는 아버지가 나에게 주었던 것인데 그것을 율공에게 주었었다. 그 후 그는 시계를 잃어버리고 이 시계를 새로 차고 다녔다고, 그 시계를 이제 나에게 돌려준 것이라 했다. 상표도 똑같은 오메가였다.

작가 최두현
– 착하고 변함없는 나의 친구 홍보 대사

최두현, 그는 조용하고 말없이 끝까지 나를 도와준 변함없는 나의 친구이다. 나는 33살에 예수님을 만났고, 이후에 6년 다니던 직장에 사표를 내고 제주도 한라산 기도원으로 혼자 떠났다. 그것은 앞으로 전개될 나의 미래 계획을 기도하며 준비하기 위해서였다. 나는 연락 없이 무작정 간 곳이었기 때문에 숙소가 없었다. 여자분이었던 기도원 원장님께서 떨어진 곳에 식당밖에 없는데 그곳에서라도 자겠느냐는 것이었다. 불청객인 나를 그곳이라도 재워주는 것만으로도 감사하게 생각했다. 식당은 시골학교 교실 크기의 커다란 마루방이었고 환하게 트인 창문 너머로 아름다운 숲이 전개되어 있어 더없이 좋았다. 첫날밤에는 넓은 방에 혼자 있었다. 캄캄한 암흑 어딘가에서 동물의 울음과 바람 소리가 무섭게 들려와서 큰 방 구석에 움츠린 채 밤을 지새웠다. 잠을 잘 수가 없어 기도로 밤을 새웠다.

이튿날 아침, 예배를 마치고 내일부터 집회가 있다고 해서 원장님에게 종이와 가위 좀 달라고 했다. 원장님이 궁금해서 물었다. 내일 집회가 있으니 강대상 정면에 '부흥사경회' 집회 글을 써 붙여 주겠노라고 했다. 나는 바로 종이를 오려 벽에 붙여 10분도 채 안 걸려 완성해줬다. 아까부터 내 또래 젊은 청년 한 사람이 뒤에서 지켜보고 있었는데 마침 원장이 그 청년을 소개해 주었다.

"인사하세요! 서울에서 온 유명한 잡지 기자님이에요."

"안녕하세요. 최두현입니다!"

"네, 서울에서 온 서봉남입니다 반갑습니다."

이렇게 해서 알게 된 최두현은 집무에 과로해서 휴양 차 이곳에 머물고 있다고 했다. 나는 그곳에서 낮에는 혼자 숲속에 들어가 시원하게 펼쳐진 서귀포 앞 바다를 내려 보면서 일주일 동안 머물렀다. 집으로 떠나면서 서울에서 꼭 만나자는 약속을 하고 헤어졌는데 몇 달 후 최두현에게서 연락이 왔다. 그는 직장을 그만두고 퇴계로에 'S기획실'을 개업했다고. 이후– 우리는 평생 친구가 되었다.

미술평론가 김승각
– 개구쟁이 전을 열어주며 용기를 준 사람

김승각은 내가 이 땅에 살면서 내가 만난 사람 중에 가장 머리 좋은 사람이었다고 생각한다. 그는 세상에 욕심이 없는 사람이었다. 그가 자신의 마음속에서 솟아나는 샘물 같은 생각들을 글로 옮기는 재주에 나는 참으로 감복했다. '그는 예사롭지 않은 천재였다'고 나는 지금도 그렇게 생각하고 있다. 천재들이 그랬듯이 그도 50대의 짧은 삶을 살고 일찍 하늘나라로 가셨다.

내가 삼십대에 아이들을 본격적으로 그리기 위해서 화가 친구가 운영하는 유치원에 무보수 자원봉사의 오전 보조교사로 취직하여 아이들의 동작들을 관찰하며 뒤치다꺼리를 도와주고 오후에는 아이들을 그리는 작업을 했다. 그 무렵 첫 만남을 가진 사람이 미술평론가 김승각 선생님이다.

12월 어느 추운 겨울날,

동양화가이며 원장이 손님 한 분을 소개해 주었는데 삐쩍 야윈 얼굴에 장난기가 물씬 묻어있는 중년 아저씨, 김승각 선생님은 나의 화실 벽면에 걸려있는 완성 또는 미완성 그림들을 빙 둘러보더니 자기의 어린 시절이 생각난다며 극구 칭찬을 하였다. 나는 커피를 끓여 대접하면서 그 칭찬의 소리는 듣는 둥 마는 둥 초라한 그의 모습을 보면서 딴생각을 하고 있었다. 그는 추운 겨울인데 여름 양복을 입고 계셨고 파란색 양복 바지 속에 비추이는 살결이 드러나 춥지 않을까 하는 생각이 들면서 '이분은 아마 단벌신사여서 동복을 세탁소에 맡겨서 여름옷을 입었나?' 하는 생각을 하고 있었다. 이런 저런 이야기를 많이 하고 가셨다.

열심히 작업을 하고 있던 어느 날,

김 선생님은 지나가던 길에 들렀다며 또 오셨다. 두 번째 만남에도 이야기하는데 나는 여전히 옷 생각에 젖어있었다. 그날도 여전히 첫 번째 만남에서 입었던 파란색 여름옷을 입고 있어서 '아하! 이분은 옷이 한벌 뿐이구나'라고 생각했다. 이날도 이런저런 대화를 나누다가 나가는 김 선생님에게 말을 꺼냈다.

"김 선생님, 시간이 있으실 때 시내에서 한번 뵐까요?"

"나야 시간이 많으니까 언제든지…."

우리는 시청 앞의 P다방에서 만나기로 약속하고 약속 날에 그 다방에서 차 한 잔 마시고 나와서 내가 안내한 곳인 C양복점으로 들어갔다. 당시 양복점 주인이 그림을 좋아하는 아마추어 화가였다(주인과 나와 양복이 필요하면 언제든지 그림 한 점 주고 양복 맞춰주기로 약속한 곳). 김 선생님에게 양복모델과 색깔을 고르게 한 후 그가 고른 밤색 양복 한 벌을 맞춰주었다. 처음에는 사양하였지만 후에는 너무 고마워하는 것이었다.

그는 몇 년 동안 그 양복을 입고 다니며 서봉남 화백을 자랑했다. 처음엔 그것이 부끄럽기도 했다. 아무 조건 없이 그냥 옷을 맞추어 준 것뿐인데 말이다. 그 후 우리는 형, 동생처럼 가까워졌다.

의학박사 노수영
– 어려운 화가들을 도울 수 있도록 장소 제공한 분

노수영 박사, 내가 존경하는 사람 중에 한 분이다.

내가 결혼하고 종로구 명륜동에 정착하고 40여 년 동안 강북에서만 살다가 한강을 건너 양천구로 이사를 왔다. 양천구의 중심지인 목동오거리 서쪽 편 코너 2층에 'N치과의원' 간판을 보며 올라가 보기에도 무서워 보이는 하얀 의자에 누웠다. 의사 분과 간호사 두 분만 있는 조용한 실내에서 입을 벌리고 누워 있었다. 나의 입안 이곳저곳을 들여다보면서 의사선생님이 나에게 물었다. 무슨 일을 하시냐고.

나는 화가라고 대답했다. 그러자 그가 자신도 중학교 다닐 때 화가 지망생이었다고, 그러나 부모의 반대로 의사가 되었다고 하며 반가워했다. 그것이 우리의 첫 만남이었다. 나는 길 건너편에 살았으므로 자동적으로 우리는 점심 친구가 되었다.

어느 날, 우리는 점심을 먹고 식당을 나오던 길이었다. 노수영 박사가 내게 말했다. "서 화백님, 제가 병원을 짓고 있는데 구경 가시지 않을래요?" 우리는 현재 의원에서 300미터쯤 떨어진 곳에 위치한 건물로 들어갔다. 병원공사가 한참 진행 중인 건물이었다. 1층은 은행, 2층은 카페, 3층부터 6층까지 치과 종합병원이며 각 과가 들어올 방들을 소개하고 원래의 치과로 돌아와 차를 마셨다. 대화중에 노 원장은 학교를 졸업하시고 바로 양천구에서 개업했다고, 20년 만에 당신이 원하던 종합병원을 짓는 중이라고 하시며 흥분했다.

"이제 꿈이 이루어지셨으니 사회에 좋은 일도 하셔야겠지요."

"당연히 그래야지요. 앞으로 돈 모아 좋은 일 할 것입니다."

나는 부러운 마음으로 나의 꿈을 이야기했다. 미술관을 만들어 형편이 어려운 젊은 화가들의 작품을 전시해주는 활동을 펼칠 것이라고 말했다. 이튿날, 점심시간이었다. 음식을 주문하고 원장께서 말했다.

"화백님, 난 어제 밤잠을 설쳤어요."

"네! 어디 편찮으셨어요?"

"아뇨, 미술관 때문에…"

노 원장의 말을 들은 나는 놀랐다. 1, 2층을 미술관으로 꾸미고 내 방도 만들어 줄 터이니 그곳에서 마음대로 문화를 알리라고 했다. 나는 대신 노 원장과 약속했다. 문화공간을 장기적으로 활용할 수 있어야 하며 비영리로 하여야 한다고 말이다. 노 원장은 시원스럽게 그렇게 하겠다고 약속했다. 이후에야 나는 깨달았다. 건물에 들어올 1층

은행과 2층 카페를 해약했다는 것을. 그리고 시간이 더 지난 이후에야 알았다. 건물 중에 1, 2층이 제일 비싸다는 사실을.

이렇게 해서 11년 동안 내가 원하던 어려운 화가들의 초대 전시를 열어 주었다. 전시를 열어준 화가들이 300여 명 정도 되었다.

소설가 김창동
– 나의 화가생활 초기 출발과 마지막 힘이 되는 친구

내가 화가라는 직업으로(30대 초반) 초년생활을 시작할 때, 소설가로 이미 활동하고 있던 김창동과 만나 친분을 쌓았다. 그러다가 서로 각자의 길에서 서로를 잊고 열심히 살다가 인생의 결론기(60대 초반)에 우연한 기회에 극적으로 다시 만났다. 김창동은 나의 옛 친구이다.

김창동의 외모는 중후한 울림이 없는 보통의 몸집인데도 불구하고 민첩함과 자부심이 강한 잘 훈련된 다부진 사람이었고 부드러운 심성에 맑고 은은한 사람이었다. 그는 불의를 참지 못하는 성격이었다. 그가 종종 가슴 깊은 곳에서 큰 목소리를 낼 때면 마치 용맹스러운 옛 장군을 보는듯한 느낌을 받았었다. 그는 소설을 쓰기 위해 몸소 월남 전쟁터에 뛰어든 해병대 출신이다.

그의 글을 읽을 때마다 나는 그에게 상상을 초월한 초인적인 역량이 있다는 사실을 느끼곤 했다. 나는 항상 그를 존경하고 본받을 만한 옛 친구라고 생각했다.

결론기에 그를 다시 만나보니 너무나 기뻤다. 김창동 그는 어느덧 자기 분야의 대가가 되어 있어 자랑스러웠다. 내가 그의 앞에 서면 움츠러드는 것 같았다. 그는 나보다 두 살 아래인데도 어쩐지 그가 형 같은 생각이 드는 것은 왜일까?

나는 그와 이 세상 끝날 때까지 놓치고 싶지 않은 친구로 살고 싶다. 김창동은 『손자병법』에 나오는 오자서 같이 천하의 용사라는 생각이 드는 사람이라고 생각하고 있다.

문자방명록

-서봉남 히스토리 책을 읽고 난 독자들의 후기

선생님의 히스토리를 읽으면서 현실 속에 화가들의 일상을 생각해 볼 수 있는 계기가 되었습니다. 그 긴 시간을 성화 제작은 물론 화가들 입문을 위한 선생님의 열정, 어려운 후배 화가들을 위한 격려와 도움은 영원히 잊지 못할 것입니다. 작가의 작품으로 행복을 느낄 수 있고 삶을 영위한다고 하면 어디까지라도 찾아가셔서 도움을 주실 수 있는 분이 계실까요? 선생님의 아름다운 마음은 우리 모두를 감동시키고 계십니다. 감사합니다. 제가 늦게나마 훌륭하신 선생님을 뵙게 되어 감사드리고 선생님께서는 제가 살아가는 앞으로의 지표를 주셨습니다. 선생님의 사랑과 베품을 느끼며 소중하고 아름다운 책 잘 간직하겠고 존경합니다. **-염창이**(한국여성작가회 회장, 화가)

선생님 정말 대단하십니다. 이 시대에 행복한 가정의 롤 모델이십니다. 사모님께서도 아름다우신 인격과 성품으로 "성가정의 참 모습!" 천국가정을 만드셨기에 자녀분들과 온가족이 모두 책을 통해 큰 행복에너지를 주고 있습니다. 올해 최고의 도서로 선정되시리라 믿습니다. 영화로 나와도 손색이 없을 것 같고요. 허락하시면 서로 녹음도 만들어보아도 좋을 것 같습니다. -분당에서 **정부용**(성우) 드림

선생님이 주신 히스토리 책 읽고 감동을 받았습니다. 일생 한 길을 살아오

신 것을 존경합니다. 두 자녀분의 글과 사모님을 천국으로 보내시며 쓴 글도 보면서 눈시울이 뜨거워짐을 느꼈습니다. 정말 귀한 화가님을 만나게 됨을 하나님께 감사드리며 늘 주님과 함께 건강하세요. -철원에서 **염노섭**(교사) 올림

선생님은 베풂을 실천하시며 살아오신 성인이십니다. 히스토리를 읽어가는 도중 선생님의 온 맘을 전해 받고 저는 겸손과 또한 비움을 배웁니다. 지난번에 나온 책『화가가 본 인문학』에서도 공감하고 느끼고 많은 것을 깨달았습니다. 저는 부끄럽습니다. 단지 선생님이 걸어오신 미술인의 참 삶을 조금이나마 닮으려고 노력하며 겸손을 배웁니다. 이제 선생님은 모든 사람들에게 당연히 사랑을 받으시는 거예요. 그 훌륭함에 늘 멋지십니다. 선생님 최고!! 경남 창원에서 이소정이 기뻐하며 기립박수를 보냅니다. -**이소정**(화가)

선생님의 히스토리는 살아오신 삶이 한 편의 드라마 같으며 아무도 흉내 내지 못하는 감동입니다. 선생님의 존경스런 삶을 통해 감동받았고 사모님의 헌신적인 사랑이 천국에서도 영원하리라 믿습니다. 자녀들도 잘 성장시키셨습니다. 선생님의 삶을 천국에 계시는 성삼위께서도 알고 계실 것 같아요. 선생님의 삶은 행위와 기도로 준비해 놓으셔서요. 선생님을 지인으로 살고 있는 나는 감사하고 있습니다. -경기도 이천에서 **손유순**(시인, 도예가)

존경하는 서봉남 화백님이 쓰신 자서전은 마음 깊은 곳으로부터 감동이 넘치는 히스토리입니다. 화백님께서 쓰신 자서전을 보고 답으로 보내온 많은 사람들의 글들이 화백님의 삶의 진심이 느껴지기에 우러나오는 잔잔한 공감으로 존경심을 보내고 있는 것입니다. 서 화백은 이 세상의 누구보다 행복하신

분입니다. -**김현동**(한국미술등록협회 회장, 법무사)

집사님의 히스토리는 어떤 이야기로도 부족합니다. 집사님은 정말 훌륭한 인생 그 자체이십니다. -**황재문**(건축설계사)

동심 서봉남 히스토리 잘 읽었어요. 통독했지요. 난 너무나 훌륭한 화가 친구가 있다는 것이 자랑스럽답니다. 많은 화우들께서 찬사와 함께 선생의 예술 세계를 높이 존중하는 것을 보며 저 또한 영광입니다. -**손정숙**(화가)

와~정말 자서전은 제게 특별한 선물입니다. 작품을 만드시는 것만 해도 힘드실 텐데 이렇게 훌륭한 책까지 집필하셨다니 놀랍고 존경스럽습니다. 오늘 마음으로 보내주신 책, 감동이었고 넘넘 기분 좋았습니다. 특히 선생님 내외분께서 도와주신 비둘기이야기도 감동이고 선생님의 책 읽으며 저도 자성하고 게으름의 끈을 끊어 매진하고 부지런히 살아야 하겠다는 다짐을 하게 되었습니다. 선생님의 행보에 자랑스럽고 보내주신 책, 소중히 보관하도록 하겠습니다. -대전에서, **최연숙**(화가)

교수님의 히스토리를 읽으며 왜 이즈음 울 교수님이 여행자처럼 짐 꾸리듯 정리를 많이 하셔서…라는 생각을 깊이 해봅니다. 그것은 우리 제자들에게 교수님의 흔적을 남겨 주셔서 우리를 깊이 뒤돌아보라는 것으로 생각하며 감사를 드립니다. -**강미경**(한국기독교예술신학교 1회 졸업생, 화가)

제게 유일하신 온 스승님, 인자하신 가르침으로 저를 바로 서게 해주시어 그 은덕 깊이 감사하옵고 이번에 나온 히스토리 읽고 더욱 존경합니다. 늘 강

건하고 강령기원 드리옵니다. -제자 **정연갑**(화가)

히스토리 책 잘 받았습니다. 포장을 뜯는 순간부터 과거를 함께했던 기억이 새록새록 피어났습니다. 감격스럽고 감사합니다. -제자 **김영민**(화가)

귀한 책을 받고 내용들이 구구절절 감동적이었고 뒤늦게 사모님 소식, 고인의 명복을 기도할 뿐입니다. -**최영숙**(화가)

많은 사람들이 선생님을 칭찬하고 존경하는 것으로 저도 같은 생각을 했고, 선생님의 아름다운 마음들을 다들 느끼는 마음도 저와 비슷합니다. 선생님은 혼자 계셔도 외롭지 않으셔서 그 역시 '은혜자'이십니다.^^ -**김애경**(화가)

구구절절 많은 분들의 선생님을 향한 사모의 맘들이 전해져 오는군요. 저 역시 선생님을 뵈어오면서 저분들과 같은 맘 지니게 되던걸요. 암튼 건강하시고 또 건강하셔야 합니다. 그래야 더 많은 저희들에게 오래도록 진정 인간으로서 예술인으로서 귀감이 되어 주실 테니까요. -**이주은**(화가)

정말 은혜롭고 아름다운 책을 읽고 무척 기뻤습니다. 감사하며 잘 보관하겠습니다. -**이정민**(연동기자)

선생님의 인생길과 작품세계에 감동을 느끼며 선생님을 새로이 보게 됩니다. 제가 학창시절 때 몰랐고 못 보았고 못 들었던 선생님의 비전이 지금 삶을 되돌아보는 고희의 해에 잔울한 울림이 되어 전율로 떨려오네요~ 기억하시고 보내주신 '동심' 선생님의 히스토리 책과 귀중한 작품들과 함께 자료들을 영원히 간직하겠습니다. 하나님의 은혜와 평강이 늘 함께하소서. -**윤여만**(영문학 강사)

    선생님 처음 뵈올 때가 생각납니다.

    1970년 1월에 결혼하셨고 제가 그 무렵 중2, 3 때였습니다. 선생님 댁도 갔었고 학생회 발표회 때 휘장에 붙이는 타이틀을 화지에 써서 가위질을 썩썩 하시는 기억이 생생하네요~ 할렐루야 합창 마지막 부분 한참 쉬어야 하는데 혼자 먼저 나가신 것도 또렷하고요~ 선생님의 히스토리의 거의 시작 단계에서 헤어졌다가(잊고 있었다가) 신문에서 동양 최대 크기의 성화를 제작하셨다는 기사를 보고 깜짝 놀랐고 몇 년 전부터 다시 알게 된 선생님의 작품세계와 활약에 감동과 존경심을 느꼈습니다.

    금년 초 사모님의 부고에 아픔도 있었고요. 스코틀랜드 장로교 발생지에 미술관이 생긴 것 또한 자랑이지요~어제 받은 히스토리 책자를 통해 선생님의 화가의 길을 따라가면서 많은 생각을 하게 되네요~ 신앙심과 예술혼과 인간적인 매력 등이 함께 어우러져 표현된 그 무엇 이상이겠죠? 사모님을 간병하시면서 생활비, 병원비 걱정하는데 주님께서 꼭 그만큼 주시더라는 간증에 코끝이 찡했습니다.

    삶, 믿음, 예술가의 영적투쟁, 존재의 이유 등의 족적을 남기시는 선생님을 이 나이에 재발견하게 되어 감사할 따름입니다.

    그동안 고흐의 '귀 잘린 자화상'을 봐 왔습니다. 선생님의 자화상 속에는 고개 숙여 성경에 두 손 얹고 얼굴 가린 사람의 모습이 있네요. 천사가 뿌린 눈가루가 눈썹에도 쌓였네요, 느낌이 사라져가던 성탄절에 정말 좋은 선물 감사드리며 앞으로도 왕성한 작품 활동, 좋은 소식 기대합니다! 메리 크리스마스와

해피 뉴이어~ 사랑합니다. -잔잔한 울림으로 제자 **윤여민** 올림

　친애하는 서봉남 화백, 보내주신 '동심 서봉남 히스토리' 역작을 열심히 읽
으며 수양을 하고 있습니다. 어찌 이렇듯 미려한 동심의 세계와 아름다운 글
귀들… 이 해의 끝자락이 감춰지기 전에 얼굴을 볼게요. 건승하세요. -**김무일**
('문학저널' 회장)

　선생님의 히스토리가 선사해준 조용한 시간에 깊이 빠져 읽다 보니 마지막
장을 보며 제 눈시울이 뜨거워졌어요. 죄송하게도 사모님의 일을 너무 늦게
알게 되어 몸 둘 바를 모르겠습니다. 그래도 사모님께선 삶을 아름답게 완성
시키시고 떠나셔서 지금보다 더 나은 곳에서 선생님이 가시는 변함없으신 화
가의 삶을 더 행복하게 바라보실 거란 생각이 듭니다. 항상 건강하시고 행복
하셔서 늘 지금처럼 청년 같으시고 온화하신 모습 뵙기를 이 밤에 소망해 봅
니다. -**문소정**(화가)

서봉남 화백의
수상내역과 저서

서봉남 화백의 수상내역
서봉남 화백의 저서

대한민국 산업(예술부문)훈장(대한민국 정부)

안중근의사상

명인대상

아세아글로벌
최강명인대상

연암 박지원문학예술(수필 부분)
대상(주최: 한국신문예협회)

국제문화예술(미술부문) 대상
(주좌: 국제문화예술협회)

한국미술인의 날
(미술인의 날 조직위원장)

대한민국 기독교미술상

대한민국 문화예술대상

10월 문화상

서봉남(동붕東鵬)徐奉南 SUH BONG NAM)

개인작품 발표전

● **국내 개인전16회**

조선화랑, 현대갤러리, 본화랑, 서울미술관, 인사아트센터, 예술의전당 등.

● **국외 개인전 8회**

프랑스 국립에브리미술관/영국 스코틀랜드아트홀/독일 뒤셀도르프 겔센

키르센아트홀/스위스 제네바 카라갤러리/독일 프랑크푸르트 괴테미술관/

미국 뉴욕 캠브리지갤러리/몽골 울란바토르 국립미술관/ 홍콩 아트바젤 컨

벤션센터

● **성서미술전 10회**

인천 노아방주미술관/서울 유경갤러리/ 춘천 아가갤러리/ 양구 도서관/서

울 여의도순복음교회/ 프랑스 국립에브리미술관/영국 스코틀랜드 홀리아

트홀/서울 동안교회/세종시 명성교회/서울 트리니트갤러리 등

국내외 각종초대전

● 국내 각종 초대전, 그룹전, 대한민국 회화제를 비롯 400여 회 출품.

● 국외 각국 초대전 : 프랑스2, 독일4, 영국, 스페인, 스위스, 이탈리아, 러시아,

헝가리, 인도3, 미국3, 캐나다, 터키, 인도3, 우즈베키스탄2, 몽골2, 중국5, 일

본3, 베트남2, 말레이시아2, 싱가포르, 홍콩, 대만3, 인도네시아, 필리핀 등.

심사

● 대한민국미술대전(전 국전) 심사위원장

● 국제예술올림픽(인도 뉴델리) 유화 심사위원장

● 광복기념미술공모전(독립기념관주최) 심사위원장 등

수상

1987 10월 문화상(미술부문) 수상(예술문화제정위원회)

2004 대한민국(예술부문) 산업훈장(대한민국정부)

2006 양천문화예술상(서울 양천구)

2009 제3회 한국미술인의날 특별공로상(미술인의날 조직위원회)

2012 국제문화예술(미술부문) 대상(국제문화예술협회)

2014 대한민국기독교미술상(한국기독교미술인협회)

2016 연암박지원문학예술(수필부문)대상(한국신문예협회)

2017 대한민국문화예술대상(대한민국문화예술조직위원회)

2019 아세아글로벌최강 명인대상(中國有限公司文化財團)

2020 안중근의사상(예술부문) (안중근사상연구원) 등

저서

● 『기독교미술-성화해설』, 여운사, 1987

● 『기독교미술사』, 집문당,1994

● 『수필집1. 동심-삶의 빛깔들』, 샤론, 2000

● 『수필집2. 아름다운 삶의 빛깔들』, 청어, 2008

● 『서봉남작품집1. 성서미술〈창세기-계시록〉』, 엠아이지, 2010

● 『서봉남작품집2. 개구쟁이들』엠아이지, 2013

● 『서봉남인문집-화가가 본 인문학』, 행복에너지, 2016

● 『서봉남작품집3. 스토리텔링풍경』, 엠아이지, 2019

● 『단 한 번뿐인 삶, 화가로 살아보기』, 행복에너지, 2020

현재

● (사)한국미술협회 자문위원(감사 역임)

● 대한민국 회화제 자문위원(감사 역임)
● (사)대한민국창작미술협회 고문
● 국제(파리)앙드레말로협회 회원
● 국제ADAGP 글로벌 저작권 등록

E-mail: suhbn@naver.com
카페: Daum 서봉남 아뜨리에
전화: 010-6253-5245
작업실: 서울시 동대문구 한천로 103 (백석빌딩 303호)

Bong nam Suh

E-mail: suhbn@naver.com
Address: (#201) 27, Gomdallae-ro 3-gil, Yangcheon-gu, Seoul Republic of Korea

Individual Exhibitions

* Participated in 16 national individual art exhibitions
  Joseonhwarang, Hyundai Gallery, Bonhwarang, Seoul Art Gallery, Insa Art Centre, Seoul Arts Center, etc.

* Participated ib 8 intemational individual art exhibitions
  National Evry Art Gallery(Evry Cathedral). France/ Scotland Art Hall, UK/ Gelsenkirchen ArtHall, Dusseldort, Germany/ Kara Gallery, Geneva, Switzerland/ Goethe Museum, Frankturt, Germany/

Cambridge Gallery, New York, USA/ National Art Gallery, Ulatar, Monngolia/ Art Basel in Hong Kong Convention & Exhibition Centre

* Partipated in 10 Christion art exhibitions
Ark of Noah Museum, Incheon/ Yoogyeong Gallery, Seoul/ Chuncheon/ Yanggu Library/ Yeouido Full Gospel Church, Seoul/ National Evry Art Galley(Evry Cathedral),France/ Holy Art Hall, Scotland, UK/ Dongan Church, Seoul/ Myungsung Church, Sejong/ Trinity Gallery, Seoul, etc.

Private national and intemational art exhibitions
* Entered around 400 pieces in exhibitions including national private exhibitions, Group exhibitions, national painting festivals, etc.
* Intemational private exhibitions
France(2), Germany(4), England, Italy, Russia, Hungary, India(3), USA(3), Canada, Turkey, India(3), Uzbekistan(2), Mongolia(2), China(5), Japn(3), Vietnam(2), Malaysia(2), Singapore, Hong kong, Republic of China(3), Indonesia, Republic of the Philippines, etc.

Judge
* Steering committee member, chairperson of the Judging committee, Korean Art Exhibition
* Chairperson of the Judging committee for oil painting, International Art Olympics(New Delhi, India)

* Chairperson of the Art Commemorate Korea's liberation(organized by the Independendence Hall)

Awards

1987 Received the Octoder Culture(Art sector) Award(Art and Culture Establishment Committee)

2004 Received the Korean(Art sector) Order of Industrial Service Merit(Korean govemment)

2006 Received the Yangcheon Cuitural Award(Yngcheon-gu, Seoul)

209 Received the Special Achievement Awaard on the 3rd Korean Artists' Day(Organizing Committee for Artists' Day)

2012 Received grand prizoe(International Culture & Arts Association) for Intemational Culture & Art(art sector)

2014 Received award on Korean Christian Art(Korean Christian Artists' Association)

2016 Received grand prize(Korean New Literature and Arts Association) for Yeonam Literature & Art(essay sector)

2017 Received grand prize(Korean Culture & Arts Organizing Committee) for Korean Culture and Art

Present

* Member(auditor) of Advisory Committee, Korean Art Association

* Member of Advisory Committee(auditor), Korean Painting Art Fair

* Adviser, Korean Creative Art Association

단 한 번뿐인 삶, 화가로 살아보기

초판 1쇄 발행 2020년 11월 1일

글·그림   서봉남
발 행 인   권선복
편   집   유수정
디 자 인   최새롬
전 자 책   서보미
발 행 처   도서출판 행복에너지
출판등록   제315-2011-000035호
주   소   (157-010) 서울특별시 강서구 화곡로 232
전   화   0505-613-6133
팩   스   0303-0799-1560
홈페이지   www.happybook.or.kr
이 메 일   ksbdata@daum.net

값 25,000원
ISBN 979-11-5602-843-7 03800

Copyright ⓒ 서봉남, 2020

도서출판 행복에너지는 독자 여러분의 아이디어와 원고 투고를 기다립니다. 책으로 만들
기를 원하는 콘텐츠가 있으신 분은 이메일이나 홈페이지를 통해 간단한 기획서와 기획의
도, 연락처 등을 보내주십시오. 행복에너지의 문은 언제나 활짝 열려 있습니다.

'행복에너지'의 해피 대한민국 프로젝트!
〈모교 책 보내기 운동〉

대한민국의 뿌리, 대한민국의 미래 **청소년·청년**들에게 **책**을 보내주세요.

많은 학교의 도서관이 가난해지고 있습니다. 그만큼 많은 학생들의 마음 또한 가난해지고 있습니다. 학교 도서관에는 색이 바래고 찢어진 책들이 나뒹굽니다. 더럽고 먼지만 앉은 책을 과연 누가 읽고 싶어 할까요? 게임과 스마트폰에 중독된 초·중고생들. 입시의 문턱 앞에서 문제집에만 매달리는 고등학생들. 험난한 취업 준비에 책 읽을 시간조차 없는 대학생들. 아무런 꿈도 없이 정해진 길을 따라서만 가는 젊은이들이 과연 대한민국을 이끌 수 있을까요?

한 권의 책은 한 사람의 인생을 바꾸는 힘을 가지고 있습니다. 한 사람의 인생이 바뀌면 한 나라의 국운이 바뀝니다. **저희 행복에너지에서는 베스트셀러와 각종 기관에서 우수도서로 선정된 도서를 중심으로 〈모교 책 보내기 운동〉을 펼치고 있습니다.** 대한민국의 미래, 젊은이들에게 좋은 책을 보내주십시오. 독자 여러분의 자랑스러운 모교에 보내진 한 권의 책은 더 크게 성장할 대한민국의 발판이 될 것입니다.

도서출판 행복에너지를 성원해주시는 독자 여러분의 많은 관심과 참여 부탁드리겠습니다.

도서출판 **행복에너지** 임직원 일동